El vendedor de sueños

El vendedor de sueños

Ernesto Quiñónez

Traducción de Edmundo Paz Soldán

ALFAGUARA

Título original: *Bodega Dreams*

© 2000, Ernesto Quiñónez
© De esta edición:
2001, Santillana USA Publishing Company, Inc.
2105 NW 86th Avenue
Miami, FL 33122
www.alfaguara.net

Alfaguara es un sello editorial del **Grupo Santillana**.
Éstas son sus sedes:

ARGENTINA, BOLIVIA, CHILE, COLOMBIA, COSTA RICA, ECUADOR,
EL SALVADOR, ESPAÑA, ESTADOS UNIDOS, GUATEMALA, MÉXICO,
PANAMÁ, PERÚ, PUERTO RICO, REPÚBLICA DOMINICANA,
URUGUAY y VENEZUELA.

ISBN: 1-58105-958-2

Diseño: Proyecto de Enric Satué
© Diseño de cubierta: Cristina Hiraldo
© Fotografía de cubierta: Matt Stafford

ÍNDICE

Libro I

Porque los hombres que construyeron este país eran hombres de la calle

All died
hating the grocery stores
that sold them make-believe steak
and bullet proof rice and beans
All died waiting dreaming and hating

PEDRO PIETRI
«Puerto Rican Obituary»

Primer round

En español, Sapo

Sapo era diferente.

Sapo era siempre Sapo, y nadie se metía con él porque era famoso por sus mordiscos. «Cuando estoy peleando», Sapo escupía, «lo que está cerca de mi boca es mío por derecho, y mis dientes no son una *fucken* casa de empeño».

Adoraba a Sapo. Lo adoraba, porque se amaba a sí mismo. Yo quería ser capaz de hacer eso, confiar en mí mismo por mi propio bienestar.

Sapo confiaba en sí mismo. Había sido así desde que nos conocimos en cuarto grado, cuando tiró un libro a la cara de Lisa Rivera porque ella había comenzado a burlarse de su aspecto al gritar: «*croac, croac*». Pero, la verdad, Sapo se parecía a un sapo. Era fuerte, regordete, con una boca grande enmarcada por labios gruesos, pavorosas bembas que casi podían tragarte. Sus ojos saltaban de sus cuencas, y cuando reía era imposible negar el parecido. Era como un sapo grande y feliz riéndose frente a ti.

Desde que recuerdo, a Sapo lo llamaban siempre Sapo, y nadie lo llamaba por su verdadero nombre, Enrique. Usualmente, los Enriques se apodan Kiko o Kique. Pero Sapo no se parecía a un Enrique, como quiera que se suponga que luzca un Enrique. Sapo sólo podía llamarse Sapo. Y así era como todos lo llamaban. Se rumoraba en el barrio que cuando

Sapo nació, las enfermeras lo limpiaron y lo llevaron a donde su padre. Su padre vio el bebé y dijo: «Coño, se parece a una rana», y rápidamente se lo dio a la madre. «Aquí está, tenlo tú.» Creo que esta historia es real. Pero Sapo nunca protestó, como si hubiera dicho: «Al diablo con todo eso. Me amaré a mí mismo». Así era como yo quería ser.

Tener un nombre diferente al que tus padres te habían dado significaba que tenías status en la escuela y en tu barrio. Eras alguien. Si alguien te llamaba por tu nombre real, eras un *mamao*, una cosa sin valor ni sentido. Significaba que no te habías puesto a prueba, era temporada de caza para cualquiera que quisiera patearte el trasero. Fue Sapo quien me enseñó que no importaba si perdías la pelea, lo importante era no retroceder. Mientras más gente te viera perdiendo peleas sin retroceder jamás, mejor. Esto no indicaba que eso te libraba de todo, simplemente que los más grandotes lo pensarían dos veces antes de empezar algo contigo.

Adquirir un nombre significaba que tenía que pelear. No había forma de escapar de eso. Me pegaron algunas veces, pero nunca retrocedí. «Cedes una vez —me había dicho Sapo— y estarás cediendo el resto de tu vida. Este mundo es como Timex, todos reciben una paliza pero deben seguir haciendo tictac. ¿Entiendes lo que te digo, papi?» Sapo era uno de esos que pegaba a otros chicos, pero era diferente. Sapo se amaba. No necesitaba a profesores ni a nadie que le dijera esto. El chico más feo y malvado de la cuadra se amaba a sí mismo, y no sólo eso, él era mi pana, mi amigo. Eso me daba esperanzas, y adquirir un nombre parecía posible. De modo que decidí que no quería ser llamado por el nombre que mis papás me habían dado, Julio. Quería un nombre como el que tenía Sapo, así que busqué peleas.

Era siempre fácil encontrar peleas si te odiabas a ti mismo. Entonces, ¿qué si peleabas con alguien más grande que tú que te pateara el trasero? ¿Qué si te acuchillaban con un 007 en la espalda y nunca volvías a caminar? ¿Qué si alguien te rompía la nariz en una pelea? Eras feo, de todos modos. Tu vida era una mierda desde el principio. Era como si ya no te importara la guerra, y decidieras cargar contra los tanques con tus puños desnudos. Ningún acto de valentía en ello, a ti simplemente ya nada te importaba. Era fácil ser grande y malo cuando odiabas tu vida y te sentías insignificante. Vivías en edificios con ascensores que apestaban a orines, tecatos tirados en las escaleras, pósters del violador del mes, y putas que no sabías que lo eran hasta que veías a hombres entrar y salir de sus apartamentos como si fueran puertas giratorias. Vivías en un lugar donde los lotes baldíos crecían como el pasto salvaje en Kansas. ¿Kansas? ¿Qué sabe un chico del Spanish Harlem de Kansas? Lo único que sabías era que un día la manzana tendría gente, y el otro día sería borrada por un incendio. Los edificios quemados se convertían entonces en galerías de tiro para los tecatos, o jardines de juego para ser explorados por chicos como Sapo y yo. Después de unos meses, la municipalidad de la ciudad de Nueva York enviaría una grúa con una bola y una cadena para derrumbar los apartamentos destripados. Semanas después, llegaría un buldózer que convertiría la manzana en un lote baldío. El lote se volvería luego un cementerio de carros robados. Sapo y yo jugábamos en esos carros sin puertas, ruedas, ventanas o volantes, en los que los ratones hacían sus nidos dentro de los asientos tajeados. A Sapo le encantaba matar a los ratoncitos de diferentes maneras. A mí me gustaba agarrar un gran pedazo de vidrio y abrir lo que quedaba del asiento. Esperaba siempre encontrarme con algo que los ladrones del auto hubieran ocultado adentro y olvidado llevarse al abandonar el carro. Pero nunca encontré nada, excepto espuma de caucho y a veces más ratones.

Incendios, tecatos moribundos, disparos, asaltos y bebés cayéndose desde las ventanas eran cosas que tomabas como parte de la vida. Si eras un artista del graffiti y la gente sabía que eras de los buenos, la muerte significaba una oportunidad para hacerte de unos pesos. Alguien cercano al muerto, generalmente una mujer, tocaría en tu puerta. «Mira, mi primo Freddy acaba de fallecer. ¿Puedes hacer un RIP para él?» Lamentarías la muerte de Freddy, lo conocieras o no, dirías que lo sentías y preguntarías qué había ocurrido, como si te importara. «¿Freddy? A Freddy le dispararon por error. No estaba robando nada.» Moverías la cabeza y luego preguntarías en qué pared quería el RIP, y qué quería que pintaras en él. «En la pared de la escuela de P.S. 101. La pared de atrás. La que da a la calle 111. Freddy iba allí todas las noches. Quiero que diga: "Freddy, el mejor de la calle 109, RIP". Y luego quiero la bandera borinquen y una conga grande con la cara de Freddy en ella; ¿puedes pintar eso?» Responderías: «Claro, puedo hacerlo», y nunca pedirías el dinero de entrada, porque entonces no recibirías propina.

Pinté docenas de RIP para muchachos de El Barrio que se sentían pequeños y necesitaban algo violento para reiniciar sus vidas y a la vez terminarlas. Eran muchachos como ellos quienes andaban todos los días en busca de alguien a quien pegar, así que dependía de mí volverme como ellos o dejar que me saquen la mierda a patadas.

La Escuela Secundaria 99 (alias La Cárcel 99), en la calle 100 con la Primera Avenida, se convirtió en el escape que buscaba. Era violentamente perfecta y en constante conflicto consigo misma. Era una escuela dividida por dos poderes: los profesores blancos y los hispanos. Los blancos tenían más poder debido a su antigüedad. Ya enseñaban antes que el director del Consejo de Educación finalmente se diera cuenta que la escuela se hallaba en Spanish Harlem y prácticamente todos los estudiantes eran latinos, y cambiara el nombre de la escuela, de Margaret Knox a Julia de Burgos.

Para los profesores blancos, todos terminaríamos siendo unos delincuentes. «Me pagan, aprendan o no», nos decían. De modo que dijimos: «oye, no le estoy quitando la comida de la boca a tu hijo, ¿por qué entonces tendría que hacer mi trabajo?». Durante el tiempo que estuve en la Julia de Burgos, no tenía idea de que la escuela llevaba el nombre de la poeta más grande de Puerto Rico, no tenía idea de que Julia de Burgos había emigrado a Nueva York y vivido en la miseria mientras escribía sus maravillosos versos. Había vivido en El Barrio y muerto en plena calle. Pero no nos enseñaban acerca de ella, o acerca de otros poetas latinoamericanos, ya que estamos en eso. En historia, sabíamos más de Italia que de nuestros propios países latinoamericanos. Para el señor Varatollo, profesor de Estudios Sociales, todo era Italia aquí, Italia allá, Italia, Italia, Italia. ¿No conocía la historia del barrio? ¿No había visto *West Side Story*? Nosotros odiábamos a los italianos. Al menos esa parte de *West Side Story* era correcta. Todavía quedaban algunos italianos de la vieja época de los cincuenta y los sesenta. Vivían en la Avenida Pleasant, cerca de la 116, y si te agarraban por allí de noche, más te valía ser un latino de piel clara para que pudieras pasar por italiano.

De modo que, como estábamos casi convencidos de que nuestra raza no tenía cultura o gente inteligente, nos comportábamos aún peor. Eso nos hizo pelear y tirarnos libros, vender pitillos sueltos en las escaleras, contestarles a los profesores, y dejar las aulas cuando queríamos. Odiábamos a los profesores blancos porque sabíamos que ellos odiaban su trabajo. La única de ese grupo que de verdad nos enseñó algo, que se tomó el trabajo de hacer que la respetáramos al no aceptar nuestros desplantes, era la profe de matemáticas, la señora Boorstein. Una vez ella se enfrentó cara a cara con Sapo. Él estaba a punto de salirse del aula porque estaba aburrido, cuando ella le dijo: «Enrique, ¡vuelve a sentarte!». Sapo continuó caminando y ella corrió hacia la puerta y bloqueó su camino. Ella lo retó a que él la empujara. Le dijo: «Llamaré a tu madre. Apuesto que ella pega más fuerte». Y a Sapo no le quedó otra que volver a su sitio. Desde ese día, nadie se metió con ella. Podía haber sido judía, pero para todos nosotros seguía siendo blanca. Podía gritar como una mujer latina. Para nosotros, ella era siempre «esa puta». Pero sabíamos que se preocupaba, por la simple razón de que nunca nos insultaba; podía gritar, pero nunca insultarnos. Sólo quería que la escucháramos, y cuando nos iba bien en las pruebas de matemáticas, ella era pura sonrisa.

Los profesores hispanos, por otro lado, se veían a sí mismos en nuestros ojos y nos hacían trabajar duro. La mayoría eran jóvenes, hijos e hijas de la primera ola de puertorriqueños que había emigrado a El Barrio a finales de los cuarenta y en los cincuenta. Nunca aceptaban nuestras malacrianzas (especialmente las de Sapo), y no tenían miedo a maldecir en clases. «Mira, siéntate o te patearé en el trasero.» A veces nos hablaban severamente, como si fueran nuestros padres. Eso de algún modo nos hacía temerles y escucharlos. No eran puertorriqueños que bailaban en las calles vacías, chasqueando los dedos y haciendo girar sus cuerpos. Tampoco eran violentos, con temperamento de navaja. Ninguno de ellos se llamaba María, Bernardo o Anita. Esos profesores nos enseñaron simplemente que nuestra complexión tenía su origen en varios continentes: África, Europa y Asia. Para ellos nuestra autoestima era más importante que pasar alguna prueba, porque uno no puede pasar una prueba si se siente vencido de entrada. Pero los profesores hispanos tenían poca influencia en la manera en que las cosas marchaban en esa escuela. La mayoría acababa de graduarse de alguna universidad municipal y no podía hacer olas. Ninguna ola.

Así que nos odiábamos a nosotros mismos y peleábamos todos los días. Y finalmente, después de un tiempo, cuando perdí el miedo a golpear a otra persona (no el miedo a ser golpeado sino el de golpear a alguien), busqué peleas. Con Sapo cubriéndome las espaldas, meterse en peleas era divertido. Durante mis tres años en Julia de Burgos, tuve más peleas que Sapo. Y como había nacido con mejillas de huesos pronunciados y planos, ojos almendrados, y pelo negro y lacio (cortesía del lado ecuatoriano de la familia de mi padre), y como las películas de kung-fu eran muy populares esos días, cuando estaba en el octavo grado, me apodaron Chino.

Estaba feliz con el nombre. Chino era un nombre chévere. Había muchos que se apodaban Chino en East Harlem, pero no se trataba de un nombre que te lo daban así nomás. Primero, tenías que parecer algo chino, y segundo, tenías que pelear. Era un honor ser llamado Chino. Había otros nombres prestigiosos en el barrio: Indio, si tenías pelo negro y lacio, piel bronceada y parecías taíno; Batuka, si te gustaba la música de Santana y tocabas muy bien las congas; Bizcocho, si eras gordo pero contabas buenos chistes… También había nombres que se añadían al tuyo por ser quien eras, por aquello por lo que se te conocía, o por lo que se decía de ti. Como alguien que conocía y que se llamaba Junior, en la 109 y Madison. Junior no sólo llevaba un cuchillo, una jiga, en su bolsillo posterior, sino que lo había usado para cortarle la cara a alguien. No era gran cosa llevar un cuchillo en tu bolsillo posterior. Todos lo hacían y todos sabían que el ochenta por ciento era puro show, puro aguaje. En cuanto al otro veinte por ciento, era mejor para ti que no se te cruzara en el camino. Pero Junior era famoso por sacar su jiga cuando peleaba. No perdía tiempo. Fue Junior quien introdujo la frase «sonrisa Kool-Aid» cuando le cortó la cara a alguien de tan mala manera, de oreja a oreja, que lo dejó parecido al rechoncho y sonriente dibujo del logo de las bolsitas de Kool-Aid. Pronto, ese término se hizo popular y se convirtió en una frase de la calle: «Cállate, carajo, o te haré una sonrisa Kool-Aid». Junior ya no era simplemente Junior, sino a veces Junior Jiga de la calle 109.

También estaban los nombres con los que tus padres te habían llamado desde tu infancia, nombres de mierda como Papito, Tato, Chave, Junito, Googie, Butchy, Tito. Esos nombres no significaban nada en la escuela, en la manzana, en el barrio. No tenían peso, y usualmente aquellos que se habían quedado con esos nombres eran los que siempre terminaban recibiendo palizas.

Sapo era el mismo con todos, no importaba si se trataba del presidente de los Estados Unidos o un tecato,

Sapo era él y punto. También era así con las chicas. Verás, había chicas en el barrio delante de las que podías maldecir, actuar como un estúpido y todo eso, y había chicas con las que simplemente no podías. A Sapo no le importaba nada de eso.

Nancy Saldivia pertenecía al segundo grupo. Primero, era pentecostal. Más importante, estaba buena. A todos los muchachos del barrio les gustaba Nancy Saldivia. Su cara podía envolverte, casi convertirte. Tenía la piel bronceada clara, ojos color marrón y una hermosa cabellera semicastaña, semirrubia. Nancy exhalaba una pureza raras veces encontrada en una chica religiosa. Era tan genuina como la estatua de un santo al que le quieres encender unas velas, o para el que quieres robar flores, o al que quieres rezar. Cuando decía: «¡Gloria a Dios!», lo creía de veras. Era inteligente, cortés y amistosa, y como nunca maldecía, todos la llamaban Blanca.

Blanca tenía prohibido usar jeans, pero lo compensaba usando faldas cortas y apretadas. Siempre llevaba una Biblia consigo y nunca hablaba mal de nadie, y en la escuela sólo se metía con su amiga pentecostal, Lucy. Lucy era una chica peluda que nunca se afeitaba las piernas porque iba contra su religión. Blanca también tenía piernas peludas, pero las de Lucy eran tan peludas que todos la llamaban Chewbacca. Como si eso no fuera suficiente, Lucy también tenía pechos enormes. Por eso, a veces la llamaban Chewbacca la Vaca. Cuando la crueldad hacia Lucy era demasiado para Blanca, ella castigaba a los chicos portándose como la persona más seria y más fría de la escuela. Sólo a Blanca se le aguantaba eso porque tenía una cara angelical que casi te hacía cantar el *Aleluya*, o agarrar la pandereta y unirte a ella alguna noche en su iglesia, o hacer un ruido lleno de gozo para el Señor; así ella comenzaría a saltar al compás de esa salsa religiosa. Y quizás te sentirías con tanta suerte como para robarte una sensación barata cuando el Espíritu Santo tomaba posesión de su cuerpo.

Todos los muchachos tenían la necesidad de ser buenos con Blanca, de protegerla de la forma que pudieran, a pesar de que ella era una chica religiosa y lo único que lograrían sería un besito en la mejilla. Todos los muchachos, en serio, excepto Sapo.

—Mierda, man, ella no es de oro. Ella no es la *fucken* Virgen María.

—Blanca es pentecostal, bro, no católica.

—Cualquier mierda que sea. Todos los chicos lo único que quieren es cogérsela, entonces, ¿por qué la tienen en una *fucken* urna de cristal?

—Oye, respeta esa mierda, Sapo.

—¿Para qué? Ella no es un ángel. Mira, mi tía era pentecostal y ella, bro, se ha tirado a la mitad de los hombres de su congregación. Ésa ha cogido más huevos que una sartén.

—Respeta, Sapo. Blanca cree en esa mierda, así… —Sapo me cortaba.

—Así que te gusta, eso es todo. Porque es realmente mierda. Pero te gusta, así que aceptas esa mierda, bro. Pero sabes que es mierda. Mira, chequea esto, mi mami reza a su santa, Santa Clara, todos los días en Santa Cecilia. Ella enciende todas esas *fucken* velas para que la Virgen le dé los números. Cuando esa puta santa le dé a mi mami los números de la lotería, entonces creeré. Oye, creeré. Oye, lo creeré tanto que le compraré a Santa Clara un *fucken* museo de cera.

Mi mamá odiaba a Sapo. «No quiero verte con ese demonio», me decía. Pero nunca la escuché, porque para mí Sapo significaba la aventura. Sapo significaba que podíamos robar cerveza y beberla juntos. Significaba volar chiringas en el techo de un edificio de apartamentos, los dos volando con su yerba. Nos encantaba volar chiringas, pero no era la yerba lo que lo convertía en una aventura, sino las hojas de Gillette. Comprábamos un paquete de esas hojas delgadas y pegábamos las cuchillas en los bordes de las chiringas. Ahora teníamos armas voladoras, chiringas capaces de cortar al vuelo los cordeles de chiringas de otra gente. Se trataba de una guerra aérea. Mirábamos el cielo, veíamos una chiringa, y maniobrábamos las nuestras hacia ella. Sapo era brillante para eso. No tenía que acercarse tanto o estar a la misma altura, lo único que tenía que hacer era lograr que su chiringa con cuchillas rozara el cordel de la otra chiringa. Entonces, sin que la otra persona lo supiera, su cordel caería y creería que se había soltado, pero no, Sapo lo había cortado. Yo corría hacia abajo y seguía la chiringa, que pronto caía al suelo o en otro techo o en alguna otra parte. Iba a recoger nuestro botín de guerra, que luego vendíamos a algún muchacho, y nos repartíamos el dinero.

Mi papá sabía dónde estábamos viviendo. Cuando yo llegaba con mis moretes o un ojo en tinta, no perdía la calma. Me caía bien mi papá, y a mi papá le caía bien Sapo. Sabía la importancia de tener a alguien cubriéndote las espaldas. Era importante tener un pana, un broqui. Pero mi mamá no lo entendía. Como mi mamá, Blanca jamás lo entendería. Sapo era importante para mí. Había llegado en un momento en que necesitaba a alguien ahí, cerca de mí, para que me hiciera sentir que yo valía. Mi infancia y mi adolescencia estaban hechas de mis momentos con él, del mismo modo que quería que mi vida adulta estuviera hecha de mis momentos con Blanca. Era difícil separar las dos.

—Sabes, Sapo —le dije una vez, mientras nos preparábamos a volar chiringas desde el techo de nuestro edificio —, si pudiéramos viajar sobre ellas, podríamos salir de acá. ¿Sabes?

—¿Por qué diablos quisieras irte de este lugar? —dijo con su sonrisa de Sapo, mostrando todos sus dientes mientras pegaba algunas cuchillas a su chiringa—. Este barrio es chévere, bro.

—Sí, tienes razón, pana —le dije, pero sabía que no estaba siendo sincero. Dejé mi chiringa al viento, que se la llevó con un siseo, y pensé en Blanca y solté más cuerda.

Segundo round

Willie Bodega

En octavo grado postulé a la Escuela Secundaria de Arte y Diseño de la calle 57 con la Segunda Avenida. Cuando me aceptaron, muchas cosas parecieron posibles. Ahora dejaba East Harlem todos los días y sin darme cuenta del todo, el mundo se volvió nuevo.

Poco a poco la política menuda del barrio fue perdiendo importancia. Comencé a juntarme menos con Sapo, que ya había dejado la escuela. Cuando nos encontrábamos en la calle, era como si fuéramos hermanos que no se habían visto en años. Pese a la distancia creada, sabía que él todavía era mi pana, mi pana fuerte. Sabía que si iba donde él y le decía que unos chicos querían pegarme, él juntaría un grupo para defenderme, un grupito de la 112 y Lex o de alguna otra cuadra. Sapo conocía un montón de cuadras. Conocía a casi todos los muchachos que vivían en el barrio, La mayoría le debía a Sapo una u otra cosa, o le tenían tanto miedo que harían lo que les dijera sin preguntárselo.

En mi último año en Arte y Diseño aprendí acerca de los futuristas. Quería hacer algo como lo que ellos habían hecho. Los futuristas eran un grupo de artistas descontentos que surgió a principios de siglo; amaban la velocidad y pensaban que la guerra era buena, la «higiene de la humanidad». Para ellos, era importante comenzar de nuevo. La cultura estaba muerta y era hora de algo nuevo. ¡Incendiemos los museos! ¡Incendiemos las bibliotecas! ¡Comencemos de cero! Ésos eran algunos de sus gritos de guerra, y a pesar de que la mayoría provenía, como su líder, Marinetti, de la clase media alta y no del barrio bajo como yo, me gustaban porque entendía su furia. Descubrí que al reinventar la cultura se estaban reinventando a sí mismos. Yo también quería reinventarme. Ya no quería que el mundo fuera sólo mi barrio. Blanca pensaba lo mismo, y cuando comenzamos a salir hablábamos de esto todo el tiempo.

—Julio, ¿no odias cuando la gente del barrio que de algún modo logra salir de aquí cambia sus nombres? En vez de Juan, quieren ser llamados John.

—Te entiendo. Pero, de todas formas, ¿qué hay en un nombre? Un Rivera de Spanish Harlem, con otro nombre, seguiría siendo de Spanish Harlem.

Blanca rió y me dijo que era un estúpido. Luego dijo: —Tengo una tía que se llama Verónica. Cuando se casó con este tipo rico de Miami, cambió su nombre a Vera.

—Eso es una locura — dije.

—Nunca haré eso. Voy a quedarme con mi nombre, Nancy Saldivia, y mis amigos me pueden llamar siempre Blanca. La única vez que cambie mi nombre será cuando me case.

Podía haberme casado con Blanca en ese momento y en ese lugar. En vez de eso, nos registramos en Hunter College, porque sabíamos que necesitábamos de la escuela si queríamos cambiar. Nos casamos el siguiente año. Eran días en que todas las conversaciones parecían tan importantes como una crisis de gabinete. Hablábamos siempre de graduarnos y ahorrar para comprar una casa. De niños que se me parecían, y que dormían como ella. Con Blanca junto a mí, El Barrio parecía menos sucio, la vida menos dura, Dios menos injusto. Eran días felices, en que Blanca y yo trabajábamos duro para inventar una gente nueva. Era importante tener a alguien ayudándote mientras crecías y cambiabas.

De eso se trataba siempre. Dejar atrás tu pasado. Crearte de la nada. Ahora me doy cuenta que eso fue lo que me atrajo a Willie Bodega. Willie Bodega no sólo cambió mi vida y la de Blanca, sino todo el panorama del barrio. Bodega quedaría como la representación de todo lo malo de Spanish Harlem, y también de todo lo bueno que era capaz de ser. Bodega puso un espejo enfrente del barrio y enfrente de sí mismo. Él era la nobleza de la calle encarnada en alguien que todavía creía en sueños. Y por un corto período, esos sueños parecieron tan palpables como aquel puñal que Macbeth trató de agarrar. Desde sus días de juventud como un Young Lord hasta sus días como Bodega, su vida había sido propulsada por un ideal romántico sólo encontrado entre esos pobres diablos que únicamente querían ser poetas pero fueron reclutados y enviados al frente. Durante ese tiempo Bodega crearía una luz verde de esperanza. Y cuando esa luz de vida breve se convirtiera en una supernova, dejaría tras de sí un proyecto de realización y deseo para cualquiera en el barrio que anduviera en busca de nuevas posibilidades.

Se trataba siempre de Bodega y de nadie más excepto Bodega, y la única razón por la que comencé con Sapo fue porque, para llegar a Bodega, uno primero tenía que pasar por Sapo.

De cualquier modo, fue Sapo quien me lo presentó. Sapo tocaba mi puerta a horas locas de la noche.

—Chino, hombre, ¿qué nuevas? Sabes que eres mi pana, ¿verdad? Y que eres el único en quien confío, ¿verdad? Digo, lo nuestro es de hace tiempo.

Parloteaba credenciales como si le fuera a negar el favor. Luego, después de resumir nuestra amistad desde el cuarto grado hasta el presente adulto, decía: «Bueno, mira, tengo aquí este paquete y como eres el único en quien confío, sabes, ¿puedo dejarlo contigo, Chino?». Por supuesto, sabía lo que había en el paquete. Blanca también lo sabía, y le daba el ataque.

—Sabes que nada bueno sale de él. Siempre ha sido así. No quiero que te juntes con Enrique.

—¿Quién eres tú, mi mamá?

—Es un vendedor de drogas, Julio.

—Hombre, eres brillante, Blanca. ¿Qué lo habría delatado? —la luna de miel había terminado hace meses.

—¿Cuál es tu problema? Sabes, Julio, me casé contigo porque pensé que tenías cerebro. Pensé que tenías más cerebro que la mayoría de los i-i-i-diotas de este barrio.

Cuando Blanca maldecía, sabía que estaba enojada. Incluso cuando estaba enfogonada podía detectar cierta vacilación, un tartamudeo antes de maldecir. Blanca medía sus malas palabras cuidadosamente. No desperdiciaba muchas.

—Sólo mira a Enrique —continuó—. Tiene a todas esas mujeres que se acuestan con él para robarle cuando se duerme. ¡Así que trae su droga aquí para que tú, mi idiota esposo, se la guardes, mientras él se divierte!

—¿Y qué tiene de malo? A fin de cuentas no tengo que ir a venderla por ahí para ganarme unos chavos.

—¡Dios mío! Enrique puede tener algo de dinero y manejar un BMW, pero todavía vive en un edificio infestado de cucarachas como el nuestro. No puede irse porque su dinero sólo sirve aquí. No lo ves viviendo en la calle 86 con los blanquitos, ¿o sí?

—¿Te diste cuenta de todo esto por ti misma, Blanca? —me hice el que me interesaba más el control remoto, para encender la televisión.

—¿Se te ha ocurrido alguna vez —dije, después de encontrarlo debajo de los cojines del sofá — que quizás a Sapo le gusta vivir aquí? Quizás, como un cerdo, a Sapo le gusta el barro. No todos quieren ir a la universidad, Blanca —encendí la televisión y comencé a surfear—. No todos quieren ahorrar. Comprar una linda casa en el Bronx. Criar mocosos malcriados. ¿Crees que todos quieren lo que tú quieres?

—Lo que queremos, Julio, lo que queremos —señaló a ambos.

—Blanca, odio el trabajo en el supermercado y no tengo clases esta noche, así que por favor no me preguntes ahora qué es lo que quiero. Ahora, sólo déjame mirar *Jeopardy*, ¿okey?

Fue a apagar la televisión. Se paró entre el control y la tele, de modo que yo no pudiera volverla a encender desde el sofá.

—Tampoco me gusta ese trabajo de recepcionista —Blanca avanzó unos pasos y me quitó el control de la mano—. Pero, a diferencia de ti, casi he terminado en Hunter. Quizás si dejaras de meterte con Sapo, podrías terminar antes de que llegue el bebé. Vamos a necesitar dinero y trabajos de verdad.

—Ah, Blanca, ya he visto esta película. Todo esto ya ha sido dicho antes. Vamos. Tú quizás sepas qué hacer cuando tengas tu diploma; a mí no me interesa. Lo estoy sacando porque me gusta leer libros y toda esa vaina. Dame el control.

Blanca se sentó al borde del sofá, junto a mí. Estaba calmada y miraba hacia adelante, evitando toda posibilidad de que nuestras miradas se encontraran. Cuando hacía eso, sabía que pronto se vendría un pequeño discurso.

—Julio, sé lo que piensas de tus estudios. Lo sé muy bien. Pero yo sólo estoy pensando en el bebé. Hubiera preferido esperar hasta uno o dos años después de graduarnos, pero las cosas salieron de otra manera.

—Oh, entonces es mi culpa, ¿no?

—No es culpa de nadie. Mira, no es mi intención seguir molestándote hasta que termines tus estudios. Y quién sabe lo que harás cuando termines. Ojalá me hablaras un poco de eso —su tono cambió, se puso un poco más furiosa—. Pero si estás metido en algo estúpido, algo estúpido con Sapo que te va a meter en problemas, quiero saberlo. Quiero saberlo de tu propia boca.

Blanca me miró. Sus ojos marrones se fijaron con fiereza en los míos. Pestañeé. Ella no lo hizo. Puso un dedo en mi pecho.

—Quiero saberlo, ¿me entiendes? De ti y no de la boca de otro. De ti. Para que decida si me quedo contigo o no. Quiero saberlo. Por lo menos concédeme eso. Cien por ciento de eso. Si estás metido en algo ilegal, dímelo. Déjame decidir por mi cuenta si me quiero quedar a tu lado, si voy a ser una de esas esposas cuyas parejas están en la cárcel. Estoy dispuesta a aceptar muchas cosas, pero quiero saberlo. Si me mantienes en la ignorancia, es como insultarme. Y sabes que Enrique está en problemas.

—Blanca, estoy aquí contigo, ¿no? ¿He estado alguna vez metido en líos? Estoy aquí, ¿no?

—¿Pero qué si un día Enrique no me dice dónde te está llevando y te lleva a algún lugar malo? ¿Qué si la policía lo agarra, y como tú estabas con él, tú también te metes en el lío? Eso ocurre a menudo, lo sabes.

—Sapo nunca me haría eso.

—¿Cómo lo sabes?

—Porque lo sé.

—Julio, cuando éramos adolescentes en el Julia de Burgos, conocía a chicos que tenían que hacerse a los machos y sabía que tú no querías jugar ese juego pero tenías que hacerlo. Aunque a ti sólo te interesaba pintar. Ya me gustabas incluso entonces.

—A mí también me gustabas…

—No, déjame decir esto, ¿okey?

—Okey.

—Recuerdo cuando te llamaban por los altoparlantes para ir a la oficina y pintar para el señor fulano de tal, o pintar un mural para la asamblea. Ocurría a menudo. A veces faltabas los ocho períodos porque estabas pintando algo para algún profesor. Recuerdo que pensabas que era algo especial que te llamaran y te dieran ese privilegio. Pero yo pensaba que esos profesores te estaban arruinando. Eras apenas un niño. Debías estar en el aula y no les importaba eso, sólo querían que sus asambleas lucieran bien.

—¿A qué viene eso, Blanca?

—Escucha, Julio, conozco este barrio. Sólo porque voy a la iglesia no significa que no lo conozco. Aquí lo único que importa es lo que pueden romper, tomar, o robar de ti. Sé que Sapo es tu amigo. Lo sé. Pero sus amigos no son tus amigos. Sus amigos no tienen amigos.

Entendía su punto de vista. Era de los buenos. Pero actué como si ella estuviera equivocada y le dije que se fuera a dormir. Sin decir una palabra más, Blanca me devolvió el control y caminó lentamente hacia el dormitorio. Imagino que había dicho lo que tenía que decir, y que ahora lo dejaba a mi decisión.

Pero las peleas con Blanca sobre Sapo sólo empeoraron. Finalmente, durante su segundo trimestre, Blanca ya ni se molestó en tocar el tema, más por su preocupación por el bebé que por desesperanza. Cuando sabía que me iba a juntar con Sapo, alzaba sus manos disgustada y pedía perdón al Señor. Esto es, que me perdonara a mí, nunca a ella. Siempre yo. Esto también significaba que no la podía tocar. Yo era impuro y su cuerpo, redondo como la luna, todavía era el templo.

No puedo decir que la culpaba. Cuando le pedí que se casara conmigo, su pastor, Miguel Vásquez, le había advertido que si se casaba conmigo —un hombre mundano—perdería el privilegio de tocar la pandereta enfrente de su congregación. Eso significaba mucho para Blanca. A veces me rogaba que me convirtiera, para que ella pudiera volver a estar en gracia. Aparte, odiaba ir sola a la iglesia. Ahora sé algo acerca de querer algún tipo de reconocimiento, querer alguna forma de status, pero cuando pienso en gritar cosas como «¡Cristo salva!», me pongo nervioso. No saben lo que es estar en una iglesia pentecostal llena de latinos. Se dedican a la adoración en serio, con panderetas por aquí, un tipo comenzando a menearse como gusano en el suelo porque tiene dentro de sí al Espíritu Santo. El pastor da su discurso, gritando acerca de la venida de Cristo, cada semana Cristo está viniendo: «¡Cristo viene pronto! ¡Arrepiéntete! ¡Arrepiéntete!» Luego una banda entera se sube al

estrado y comienza a improvisar algo de esa salsa religiosa. Es como un circo para cristianos. Pero de algo
de lo que no podías burlarte de los pentecostales era
de sus mujeres. Tenían las más lindas mujeres religiosas en el barrio. Uno sabía que su belleza era real porque no usaban maquillaje y aun así lucían bien. Y yo
me había casado con una de las más lindas. Como
con Sapo cuando estaba en la secundaria, ahora necesitaba a Blanca para sentir que valía. No, no quería
echar a perder eso.

Un día, había llegado del trabajo a casa y buscaba
mis libros para ir a encontrarme con Blanca en
Hunter, cuando recibí una llamada de Sapo.

—Oye, Chino, ¿qué nuevas?

—¿Qué pasa, hombre?

—¿Me podrás hacer un favor grande? Eres mi
pana, ¿no? Sabes, ¿recuerdas el día en que Mario
DePuma te quiso golpear en la escuela? ¿Quién estaba allí para salvarte de ese *fucken* caballo italiano?
Digo, sé que no retrocediste y todo, pero, te estaba
dando duro.

—Sapo, estoy apurado. Dime lo que quieres
decir y deja de dar rodeos.

—Nene, ya te oí. Correcto, ¿te acuerdas de esa
bolsa que te dejé anoche?

—Sí, pero si la quieres recoger vas a tener que
esperar, bro. Tengo que ir a clases y encontrarme con
Blanca.

—Oh, estoy conmovido, la escuela nocturna
de Jane y Joe. Qué dulzura.

—Lo que tú digas, bro. Mira, me tengo que ir.

—Pero, bro, no corra. Te llamo para preguntarte si me la podrías dejar por ahí.

—¡Qué diablos! Sapo, ¿piensas que nací ayer? Mira, no voy a hacer tu trabajo sucio, al carajo. Una cosa es dejar que tengas esa mierda en mi casa, otra es llevarla por ahí…

—Para los caballos, bro, no te estaría pidiendo eso si no supiera que es algo fácil y que te queda en el camino.

—Sí, bueno, me desvía mucho de mi camino. Tengo que ir a clase, man, ya nos vemos —estaba a punto de colgar.

—¡No, espera! Bro, eso es lo chévere del asunto. Vas a dejar esa mierda exactamente en Hunta. Bro, juro por mi ma-ma. Hay un tipo en la biblioteca, sabes dónde queda la biblioteca de Hunter, ¿no?

—Sí, ¿y?

—Bien, sólo pon la bolsa en tu mochila y él se la llevará. No hay gran lío. Perderás la mochila pero de todos modos es *fucken* barata. Mi bro, incluso conoces al tipo. Tweety, ¿te acuerdas de él? ¿Tweety, del Julia de Burgos? Después todos comenzaron a llamarlo Silvestre, porque cuando hablaba te daba el estado del tiempo. ¿Te acuerdas de él?

—Mierda, ¿todavía está vivo?

—Vivito y escupiendo. Sí, así que, Chino, vamos. Un comemierda blanco de la 68 ha pedido toda esta mierda para una fiesta en uno de estos *penthouses* por Park.

—No sé, Sapo — dudé, temeroso, no de los policías, sino de Blanca.

—Vamos, man, un último favor para tu pana Sapo. Sólo le estarás llevando la bolsa a Tweety, bro. Él es que va a hacer el verdadero trabajo.

—¿Entonces por qué no se la llevas tú a Tweety? Mira, te esperaré aquí para que vengas a…

—¡Estoy en el Bronx, Chino! ¿Crees que te habría llamado si hubiera podido pasar? Mierda, hombre, ¿vas a la escuela o qué?

Así que hice lo que Sapo me pedía, sin contárselo a Blanca.

La siguiente noche Sapo tocó a mi puerta y me dio cincuenta dólares, sólo por llevar algo a donde de todos modos estaba yendo.

—Agradecimientos de Willie Bodega, mi man. Para tu mochila —Sapo puso el crujiente billete en mi mano.

Fue entonces que oí por vez primera el nombre de Willie Bodega.

—¿Willie qué? —pensé que era un nombre chistoso.

—¿Willie Bodega? ¿Nunca escuchaste hablar de él? Es el cheche taíno del barrio, ¿sabes? Aunque muy pocos han visto su cara.

Es importante para mí recordar esa noche, porque una vez que escuché ese nombre, nunca más se trató de Blanca o Sapo. Si bien eran muy importantes para mí, se trató siempre de Bodega. Todos éramos insignificantes, empequeñecidos por lo que su sueño significaba para el Spanish Harlem. Para obtenerlo, tomó atajos y violó algunas leyes, dejando migajas en el camino con la esperanza de, un día, girar y reencontrar el camino de la dignidad.

Tercer round

Willie Bodega, vendedor de sueños

Era una noche como cualquier otra. Blanca trabajaba frente a la computadora, escribiendo un ensayo para una de sus clases. Yo leía un libro que no tenía nada que ver con ninguna de las clases que estaba tomando. Sabía que pronto Blanca se levantaría y me preguntaría porque no estaba escribiendo mi ensayo. Tenía mi respuesta lista.

—Sólo tenemos una computadora.

—Ya terminé por esta noche.

—¿Tan rápido? —pensé que tenía todo cubierto.

—¿Rápido? He trabajado en esto más de una semana. ¿Cuándo comienzas el tuyo?

—Estoy investigando ahora mismo, ¿ves? —le mostré mi libro.

Blanca entrecerró los ojos para leer el título. Tenía sus sospechas, pero no dijo nada. Alguien golpeó a la puerta. Fui a abrirla: era Sapo.

—Hola, Chino. Bodega quiere hablar contigo.

Como siempre, Sapo era Sapo y había dicho esto sin preocuparle que Blanca lo escuchara. Ella se acercó a la puerta y me miró, esperando mi respuesta.

—¿Qué es lo que quiere?

—Bro, ¿vienes o no? —Sapo preguntó con impaciencia, como si yo estuviera desperdiciando su valioso tiempo. No miró a Blanca, y ella tampoco miró a Sapo.

Blanca me jaló, alejándome de la puerta.

—Julio, ¿quién es ese tal Bodega? —preguntó, dejando que la puerta se cerrara con violencia. Sapo esperaba en el pasillo. Odiaba a Blanca, y sabía que Blanca lo odiaba.

—Un amigo.

—¿Un amigo de Enrique?

—Un amigo de Sapo es un amigo mío —dije, y Blanca me echó una mirada maligna, y luego se agarró notoriamente el vientre redondo.

—Por favor, Blanca, volveré en una hora o dos. No vas a dar a luz todavía, te faltan meses.

—Julio, ya hemos discutido este tema. Cuando sales con él —susurró ruidosamente—, tengo un mal presentimiento, Dios me salve.

—Blanca, no mencionemos a Cristo en este momento, ¿bueno? —esto la molestó.

—¿Y tu trabajo? —su voz subió el volumen—. ¿No estabas estudiando o algo por el estilo?

—Acabo de terminar —no sé por qué a veces decía esas cosas a Blanca, cuando sabía que a ella no le podía mentir.

—Lo que quiere decir que quieres salir con Sapo —suspiró y movió su mano con desdén—. Olvídalo. Vete. Actúa como si estuvieras soltero.

Corrió al dormitorio para hablar por teléfono con su hermana, Deborah. Blanca llamaba a su hermana sólo cuando quería escuchar chismes o quejarse de mí. Deborah era completamente opuesta a Blanca. No era tan linda, no era pentecostal, hablaba malas palabras, tomaba Budweiser de la lata, se metía en broncas. Era tan opuesta a su hermanita menor que, desde que Blanca tenía diez y ella doce, todo el mundo la llamaba Negra.

Después de la escaramuza con Blanca, agarré mi chaqueta de jean y salí. Sapo me esperaba con impaciencia en el pasillo. Cuando me vio, sonrió, sus gruesos labios revelando todos sus dientes. Estaba feliz, como si hubiera ganado algún duelo.

—Déjame decirte, bro, siempre supe que te casarías con ella. Está bien, porque ella está bien buena, pero tienes que admitir que es una jodida a veces —su mano se apoyó en mi hombro y dijo—: Bodega es buen tipo, man. Te caerá bien.

—¿Qué quiere de mí? —volví a preguntar.

—No me lo dijo. Sólo quiere hablar contigo, eso es todo.

Nos dirigimos hacia las escaleras y Sapo apretó mi hombro y luego se detuvo. Quitó su mano de mi hombro, se dio la vuelta, y me miró a los ojos para asegurarse de que lo estaba escuchando.

—Bodega quiere algo de ti, man. Esa mierda no ocurre a menudo. ¿Entiendes lo que te digo?

Asentí, y bajamos las escaleras.

—¿Dónde vive Bodega?

—¿Bodega? En varios lugares. Tiene apartamentos en todo el barrio. Tienes que tener varios lugares y cambiarte de uno a otro para crear confusión. Sólo los más cercanos de tus panas pueden saber dónde estás. Lo único que sé es que quería hablar contigo y que iba a estar en su apartamento arriba de Casablanca. ¿Sabes dónde queda Casablanca, no? Esa *fucken* carnicería.

De donde vivía, en el edificio para viviendas Schomburg en la 111 y la quinta, a la carnicería Casablanca, en la 110 entre Lexington y Park, había sólo cuatro cuadras. A pesar de ello, Sapo me llevó a su BMW y manejó la corta distancia.

—En la puerta te encontrarás con un tipo que está *tostao*. Es primo de Bodega, ésa es la única razón por la que está ahí, no puedes despedir a tu propia familia. Pero es un pobre diablo estúpido, bro. Cuando lleguemos allí él abrirá la puerta, bro, y el muy idiota habla en canciones. Como si hubiera crecido escuchando radio. Ese tipo está craquiado.

Cuando llegamos, Sapo estacionó el auto al lado de un hidrante. Fuera del edificio sin ascensor, algunos tipos habían puesto una mesa y estaban sentados sobre cajones de leche, tomando Budweiser en bolsas de papel y jugando dominó. Tenían una radio pequeña a sus pies, de ella salía una vieja canción de amor: «Mujer, si puedes tú con Dios hablar, pregúntale si yo alguna vez te he dejado de adorar». Al otro lado de la calle, en la pared de la entrada de un edificio de viviendas de renta limitada, había un altar, lo cual indicaba que alguien acababa de morir. Había flores, una Miller de cuarenta onzas, estampas de santos y fotos del muerto, todo iluminado por seis largas velas dispuestas en forma de cruz. Sapo me condujo hacia el viejo edificio donde la carnicería Casablanca había vendido carne al barrio durante años. Subimos tres pisos: las paredes estaban hechas pedazos, las escaleras crujían, y todo olía a viejo; lo único más desagradable que el olor de un lugar así es la peste a orines de un ascensor de un bloque de viviendas. Si uno observa el piso de un viejo edificio, verá capas sobre capas de linóleo de diferentes años. Todas de diferentes colores. Sapo se detuvo frente a una puerta de acero que parecía importada de la prisión de Rikers Island.

Abrió la puerta un hombre alto y grande con cara de bebé y hombros de oso. Era el primo de Bodega. Era lento, pero sólo de inteligencia. Después descubriría que era de pies ágiles, como un oso grizzly a la hora de la comida. Me dije que andaba en sus cuarenta y era más fuerte de lo que él creía. Podía abrazarte y no saber que te estaba matando. Era de la época en que el *Top 40* estaba de moda en las radios AM. Se decía que había empezado a hablar en canciones años atrás, cuando las radios AM quebraron su corazón al dejar de pasar música. Imaginé que Bodega lo tenía para cubrirle las espaldas o al menos vigilar la puerta.

—*Oye como va. Bueno* pa *gozar* —dijo Nene a Sapo, quien me lo presentó.

—Éste es Chino, mi pana fuerte. Tu primo lo mandó llamar.

—Chino, sí, bro —Nene me miró y extendió la mano. Yo extendí la mía—. Está bueno, bro. ¿Estás en el negocio, supongo? —me preguntó. Encogí los hombros—. Eres cool, Chino, porque *any businessman can come and drink my wine. Come and dig my earth.*

Nos dejó entrar. Sapo movió su cabeza y pronunciaba maldiciones para sí mismo cada vez que Nene usaba un fragmento de una canción. Era algo que Sapo tenía que tolerar, una cláusula que tenía que aceptar si iba a trabajar para Bodega.

No había nada adentro. Habitaciones desnudas. Nunca había estado en el apartamento de Sapo, pero me habían dicho que era igual. Se trataba de no poseer muchos objetos porque nunca se sabía cuándo había que desaparecer por un tiempo. Se debía viajar cómodo. Nene nos condujo a una habitación con un escritorio, dos sillas y un sofá viejo y sucio con una revista *Playboy* metida entre los cojines. Parado detrás del escritorio había un hombre en sus cuarenta, con perilla y los ojos caídos de un ex adicto a la heroína. Su pelo era rizado y medía casi uno ochenta. Hablaba en un celular, y cuando nos vio a Sapo y a mí sonrió rápidamente, cortó la conversación, colgó el teléfono y me indicó que me sentara en el asiento enfrente de él. Sapo se sentó en el sofá viejo y sacó la *Playboy*.

—Sapito, ¿éste es tu amigo? —preguntó Bodega.

—Sí, Chino, mi pana fuerte. Inteligente, Willie, muy inteligente. Me copiaba de él en el colegio. Hasta que me cansé de esa mierda.

Sapo estaba emocionado, feliz de que yo estuviera allí, como si quisiera que yo formara parte de algún equipo. Vi a Bodega estudiarme y mover la cabeza, como decepcionado. Como si hubiera esperado a otra persona.

—¿Eres amigo de Sapo, no? —preguntó, sabiendo muy bien que lo era.

—Sí —dije, sin saber muy bien cómo responder.

—Sapito me dice que vas a la universidad. ¿Es verdad?

—¿Qué clase de pregunta es ésa? —dije, riendo para disimular mi nerviosismo. Hubiera tenido miedo, pero Sapo estaba conmigo y yo sabía que nada me ocurriría—. Sí, hombre, voy a una universidad pública, no es gran cosa…

—Muchacho, la universidad es la universidad, y eso es lo que importa—. Bodega me miró de nuevo de arriba abajo, luego movió la cabeza, chasqueó los dedos y me apuntó, todo en un solo movimiento.

—Estás muy bien —dijo, como si finalmente me aprobara—. Chino, ¿verdad? ¿Es Chino como te llaman?

—Ajá.

—Mira, Chino, ¿has oído hablar de Edwin Nazario?

—¿Edwin Nazario? ¿Tiene algo que ver con el boxeador que iba a pelear con Rosario, el Chapo?

—No, mismo apellido, pero ninguna relación.

—No lo conozco. ¿Quién es?

—Un abogado.

—No me gustan los abogados, son prostitutas en traje —dije, tratando de aparentar que me las sabía todas.

—Nazario no es de ésos. Es mi hermano, compartimos la misma visión de las cosas— Bodega señaló a sus ojos como si pudiera ver aquello que me iba a decir. Como si aquello estuviera enfrente de él.

—Te escucho —dije. Siempre digo «te escucho» cuando no entiendo algo o no tengo nada que añadir.

—Nazario es brillante. Chino, conoce la ley de punta a punta, como si fuera un abrigo reversible. Y eso es sólo el comienzo. Con Nazario planeaba convertirme en dueño de este barrio y hacer que fueran mis dominios.

Su celular sonó y él contestó.

—No puedo hablar ahora —siseó, sus ojos caídos centelleando —. Estoy en medio de algo, sí… ajá, no no, en la botánica, qué pendejos son, sí… sí… en la botánica.

Puso el celular en el escritorio y me miró.

—Como te estaba diciendo, Chino, mira, Nazario y yo sabemos que estamos viviendo en la más privilegiada de las épocas desde los años veinte, desde la Prohibición.

Vi que Bodega no tenía ningún apuro en llegar donde quería llegar. Esa noche, cuando lo conocí, no me cayó bien. No era porque se trataba de un capo de las drogas. No, eso para mí no era tan diferente de un ejecutivo de Wall Street que se hacía de un millón de dólares por destruir una parte del mundo. No me cayó bien porque era un hablador que no podía ir al grano. Bodega era el tipo de los que, si te iban a mos-

trar cómo hacer aviones de papel, primero te conta-
ban cómo tenían que talarse los árboles para fabricar
papel.

—Porque los hombres que hicieron este país,
los hombres que construyeron este país, eran de la
calle. Hombres como yo, como tú, como Sapito
—señaló hacia Sapo, que tenía la nariz metida en
la *Playboy*—. Hombres que usaron cualquier tipo de
proyecto para obtener dinero, y atesoraron lo suficiente para limpiar su nombre y enviar a sus hijos a
Harvard. ¿Chino, viste ese especial sobre los Kennedy,
en el canal trece?

—¿Usted ve canal trece? —estaba sorprendido.

—Ajá, veo canal trece. ¿Qué crees, que sólo los
niños y los blancos ven televisión pública?

—No, no estoy diciendo eso. Es sólo que eso
está muy *heavy*, eso es todo.

—No sólo lo veo, sino que incluso soy socio. Entonces, ¿viste el especial sobre los Kennedy,
Chino?

—No, me lo perdí.

—Bueno, esa mierda contaba la verdad. Bro,
ese tipo era un raquetero. Joe Kennedy no era diferente de mí. Ya tenía suficiente dinero en los años
veinte, pero igual se convirtió en un vendedor de ron.
El alcohol es una droga, ¿verdad? Kennedy vendió el
suficiente alcohol como para matar una manada de
rinocerontes. Logró suficiente dinero en eso y pudo
meterse en otros proyectos, esta vez legales. Años
después el hijo de puta compró la Casa Blanca para
sus hijos. La compró. Ajá, violó la ley. Yo la estoy
violando de la misma forma, pero no recibo ningún
reconocimiento porque no soy Joe Kennedy.

Quise preguntarle de qué hablaba, pero sólo
asentí con la cabeza y lo dejé hablar.

—Porque, Chino, este país es tan nuestro como de ellos. Vidas puertorriqueñas se perdieron en las arenas de Iwo Jima, en Corea, en Nam. Si vas a Washington, verás nuestros apellidos en la pared del memorial a Vietnam: Rivera, Ortega, Martínez, Castillo. Esos apellidos se encuentran allí junto a los de Jones y Johnson y Smith. Sin embargo, si vas a llenar una solicitud de empleo, no te respetan. Te encuentras con casillas para afroamericanos, italoamericanos, irlandeses-americanos, pero nada para puertorriqueños-americanos. Sólo verás una casilla que dice hispano. Ahora, si no me quieren considerar americano, no tengo problema. Si me quieren ver como un hijo bastardo, tampoco hay lío. Pero cuando el botín del padre esté siendo dividido, mejor que me den algo o si no lo tendré que tomar por la fuerza. East Harlem, East Los Angeles, South Bronx, South Central, South Chicago, Overtown en Miami, todos son los mismos ghettos puñeteros.

Hizo una pausa por un segundo y me miró. Por primera vez vi que sus ojos tenían un extraño matiz café aguado, como si hubieran sido apagados por alguna profunda tristeza que los años habían convertido en rabia.

—Lo escucho —volví a decirle. Estaba listo para retirarme. En el primer chance le iba a decir a Bodega que tenía que volver a casa porque Blanca estaba embarazada. Que esperaba que me entendiera. Que me hubiera encantado quedarme con él, pero que no podía. Entonces, justo ese minuto, Bodega abrió una gaveta y sacó una bolsa de plástico del tamaño de una Biblia y dijo las palabras mágicas que me mantuvieron allí toda la noche.

—Bro, Chino, fuma conmigo.

Me calmé, y miré la yerba. «Este pasto se ve muy bueno», pensé. Cuando abrió la bolsa, tenía un aroma tan fuerte como el del café, y las semillas eran tan grandes como quenepas. Bodega volvió a cerrar la bolsa y se la tiró a Sapo.

—Sapito, enrólanos un par.

Sapo hizo su gran sonrisa y trajo su propio bambú. Abrió la bolsa, agarró un puñado de yerba y lo dejó caer sobre la *Playboy* en sus faldas. Cerró la bolsa y comenzó a despepar el puñado sobre la revista.

—Mierda, acabo de darme cuenta —dijo Sapo, riendo— que derramé toda la yerba en la cara de Bo Derek. Hombre, esa perra está todavía buena, y eso que está en sus cuarenta.

—No, está jodida. Era tremenda mamichula antes, ya no —dije, feliz de no seguir conversando con Bodega. Mientras miraba a Sapo, esperaba que Bodega fuera al grano. Sólo quería que me dijera qué tenía que ver todo esto conmigo. Pero ese momento, la verdad que no importaba mucho porque me iba a tirar un gallito de marihuana de los buenos, y no había fumado nada desde que me casé con Blanca.

—No, Bo Derek todavía está utilizable —dijo Sapo.

—No como cuando tenía sus trencitas. Te acuerdas, cuando tenía esas trenzas estilo Stevie Wonder. En esa época estaba muy buena. Esa mierda debería volver a ponerse de moda. Las blanquitas se ven buenas con su pelo así —dije.

—Se dan cuenta, Iris Chacón en su época de oro nunca posó para *Playboy*. Una *fucken* pena —dijo Sapo, que aún seguía sonriendo.

—Por eso sí que hubiera valido la pena pagar —asentí. Iris Chacón era mi sueño mojado, como lo era para tantos. Cuando bailaba, podía prostituir tu sangre y masturbar tu alma. Era un regalo de la isla madre, para recordarnos a las mujeres que se quedaron allá, las que no fueron traídas a Nueva York y fueron dejadas diciendo adiós cerca de las olas del mar, en mi viejo San Juan.

—No me importa —dijo Sapo—. Iris Chacón o no, yo me las cojo a *toa*. A todas, de ocho a ochenta. Ciegas, paralíticas y locas —nos reímos juntos. Sapo siguió exagerando—. Si saben gatear, ya están en la posición correcta.

—Coño, estás *tostao* —dije, riendo.

—Si pueden jugar con Fisher-Price —Sapo estaba imparable, se agarraba la entrepierna—, pueden jugar con este aparato.

—Hombre, cállate, estás tocado —dije, riendo.

Justo cuando Sapo iba a comenzar a dar lata con otra de sus boberías: «Si ven *Plaza Sésamo*, pueden…», Bodega volvió a la vida: «Así, Chino, como te iba diciendo…»

Sapo se tranquilizó y yo dejé escapar un suspiro porque quería hablar de otra cosa. Incluso seguir escuchando las locas frases de Sapo hubiera sido un agradable respiro. Bodega se dio cuenta de mi aburrimiento, sonrió y fue directo al grano.

—Nazario necesita ayuda. Sería bueno si él te tuviera a su lado. Entiendes, Chino, un tipo inteligente, que sea su asistente.

—Buenísimo, hombre, pero no me interesa esta vaina.

—¿Dije algo acerca de vender droga? —Bodega parecía insultado. Su voz se elevó un poco—. Te dije que Nazario es abogado.

—Mire, sé que usted tiene que hacer lo que tiene que hacer —dije—. No tengo nada contra usted o contra lo que está haciendo. No creo en esa mierda de «Dile no a las drogas», porque aquí no hay muchas cosas a las que decir *sí*. Pero no puedo.

—Escúchame, Chino. Escúchame, y no me interrumpas. Mira, conoces esos tres edificios en la 111 entre Lexington y Park, justo detrás de nosotros y enfrente de la escuela pública 101, ¿te acuerdas, esos que han sido restaurados recientemente?

—Ajá. ¿Y?

—Ésos son míos.

—¿De usted? —no le creí, y miré a Sapo en busca de confirmación. Sapo asintió.

—Estaban condenados, pero mira cómo están ahora —dijo Sapo—. Algo así como la gorda que nadie quería, hasta que alguien se animó con esa zorra y la puso a dieta, y ahora todos están detrás de ella.

—Eso no es todo, Chino —continuó Bodega—. Tengo una fila de ésos, que están siendo renovados en la 119 y Lexington. Y Nazario está trabajando con sus contactos en el ayuntamiento para conseguirme más. Viviendas. Viviendas, Chino. Así es como lo haré. Ésa es mi visión.

Sonó el teléfono. Bodega maldijo, y contestó.

—Sí… ¿qué botánica? ¿Me quieres decir que no saben qué botánica? ¡Pendejos! San Lázaro y las Siete Vueltas, ¿qué otra botánica podría ser? ¡Ahora, vayan!

Bodega colgó, moviendo la cabeza.

—Son unos niños —susurró para sí —. Unos *fucken* niños.

Sapo continuaba enrolando. Era muy bueno para ello. Sus gallitos parecían provenir de una cajetilla de Camels. Volví a mirar a Bodega, que seguía moviendo la cabeza. Murmuró algo a Dios, o quizás a sí mismo, y continuó.

—Como te decía, Chino, cuando Nazario adquirió el primer edificio, los policías pasaban por ahí y veían a un puertorriqueño trabajando en la restauración del edificio, y se reían. Decían que no teníamos el ingenio para hacerlo, porque éramos puertorriqueños. Decían cosas como, ustedes no son los incas o los aztecas, no hay Machu Picchu en San Juan o pirámides en Mayagüez. Ustedes son taínos, unos idiotas hijos de puta. No hay ruinas en su isla porque ustedes no pueden construir ni mierda.

Bodega se detuvo, y elevó su dedo índice a la altura de sus ojos. «Pero Nazario, él vio todo. Él lo comprendió bien.» Puso su índice en la sien. «Es abogado, pero antes andaba en la cañona. Todavía puede hacerlo, porque nunca olvidó que pertenece a la calle. Andaba en la cañona como todos nosotros, que comenzamos robando un tapacubos por aquí y una radio por allá, hasta que éramos dueños del carro. Nazario andaba en lo mismo.» Bodega puso sus manos alrededor de su boca, como si fuera a gritar.

—«¡Oigan! ¿Alguien conoce a un electricista? ¿Un enyesador? ¿Un plomero?» —dejó caer sus manos y continuó—. Nazario estaba en la calle, en la cañona. En Losaida y en East Harlem. «¡Oigan! Estoy tratando de restaurar este edificio. ¿Conocen a alguien que esté dispuesto a hacerlo para ayudar a un hermano, o al menos bien barato?» Y pronto, la comunidad respondió. «Sí, mi hermano es electricista, él puede ayudar; sí, mi sister es plomera; mi primo se puede encargar del techo». Y luego, Chino, una rampa azul se cayó a un costado del edificio. Algunos ladrillos comenzaron a caer. Las cañerías fueron cortadas. El techo lo desmantelaron. El edificio estaba deshecho. Como un *fucken* pescado, le habían sacado las tripas. Y los policías dejaron de reír. Y luego Nazario estaba de nuevo haciendo sus fullerías, sólo que esta vez con el encargado de incendios en City

Hall. «No hemos violado ningún código de incendios. Este edificio es seguro. Pueden venir y comprobarlo.» Y vinieron y lo revisaron. Y declararon que el edificio era seguro. Y el departamento de incendios retrocedió. ¿Y sabes lo que hice?

—¿Qué?

—Dejé que catorce familias vivieran en el edificio, con alquiler muy barato. ¿Sabes lo que eso significa, Chino?

—¿Que tiene un gran corazón? —dije, sonriendo.

—Sí, eso también. Pero lo que significa es que esas catorce familias defenderían a Bodega. Catorce familias que estarían dispuestas a recibir un disparo por Bodega. No son tontos, saben de dónde viene el dinero. Saben quién es el verdadero propietario. Saben lo que hace. Pero están recibiendo un pedazo, ¿correcto? Verás, Chino, lo veo como una donación. Como las de IBM o Mobil. ¿Es que a esos lugares les gusta regalar dinero? No lo creo. Pero ayuda a su imagen, y las pueden descontar de sus impuestos, y el gobierno los deja en paz. Para que yo pueda quedarme con el pedazo que me toca, también tengo que hacer donaciones. Pero yo defiendo a la comunidad, y luego la comunidad me defenderá. Lo hará, porque su vivienda depende de mí.

Bodega golpeó el escritorio con su puño, luego señaló con su dedo a la pared, como si estuviera señalando a la gente fuera del edificio. Como si estuviera señalando al barrio entero.

—De modo que, si Doña Ramonita no puede pagar su alquiler, yo me encargo. El centro comunitario necesita una nueva mesa de billar, yo me encargo. La Liga Peewee de Casita María necesita nuevos uniformes, yo me encargo, bro. Todos vienen en busca de Bodega. Lo saben todos en El Barrio. Baby necesita un nuevo par de zapatos, anda a hablar con Willie Bodega. Mi hija se está casando, y necesito un bizcocho grande de Valencia, anda a ver a Bodega. Mi puesto de frituras en La Marqueta se incendió, anda a ver a Willie Bodega, él te ayudará. Cualquier mierda de ese tipo. Lo que pido a cambio es su lealtad. Si algo me ocurre, la gente saldrá a las calles. Bro, habrá latinos de la 125 a la 96, con congas y timbales las veinticuatro horas del día, parando el tráfico, volcando carros, incendiando, gritando: «¡Liberen a Willie Irizarry! ¡Liberen a nuestro hermano, nuestro dulce, dulce hermano! ¡Liberen a Willie Irizarry y encierren a algún *fucken* corredor de bolsa!» Estoy hablando de grandes disturbios, ¿sabes de qué estoy hablando?

—Un problema, Bodega —dije, reteniendo el humo en mis pulmones.

—¿Sí?

—Tú estás vendiendo esa cosa —exhalando el humo—, a tu propia gente.

—¡A la mierda! —de nuevo golpeó el escritorio con su puño, esta vez con fuerza. Lo ignoré, y le pasé el moto. No lo aceptó.

—No, disfrútalo tú. *To pa* ti —dijo, por lo que supuse que no estaba muy enfogonado.

—Mira, Chino, si cualquier puertorriqueño o cualquiera de mis hermanos o hermanas latinos es tan estúpido como para comprar esa mierda… —con sus dedos, me indicó que me acercara, como si fuera a contarme un secreto—. Si un puertorriqueño o cualquiera de mis hermanos latinos es tan estúpido como para comprar esa mierda, no pertenece a mi Gran Sociedad.

Quise reírme. ¿Quién se creía que era, Lyndon Johnson?

En ese entonces, aquella noche, no lo tomé en serio. Me sorprendía que hubiera llegado tan lejos, pero sabía que no todo había sido suerte. Nadie llega tan lejos por pura suerte. Descubriría pronto que estaba viviendo en uno de esos raros momentos en que una personalidad se entrelaza tanto con su era que no se puede hablar de ambas cosas en frases diferentes. Bodega era una reliquia perdida de un tiempo en que todo parecía posible. Cuando los jóvenes querían el cambio social. Él de algún modo había traído esa esperanza a mi era. Era difícil definirlo al comienzo, porque pensé que ya nadie podía creer todo eso en verdad. Pero Bodega no sólo lo creía, él lo estaba practicando. Había aprendido del pasado y sabía que el cambio no podía venir sólo del amor libre, la paz y la hermandad. Tenían que tomarse medidas extremas, y lo único que uno podía esperar era que lo bueno pesara más que lo malo.

—¿Gran Sociedad? —repetí, moviendo mi cabeza—. No lo sé, Willie, eso suena como sacado de los sesenta, ¿sabes a lo que me refiero? Algo así como declararle la guerra a la pobreza y Spanish Harlem como un prisionero de guerra. Ahora, no sé cuándo terminó esa guerra, lo único que sé es que nunca vinieron a liberarlos.

Aspiré la mota de nuevo, riendo. Estaba a punto de levantarme y pasárselo a Sapo cuando vi que Sapo había encendido su propio gallito de marihuana. Supuse entonces que éste era todo para mí. Sonreí.

—Sí, hombre, soy de otra época —Bodega me devolvió la sonrisa—. Me alegra que te hayas dado cuenta de eso, Chino —estaba radiante—. Tú eras apenas un cachorro, y Sapo un renacuajo, cuando vivir en el barrio era un gran bembé. Era un gozo, porque había orgullo y rabia e identidad. Los Black

Panthers en Harlem gritaban: «¡Poder popular!».
Nosotros aquí en el barrio vimos lo que estaban haciendo en Harlem. Comenzamos a preguntarnos, ¿por qué no podemos hacer una mierda igual aquí? Algo tenía que hacerse, de otro modo nos íbamos a matar entre nosotros. Entonces apareció Cha Cha Jiménez, un tipo de Chicago. Comenzó a hablar del nacionalismo puertorriqueño y pronto creó los Young Lords. Nosotros, aquí en East Harlem, hicimos nuestro ese movimiento.

Bodega comenzó a caminar por la habitación, emocionado.

—Los Young Lords eran maravillosos, Chino. El Barrio estaba lleno de esperanza, y la revolución estaba en el aire. Queríamos empleos, empleos de verdad. Queríamos educación, educación de verdad, para nuestros hermanos y hermanas pequeños, porque era muy tarde para nosotros. Queríamos que no se usara pintura con plomo fuera en nuestros edificios, protección en las ventanas para que nuestros nenes no salieran volando por querer agarrar a las palomas, queríamos ser escuchados. Pero sabíamos que primero teníamos que tener a la comunidad de nuestro lado. Entonces, ¿qué hicieron los Young Lords?

—¿Qué?

—Limpiamos las calles. Todos, Chino, fuimos a nuestras casas a conseguir una escoba, compramos bolsas, rastrillos, Comet y Ajax para el graffiti en las paredes, zafacones para la basura, y pronto la comunidad estaba de nuestro lado. Pronto todos limpiaban las calles con nosotros. Nadie nos tenía miedo. Nos amaban. Después, nos dijimos, coño, no iniciamos el grupo de los Lords sólo para limpiar las calles de mierda. De modo que un día nos vestimos con nuestras ropas de domingo y llegamos de sorpresa a la mansión Gracie, para hablar con el alcalde, Lindsay, sobre empleos, educación, viviendas, programas de capacitación. Cuando llegamos a las puertas de Gracie, un asistente del alcalde nos dijo: «Cualquier queja, tienen que ir a City Hall». Dijimos: «No hemos venido a quejarnos, hemos venido a hablar». Pero Lindsay no quiso vernos. No podía creer que en la puerta había pandilleros de traje que no se estaban apuñalando entre ellos. Que no querían robar su casa. Que se habían organizado para lograr que mejorara su barrio. No podía entender que East Harlem, a sólo una milla de donde vivía, era capaz de verse en el espejo y decir: «Necesitamos cambiar. Vamos a ver al hombre». Eventualmente, Chino, nos fuimos a casa e hicimos lo que el asistente de Lindsay nos había sugerido. Al día siguiente, fuimos a City Hall con nuestras demandas. ¿Y sabes lo que ocurrió al mes siguiente, Chino?

—No, cuénteme —dije, sabiendo que de todos modos lo iba a hacer.

—El siguiente mes, subieron el costo del metro, de veinticinco a treinta y cinco centavos —se encogió de hombros—. Así que esperamos, y esperamos, y pedimos, y pedimos. Finalmente, cuando ya sabíamos que no harían caso a nuestras demandas, cuando ya sabíamos que Lindsay no nos haría llamar, y el departamento de saneamiento no nos prestaría siquiera escobas para limpiar nuestras calles, no nos quedó otra que salir a las calles de East Harlem.

Bodega traicionaba su acostumbrada calma, estaba emocionado.

—Ésos fueron los disturbios de la basura del sesenta y nueve en East Harlem. Usamos zafacones de basura y muebles viejos para bloquear la 116, de la Quinta a la Primera Avenida. Y Lindsay, el más grande fraude que esta ciudad haya conocido, pero con el suficiente carisma para seducir a Hitler, nos envió sus *fucken* funcionarios y policías. Así que comenzamos a acumular armas en una iglesia de la que nos habíamos adueñado, en la 111 y Lex. Exacto, en una *fucken* iglesia. Y comenzamos a predicar el Qué Pasa Power.

Bodega continuó caminando por la habitación con la energía de alguien boxeando con su sombra.

—¡En todo el barrio, Qué Pasa Power! Incluso las ancianas empezaron a contrabandear cosas para nosotros, porque a los perros de Lindsay no se les ocurriría revisarlas. Ancianas, Chino. Las ancianas hacían eso por nosotros porque sabían, sabían a qué se debía nuestra queja. Bro, fue grandioso. Lo que ocurría era Qué Pasa Power. *Pa'lante* se llamaba nuestro caballo de batalla, un periódico en el que exponíamos nuestras ideas.

Bodega volvió a su sucio escritorio. Se sentó, enfrentándome.

—Como ahora, andábamos en el tumbe, en la cañona —me miró en silencio por un segundo. La tristeza había retornado, mezclada con furia—. La eterna cañona, Chino. La decisión de ser un chulo o una puta, ésas son tus dos únicas opciones en este mundo. Trabajas para alguien, o trabajas para ti mismo. Y cuando los Young Lords se volvieron poderosos, comenzaron a discutir entre ellos. Después, incluso cambiaron su programa y se convirtieron en otra cosa. Estaba en la calle, sin un chavo. Chino, bro, salí del barrio y supe que lo único que me quedaba era la cañona. Así que vendí suficiente tecata como para noquear a todos los elefantes de África. Y luego conocí a Nazario. Acababa de salir de la escuela de leyes de Brooklyn. Y desde esos días, Nazario y yo… —vi algo de luz en sus ojos, como si la esperanza hubiera regresado a ellos. Luego, juntó dos dedos como si estuvieran pegados con goma—. Nazario y yo, hermanos. Panas. Y ahora tenemos cosas más ambiciosas en mente. Verás —continuó —, o ganas dinero conmigo, o lo ganas para mí. Eso es lo que les digo a mis muchachos, de cualquier manera, gano.

Bodega señaló a sus ojos de nuevo. Luego hizo una breve risa. «Todo depende de dónde te encuentras, y de dónde vienes. Willie Bodega no vende drogas. Willie Bodega vende sueños.»

En ese momento, Sapo se levantó. Metió la *Playboy* en su bolsillo trasero, tiró el moto que había estado fumando, lo apagó con sus zapatos deportivos y puso la grilla en su billetera.

—Oigan, voy a bajar a la bodega por unas birras —dijo—. ¿Alguien quiere algo?

Cuarto round

El incendio, esta vez

—¿Así que edificios? —estaba un poco escéptico—. ¿Y cómo escapas a los impuestos? ¿Y qué le dices al ayuntamiento de la Ciudad de Nueva York?

—Ajá, aquí es donde reaparece mi amigo Nazario. Te digo, es un genio, un caballo. Nazario se inventó una agencia administrativa legal. Supuestamente el dueño es un judío llamado Harry Goldstein, pero, ¿sabes quién es el verdadero Harry Goldstein? Exacto: yo. La Agencia Inmobiliaria Harry Goldstein. Estoy a cargo de la agencia más humanitaria de administración de viviendas en Nueva York. Porque, como te dije, Chino, si te preocupas de la comunidad, la comunidad se preocupará por ti —Bodega lo dijo orgullosamente, como si hubiera encontrado una verdad que sólo él conocía.

Sapo entró con una Miller de cuarenta onzas y una bolsa de papitas. Sacó la *Playboy* de su bolsillo trasero, abrió su cerveza y se sentó.

—Si necesitan más calefacción, se las doy —Bodega continuaba—. ¿No pueden pagar el bajísimo alquiler de ese mes? También se los doy. Algo se rompe, el conserje lo arregla, rápido. ¿Quejas? Quejas, aquí entras tú. Tú te encargarías de las quejas.

—¿Yo?

—Sí, tú.

—¿Por qué no Sapo? ¿Por qué no hacer que él trabaje con Nazario?

—No, no —Bodega agitó su mano izquierda con desdén. Miró a Sapo, que no le devolvió la mirada. Con la *Playboy* en sus piernas, comía las papitas muy contento, haciendo caer migajas en las páginas—. No, no, nada contra Sapito. Pero ellos saben lo que él hace. Cuando digo ellos, me refiero a la comunidad. Quiero a alguien inteligente y que no haya estado nunca en problemas. Y si va a la universidad, aún mejor. Un modelo para el resto. Nazario, el abogado, y su compinche, Julio College, dos nuyoricans ayudando a otros nuyoricans.

De nuevo me miró con fijeza, chasqueando los dedos justo cuando comenzaba a hablar.

—Los dos trabajando juntos, consiguiendo edificios. Es una complicada mierda de leyes, pero no te preocupes, Chino, Nazario te guiará.

—Sólo soy mitad puertorriqueño, mi papá es ecuatoriano —me sentí obligado a decírselo a Bodega.

—¿Y qué? Tú eres hispano, éste es tu barrio. Creciste aquí, te pegaron aquí y espero que también hayas pegado a alguien. Sapito me cuenta que solías pintar algunos RIP.

—Sí, ¿y?

—Eso es bueno, bro. La gente te recuerda como alguien que intentó que mejorara el barrio. Y eso es bueno. Y ahora te ven en la escuela y eso también es bueno, bro. Sólo recuerda una cosa, de un viejo pana que ha vivido aquí mucho más que tú, sólo recuerda, bro, que no importa cuánto aprendas, no importa cuántos libros leas, cuántos títulos consigas, al final, tú eres de East Harlem.

Hizo una pausa. Hubo un silencio. Yo no lo iba a romper. Miré por la habitación, saltándome a

Sapo. No había nada más qué mirar. Un agujero en la pared. Unas cuantas cucarachas arrastrándose cerca. Dos ventanas sin cortinas.

—Así que, hombre, como que eres perfecto, Chino.

—¿Perfecto? —pregunté, chupando mi moto, que estaba a medio terminar.

—Perfecto para representarme. Tú y Nazario. Porque, Chino, esto crecerá.

—¿Sí?—me di cuenta que mi sistema estaba tan limpio que el pasto ya me estaba haciendo efecto. Quería reír sin razón alguna, y palpitaba una venita en mi frente.

—Quiero decir, planeo adquirir todos los edificios abandonados que pueda. Restaurarlos y poner allí gente que sé que me defenderá si lo necesito. No necesariamente porque me adoran, sino porque estoy a cargo de su bienestar. Dependen de mí para su vivienda. Donde la ciudad ve edificios incendiados, yo veo oportunidades. Hablo de convertirme en el segundo dueño de los barrios bajos de Nueva York, sólo superado por el ayuntamiento de la ciudad.

Ya sólo me quedaba la grilla de mi moto. Bodega abrió una gaveta y me pasó unas tijeras. Las agarré y corté mi moto con ellas.

—Verás, Chino, hablo de propiedades. De ser el dueño legal de todo el barrio. Como los Kennedy son dueños de Boston. Pero esto no es *fucken* Boston, sino New York City. Manhattan. El lugar lo es todo. Estoy hablando de ser dueño de un buen pedazo de los más caros bienes raíces en los nueve planetas. No importa si lo que busco es el inodoro. Lo que importa es dónde está ubicado. De la 129 a la 96, de la Quinta a la Primera Avenida y después de la 116, Pleasant, todo edificio abandonado, mío. Las cosas que hago son sólo medios para lograr lo que necesito, y cuando termine seré respetable y enviaré a mis hijos a Harvard, como Joe Kennedy. En algunos años, ¿por qué no un presidente nuyorican?

—¿Y tú, por qué tanto montarte en Kennedy? Bájate de una vez de su bicho —con la ayuda del moto, me sentí con la suficiente confianza como para bromear con él.

—Porque tienes que tener un modelo detallado —dijo Bodega.

—Al carajo la Casa Blanca —quería dejar de lado todo ese ñáquiti-ñáquiti y simplemente pasarla bien—. Saltémonos Washington y apuntemos hacia el Vaticano. Un papa nuyorican es mejor. Así tenemos a Dios de nuestro lado —reí como si la broma fuera más divertida de lo que era.

—Oh, mierda —Bodega me miró de cerca y sonrió—. Mierda, estás ido, bro. Nada más para ti.

Me quitó la grilla y las tijeras de la mano. Miró hacia Sapo y dijo:

—Sapito, Chino es Memorex. Un *fucken* moto y el tipo está perdido.

—Eso es porque su señora no lo deja fumar en casa. Deberías conocerla, Willie. Buena, pero muy jodida —dijo Sapo mientras tomaba su cerveza.

Bodega rió.

—Si un hombre no puede fumarse un gallito en su propia casa, ¿quién lleva los pantalones en ese *fucken* lugar?

—No —era hora de defenderme—, bro, esa jeba hace lo que yo quiero. Blanca no tiene voz ni voto.

Por supuesto, no me creyeron, pero dejaron pasar mi mentira. Porque cualquier cosa que uno haya oído acerca de la mujer latina que necesita que se la salve de su hombre sexista no es del todo verdadera.

¿Mantén la boca cerrada y las piernas abiertas? Es un mito. Mi mamá tenía a mi papá bien metido en el baúl, y nunca tomó Feminismo 101. *María Cristina me quiere gobernar y yo le sigo la corriente para que la gente no crea que ella me quiere gobernar.* De eso se trata en el fondo. Y si te atreves a pegar a una mujer latina, que Dios te ayude, porque despertarás con una tijera clavada en tu espalda. Sí, ella irá a la cárcel por sus buenos veinte años, pero tú estarás muerto para siempre. Y si ella no es tan violenta, de una forma u otra te las cobrará. No sabía lo que Blanca tenía preparado para mí esa noche, sólo sabía que estaba haciéndose tarde y ella ya debía estar enfogonada conmigo.

—Mira, bro —dije —. Creo que dejaré pasar el tema Nazario.

Entonces me di cuenta que no podía ir directo a casa porque me traía una nota altísima y Blanca me mataría si me veía en ese estado.

—Vamos, bro. Sapo me dijo que estabas ocupado y vainas así, con tu trabajo en A&P y la escuela en la noche. Pero, bueno, te quiero con nosotros.

—No, no puedo —me levanté de mi asiento y seguí moviendo negativamente la cabeza—. No puedo, hombre. Deseo que te vaya bien en esto, pero no puedo. Estoy muy ocupado.

—¿Eso es todo? ¿No lo quieres pensar un poco? ¿Manejar alrededor de la cuadra? ¿Patear una llanta? ¿Escupir en el parabrisas? —me miró fijo, esperando mi respuesta, como si no se la hubiera dado todavía—. Vamos, piénsalo un poco.

Había algo honesto en su deshonestidad. A diferencia de Blanca, yo creía que la gente deshonesta era la que producía los grandes cambios. Era la gente contradictoria como Bodega la que iniciaba revoluciones. Lo único que uno podía hacer con gente honesta era prestarles dinero y casarse con sus hijas. Y por más que amaba mucho a Blanca, tampoco sentí jamás que Cristo fuera la respuesta. Él estaba tardando mucho en venir. Spanish Harlem necesitaba cambiar, y rápido. Los alquileres subían al cielo. Los servicios sociales estaban siendo cortados. La ayuda financiera para gente como yo y Blanca, que intentaba superarse a sí misma, prácticamente no existía. El barrio estaba listo para hervir. No se veían las burbujas todavía, pero estaban allí, hirviendo a fuego lento bajo la superficie, sólo esperando que alguien aumentara el calor y se desencadenara el infierno. El siguiente incendio sería este incendio.

Una parte mía quería realmente estar allí, ser parte de ello. Pero tenía que pensar en Blanca y el bebé, pues no quería descartarlos de mi vida. Era feliz con Blanca. No tenía idea de qué buena acción había hecho en mi vida para merecer a Blanca, lo único que sabía es que ella estaba ahí. No le gustaría que yo me involucrara en nada de esto.

—No, está bien. Te deseo lo mejor, bro.

—No seas así.

—No, no tengo tiempo —dije, y extendí mi mano hacia Bodega. Él extendió la suya. Me sorprendió ver la desilusión en sus ojos, como si yo todo el tiempo hubiera tenido el control de la situación. Sentí que tenía algo que él necesitaba, algo que él necesitaba mucho y no sabía cómo pedirlo. No había hecho un buen trabajo para conseguirlo, o para convencerme de que se lo diera.

—Mira, Chino, si necesitas algo, cualquier cosa, ven a verme.

—*Ta* bien, bro.

Sapo se levantó del sofá y, sin despedirse de Bodega, colocó su botella semivacía en el piso y se dirigió a la puerta.

—No te olvides, si necesitas algo, cualquier…
—Bodega no terminó la frase y miró al techo, moviendo la cabeza mientras susurraba—. Es una vergüenza. Una *fucken* vergüenza —supuse que eso me lo decía a mí.

Nene estaba todavía a la salida del apartamento, esperando, montando guardia.

—¿Qué pasa con Sapo, bro? Me ignoró y simplemente se fue *with no direction home. Like a complete unknown. Like a rolling stone.*

—Mucho gusto, Nene —dije, esperando irme rápidamente para alcanzar a Sapo.

—Sí, sabes, Chino, mucho gusto *and don't go changing to try and please me* —dijo Nene.

Me reí, no porque podía empalmar canciones al hablar, sino porque mi sistema estaba destrozado.

—Así que, mira, hay una fiesta en La Islita, este sábado —me dijo Nene cuando me dirigía hacia la escalera—. Ven, bro. Puedes traer a tu mujer, Negra, ¿verdad?

—Blanca.

—Exacto, Blanca. Ven, bro. Mi primo siempre organiza buenas fiestas, con mucha cerveza y salsa.

—Lo intentaré —dije y, un poco moteado, me tropecé y caí en las escaleras.

Cuando salí, el aire fresco me hizo bien. Era el comienzo de la primavera y había mucha gente en la calle. Los viejos seguían jugando dominó, sentados en cajones plásticos de leche, pero la canción en la radio había cambiado. Era una canción de fines de los sesenta, «Mangos *pa* Changó»: *Cuando te fuiste con otra bajé a bodega* pa *comprar mangos.* Vi a Sapo fumando un cigarrillo junto a su BMW negro y me le acerqué. Pa *luego hacerle una oferta a Changó.*

—¿Qué te pasa, bro?

—Nada, hombre, déjame solo. Tienes piojos.

—¿Piojos? Al carajo. ¿Crees que todavía estás en cuarto grado?

—No, no me hables, Chino. La jodiste.

—¿Por qué? ¿Porque no quiero trabajar con Nazario?

Sapo me miró y asintió mientras daba una larga pitada. *Pero no tenía dinero. So mami, mami perdóname pero es que tuve que darle un holope a alguien.*

—Sí, por eso. Ya es un buen tiempo que Bodega ha estado buscando a alguien para que trabaje con Nazario. Y yo pensé en ti. Tú sabes, le hablé muy bien de ti a Bodega. Le dije: «No, Chino es *cool*. Te gustará. Es buena onda e inteligente. Está yendo a Hunter». Vainas como ésas, y luego, cuando te conoce, se te cruzan los cables, te ríes en su cara, y no aceptas el trabajo. ¿Sabes cómo quedo yo? —dijo Sapo, clavando un dedo en su pecho.

—Sapo, lo único que sé es, tú estás haciendo lo que quieres hacer. Si quieres hacer esto, pues hazlo. Yo no te voy a predicar nada, bro. Si quieres dejar esa paja en mi casa, está bien. Quieres que tenga tu dinero, también lo haré. Pero sabes que en este negocio lo único que cuenta es el dinero. Y Bodega puede hablar toda esa mierda de ayudar a la comunidad y cosas por el estilo, pero en el fondo todo se trata de ganar plata.

—Mierda, yo estaba allá. Él no te mintió. Dijo cosas sobre la plata. Dijo que tenía que dar algo para poder quedarse con algo. El dinero es importante. No lo niego. Pero hay otras cosas de por medio.

—Mentiras. Este tipo está hablando de sueños, bro. Nubes.

Apenas lo dije, me arrepentí. Todavía no conocía muy bien a Bodega, pero sí conocía a Sapo. Sapo era demasiado inteligente como para trabajar para alguien que sólo fuera un fanfarrón. Sabía que todo lo que me había dicho Bodega era cierto, porque Sapo lo creía así.

—No, bro, puedes encontrar diamantes en toda esa caca de perro de la que habla. Lo sé. Tú todavía no conoces ni la mitad, bro. Por qué Bodega está haciendo realmente todo esto. No lo sabes, así que no andes *fucken* ladrando toda esa mierda. ¿Por qué no puedes ver cosas y decir por qué no?

—¡Mierda! ¿Qué carajos es esto? ¿Hombre, quién eres tú?

Todo esto es una locura, pensé. Bodega piensa que es Lyndon Johnson con su Gran Sociedad, y ahora Sapo habla como si fuera Bobby Kennedy con su vaina de «por qué no».

—Mira, bro, lo único que sé es que cuando nadie quería emplearme, Bodega lo hizo.

Sapo se me acercó, como lo hace siempre que quiere que le preste atención. Como si fuera sordo y no pudiera oír bien.

—Pero no quiero ser el administrador de alguna casa de tecatos. Quiero ser parte de la historia.

—Mira, Sapo…

—No, es verdad. Bodega va a ser dueño del barrio. Legalmente. Y quiero ser parte de eso. Quizás algún día hacerme cargo, cuando él ya no esté o algo por el estilo. Tú estás muy feliz con tu chica de los aleluyas para entenderlo.

—Hey, Sapo, vamos, no metas a Blanca en esto.

—Ella es la verdadera razón por la que estás aquí, bro. *Pero no tenía dinero. So mami, mami perdóname pero es que tuve que darle un holope a alguien.*

—No entendía qué quería decir Sapo con lo de Blanca, pero no insistí porque en ese entonces no sabía cuán importante era ella para Bodega.

—No, Sapo, tú eres mi amigo y sabes que a ti no te mentiré —dejé pasar lo que había dicho sobre Blanca—. Tienes un lindo carro y estás ganando buen dinero, pero Bodega, Bodega es el Hombre. Bodega se ha hecho de un nombre. Tú sabes de la importancia de los nombres, Sapo. Cuando consigues uno, es cuestión de tiempo hasta que tengas que probar quién eres. Y Bodega se ha hecho del nombre más grande del barrio.

—Es lo que estoy tratando de decirte…—Sapo me interrumpió.

—Sí, él podría —interrumpí a Sapo y él me dejó hacerlo, porque, si quería, Sapo podía haber empezado a gritar en ese momento y su voz me hubiera ahogado—. Su nombre es tan grande que es cuestión de tiempo antes de que alguien quiera un pedazo que él no querrá compartir. No sé tanto como tú de este negocio, Sapo, sólo sé que ahí es cuando las cosas comienzan a desordenarse. Ahí es cuando los cadáveres comienzan a aparecer.

Sapo se sacudió. Me miró con la cara de Sapo que mordía, mordía y dejaba marcas. Cuando habló, lo hizo en voz baja y de malas pulgas.

—Tú sabes, Chino, al menos admito que sólo pienso en mí. Pero tú, tú te haces al que te preocupan realmente los demás, cuando en verdad se trata sólo de ti, de ti y de ti.

Abrió la puerta de su BMW y se subió a éste. Encendió el motor y, antes de que soltara el embrague, bajó sus vidrios oscuros. Su cara de Sapo estaba enmarcada por una abertura.

—Anda a casa, donde tu beata mujer. Anda a casa y pregúntale acerca de su tía Vera. Y, Chino, no te acerques porque podrías contagiarme, hombre.

Partió, chillando goma y dejando en el ambiente el olor a caucho quemado.

Quinto round

Necesitábamos más espacio

Esa noche, decidí caminar por un rato, porque no podía ir a casa moteado. Bajé por la Quinta hasta la calle 96, casi la mitad de Museum Mile. Me detuve frente al Museo del Barrio en la 104 con la Quinta. Luego caminé una cuadra hacia el sur y me senté en los escalones de mármol del Museo de la Ciudad de Nueva York. Cuando Sapo y yo estábamos en el sexto grado, nos escapábamos de la escuela e íbamos allí a jugar al escondite, a janguear rato. El museo estaba generalmente vacío, en especial los fines de semana. Además, sólo podía pagar a un guardia palito, que era flojo. Una vez, Sapo y yo estábamos corriendo e hicimos caer a una mujer. Nos reímos, y seguimos corriendo. Cuando ella se quejó al guardia, le oímos decir: «¿Tocaron alguno de los objetos? ¿No? Escuche, señora, no estoy aquí para defenderla. Ése no es mi trabajo».

Cuando el museo se ponía aburrido, Sapo y yo nos íbamos, cruzábamos la calle y pasábamos el resto de la tarde en Central Park. Sabíamos que la Quinta Avenida era esa parte de El Barrio en la que vivía gente rica. Los edificios en la Quinta eran diferentes a los que habitábamos nosotros. Esos edificios tenían porteros, enormes puertas de vidrio, gárgolas en las paredes y aire acondicionado en casi cada ventana. La gente que vivía en la Quinta no pasaba de la avenida Madison. Siempre tomaban taxis y uno los veía caminando sólo cuando pasaban la 96, donde termina El Barrio. Cuando era niño, algunos residentes habían llevado peticiones al ayuntamiento. Querían que el alcalde Beame declarara que la Quinta Avenida era, de la 110 a la 96, un barrio aparte, separado de East Harlem, llamado East Central Park.

Mi mamá solía trabajar limpiando las casas de esa gente. Un día, cuando cursaba segundo grado, estaba muy enfermo como para ir a la escuela, y como mi mamá no podía faltar a su trabajo, me llevó con ella. Cuando entré al apartamento que mi mamá tenía que limpiar, sentí que estaba dentro del Museo de la Ciudad de Nueva York. Era enorme. Había cuadros y estatuas y espejos y hermosas cosas de madera —nada como donde vivíamos nosotros. Ésa fue la primera vez en que realmente vi la diferencia entre los que tenían y los que no tenían.

Esa noche, después de Bodega, después de la caminata, después de recordar algunas cosas, me fui a casa rogando que Blanca ya estuviera dormida. Hice girar la llave en silencio y entré lentamente. Me deslicé a la habitación y me cambié la ropa sin hacer ruido. Me metí en la cama y no la toqué porque sabía que no me dejaría, y no quería pelear. Blanca estaba en su segundo trimestre y la encontraba muy sexy. Me encantaba hacerle el amor, con su vientre redondo como la luna. Todo era suave, y el sentimiento era de cercanía. Quería que ella supiera que era todavía deseable y que yo no estaba tirándome a otras mujeres. Quería que supiera que me encantaba hacerle el amor y que su cuerpo todavía me excitaba. Sus senos eran amplios, y su vientre era muy redondo, y el sexo con ella era fantástico y diferente, y que se jodan todos esos hombres que no hacen el amor a sus mujeres cuando están embarazadas.

—¿Comiste?

—Sí, mami. Pensé que dormías.

—Hueles a marihuana.

—Sapo está siempre fumando, Blanca, lo sabes.

—Cuando hablas… tu aliento —balbuceó.

Me quedé quieto, moviendo lentamente mi mano sobre su estómago.

—Julio —ella susurró después de una breve pausa de silencio en la noche.

—¿Qué?

—Nunca me gustó tu nombre realmente, pero ahora como que me gusta. ¿Qué tú piensas si le ponemos ese nombre al bebé?

—Lo que tú quieras, Blanca.

—Me gusta —dijo, dándose la vuelta, colocando su amplio estómago junto a mí.

—Me gustaría que tenga tu nombre si es varón, y el de mi hermana si es mujercita.

—¿Por qué? Me gusta tu nombre, Nancy —dije, y ella hizo una risa entrecortada.

—No. Quiero algo de la Biblia, como el nombre de mi hermana, Deborah. Era una jueza. La única mujer jueza en la Biblia. Me gusta ella, me gusta eso.

—Bien, ¿qué de bueno tuvo para tu hermana llamarse Deborah si resultó tan mala que todos la llaman la Negra?

—Julio, mi hermana no es tan mala, ¿o sí?

—Por supuesto que no —dije para no contrariarla.

—¿Dónde fuiste con Enrique?

—A ninguna parte —dije, deslizando mi brazo alrededor de su cintura. No dijo nada, y me sentí feliz.

Entonces, recordé algo: «¿Y qué tal el nombre Vera?» Si Sapo me hubiera dicho que le preguntara a

Blanca acerca de Vera, tenía que ser porque ambos ganaríamos algo de ello. Me sentí mal preguntándole a Blanca de su tía; era como interrogarla acerca de alguna traición que jamás hubiera ocurrido.

—Vera, si es mujercita —dije.

—No, no, no —dijo Blanca, con firmeza.

—¿No hay una Vera en el clan de los Saldivia? Tú la mencionaste, mucho antes de que nos casáramos.

—Oh sí, mi tía Verónica.

—¿Es ése su verdadero nombre? Verónica. Oh, sí, espera, ya recuerdo.

Fue como dos años atrás, antes de que nos casáramos. Blanca y yo habíamos estado hablando acerca de esos latinos que anglizan sus nombres, de Juan a Jack, de Patricia a Trish.

—Sí, ella. No la vemos mucho. Le envía dinero a mi madre para su cumpleaños. Es el único rato que oímos de ella. Le di a mi madre una invitación extra, para que se la enviara a su hermana en caso de que quisiera viajar, pero no vino —Blanca bostezó y se estiró.

—¿Está casada tu tía Verónica?

—Por eso es que nunca la vemos. Se casó bien, con un cubano rico que conoció. Viven en Miami.

Eso me sonó raro.

—¿Un cubano? Eso está *heavy*. Para que una puertorriqueña se case con un cubano, el cubano tiene que ser rico —dije, bromeando, porque cubanos y puertorriqueños nunca se llevaron bien. Los árabes y los judíos del Caribe—. Pero, tu tía, ¿no vivió en el barrio alguna vez?

—Sí, supuestamente se iba a casar con este tipo del cual estaba enamorada, un activista o algo así, pero su madre la obligó a casarse con el cubano, por lo menos es lo que me dijeron.

—¿Un activista? ¿Te refieres a uno de los Young Lords?

—Sí, eso es lo que era. Bueno, yo acababa de nacer, así que no sé bien. Pero escuché la historia —nada en su voz o lenguaje corporal indicaba que el nombre Vera significara algo para ella. Mientras me enteraba, poco a poco, de todo, entendí más claramente lo que Sapo me había dicho antes. Sapo creía en Bodega porque conocía otras razones por las que Bodega estaba renovando el barrio. Yo también comencé a creer un poco de eso. Podía ver a Bodega en un traje Armani, todo legal y respetable, sus edificios restaurados en el fondo, su nombre ya no Bodega sino otra cosa, algo que los políticos quieren a su lado, una mercancía de buena voluntad. Lo imaginé encontrándola: «Siempre te he amado, Vera. Mírame. Arreglé todo, quedó tal como estaba antes».

No le pregunté nada a Blanca. Podía ver que ella ya estaba con ganas de hablar.

—Mi abuela tenía razón al hacer que mi tía se casara. Quiero decir, el cubano era rico y el activista del que estaba enamorada terminó en la calle —en la oscuridad, podía sentir a Blanca sonriendo—. Ustedes los hombres, nos damos la vuelta y van a parar a la cárcel —me besó.

—Oh, sí, ¿y qué de ustedes? —reí—. Apenas respiramos junto a ustedes, y se embarazan.

—Eso es bajo. Tu humor —Blanca dijo, sonriendo— hace que las mujeres latinas retrocedan cien años.

—Cuéntame más de Verónica y el activista.

—A quién le interesa ella, yo ni siquiera la conocí. Hablemos mejor de tu visita a la iglesia conmigo. En dos semanas tendremos una visita especial, un ungido.

Blanca se sostuvo sobre sus hombros, ya no estaba con sueño. Ya no quería hablar de su tía, pero no importaba porque yo ya sabía lo suficiente.

—¿Un ungido? ¿Qué es eso? —pregunté, haciéndole creer que me interesaba.

—Alguien que un día, cuando él o ella muera, reina con Cristo en el cielo, durante mil años —dijo, apretando mi mano, emocionada—. ¡Y este ungido sólo tiene diecisiete años!

—Así que diecisiete —respondí, sin que me importara lo mínimo. Dejé que Blanca continuara hablando del ungido de diecisiete. De vez en cuando diría «¿en verdad?» o «te escucho» y «sí, ¿no?» Mi mente estaba realmente en Bodega y en lo que había dicho antes, esa noche. Acerca de Vera y de lo que quería de mí en verdad.

En la oscuridad, miré en torno a mi pequeña habitación. Nuestro living era aún más pequeño, con la cocina en la esquina. El alquiler era alto para esa caja de fósforos y a Blanca y a mí nos habían subido la matrícula el semestre anterior, por culpa del nuevo gobernador. No queríamos pedir préstamos y luego tener que pagarle al gobierno durante veinte años. No era una buena manera de comenzar una carrera profesional, endeudados. De modo que estábamos pagando toda la matrícula de los estudios de nuestros propios bolsillos. Y había un bebé en camino y necesitábamos más espacio. Y también una forma de ahorrar dinero. Sentado en la oscuridad, vi algo de luz del día. Bodega quería algo de mí, así que yo le pediría algo a cambio. Era básica y simple política de la calle: si quieres algo de mí, pues mejor que tengas algo que necesito.

Sexto round

¡Que viva Changó!

Al día siguiente en el trabajo, me tocó poner precios en las latas. Siempre me había gustado hacerlo. Era mucho mejor que ordenar los estantes, pues podía usar la pistola de pegar etiquetas. Cuando había niños de compras con sus mamás, alardeaba frente a ellos poniéndole rápidamente precio a una caja entera de latas, lo cual les divertía mucho. Poco después me venían a decir: «Oye, pon una etiqueta en mi mano». Les ponía precio a sus palmas, dos por un dólar.

Después del trabajo, decidí comer algo antes de ir a la escuela. Tenía dos clases esa noche, Blanca tenía una. Camino a conseguir comida, vi el carro de Sapo parqueado frente a la panadería La Reyna. La panadería había estado siempre allí. La mitad del barrio tomaba su café cada mañana en La Reyna. Pese a que era un lugar pequeño y sucio, oscuro y lleno de gente, todos iban allá porque preparaban los mejores pasteles, café, rolitos (pan liso, horneado con mantequilla), empanadas y sándwiches cubanos, entre otras cosas.

Adentro vi a Sapo, gritando su pedido como el resto de los clientes.

—¡Dame un flan y tres de esos bizcochitos! —La Reyna era como esas secciones de la bolsa en Wall Street, todos gritando lo que querían, las cosas sucediéndose rápidamente.

Me acerqué a Sapo.

—¿Todavía enojado conmigo, bro?

—No, no estoy enojado. Todavía eres mi pana. ¡Dame un flan y tres de esos bizcochitos! ¿Y qué haces aquí, bro? —preguntó.

—Lo mismo que tú.

—Entonces mejor comienza a gritar, antes de que se acaben los bizcochos.

—Sapo, ¿Bodega quería verme porque quería que trabajara con Nazario, o porque quería que Blanca invitara a su tía a Nueva York? —se dio la vuelta y me llevó afuera.

—¿Qué carajos te pasa? ¿Sabes cuánta gente hay ahí adentro? De esa vaina no se habla en público. Esa gente tendrá mucho pelo en la cabeza, pero todos se creen Kojak y les encanta hacer preguntas.

Un tipo salió de la panadería y le entregó su pedido a Sapo. Sapo le dio cinco dólares y le dijo que se quedara con el cambio.

—Demos una vuelta, bro —dijo Sapo.

—Tengo una clase esta noche…

—Clases, clases, siempre tienes clases. Tienes muchas *fucken* clases, ¿no, Chino?

—Fuck you.

—Mira —Sapo sacó las llaves de su carro y abrió la puerta—. Te dejo en Hunter. ¿Bueno?

—Bueno, está *cool*. Mejor que pagar un boleto —estaba feliz de ahorrarme un dólar y medio y decidí comer más tarde.

—Sabía que te gustaría. Eres como el *fucken* Avispón Verde, te encanta que te lleven en carro. Pero no te acostumbres a eso, porque no soy Kato y tú no eres el que parece chino.

—Oye, ese show era una mierda —dije—. Las escenas de acción siempre ocurrían en la noche. Bruce Lee parecía tonto en ese traje.

Sapo asintió.

—Esto no tomará mucho, Chino, tengo que recoger a Nene —con una mano en el volante, Sapo sacó de la bolsa uno de sus bizcochos. Se lo tragó entero y buscó otro.

—Está bien si no toma mucho. Sabes que…

—Tienes clases. No soy sordo. Te escuché la primera vez. ¿Así que quieres saber más de Bodega?

—Ajá.

—¿Por qué no se lo preguntas tú?

—Tú eres mi pana, bro, y de todos modos no sabría dónde buscarlo.

—Eso es verdad. Bodega sólo se deja ver cuando quiere ser visto. Ajá. Así que chequea esto. Bodega sí quería que hicieras que Blanca le pidiera a su tía que venga a Nueva York. Eso no significa que no quería que trabajaras con Nazario.

El tercer bizcocho desapareció tan rápidamente como los primeros.

—Entonces, ¿por que no dijo directamente lo que tenía que decir?

—¿Qué, querías que se pusiera romántico y toda la vaina? Déjate de mierda. Mira, Chino, lo agarraste todo al revés. Bodega cree de verdad en todo lo que te dijo. Pero también está enamorado de una zorra de su pasado. O está todavía enamorado del pasado. No sé cuál de los dos, o si los dos, o qué diablos. Sólo sé que voy a volar en su sueño como en una alfombra voladora. Porque, Chino, no se necesita ser un genio para darse cuenta que quiero estar con Bodega, y él sabe muy bien qué carajos está haciendo. ¿Sabes lo que te digo, papi?

Vimos a Nene sentado en el pórtico. Sapo se acercó, yo abrí la puerta para que Nene entrara.

—Se conocen, así que comenzaré con mi flan.

Sapo tomó una cuchara de plástico y se puso a comer su flan, que flotaba dentro de un cartón blanco lleno de jarabe azucarado.

—Sí, te conozco, Chino —dijo Nene, reconociéndome.

—¿Cómo has estado, Nene?

—Me conoces, *I'm just a soul whose intentions are good.*

Sapo terminó su flan muy rápido, su boca de Sapo engullendo cada cucharada. Cuando prendió el carro, Nene se puso nervioso, y verlo nervioso me puso nervioso.

—Oye, hermano, Hunter está en la 68 y tú estás yendo para arriba.

—Esto no tomará mucho, Chino. Nene y yo tenemos que hacer algo muy rápido.

Sabía que algo ocurría. Quería decirle que me dejara, pero me quedé porque necesitaba a Sapo para arreglar una reunión con Bodega y así llegar a un acuerdo con él. Esperaba que no fuera demasiado tarde. Quizás Bodega había encontrado otra forma de contactar a Vera. No lo sabía, así que tenía que quedarme y hacer que Sapo hablara con Bodega a mi nombre, lo más pronto posible o perdería mi chance de llegar a un acuerdo.

Nene sudaba. —¿Estás seguro de esto, Sapo?

—Ajá, estoy seguro. Tu primo quiere que se haga esto.

—Oigan, ¿a dónde vamos? —pregunté.

—*Pa* viejo —Sapo rió.

—Bro, tengo clases.

—¿Por qué diablos no pones esa mierda en las noticias? Te escuché por tercera vez.

No me molesté en volverlo a decir.

Sapo detuvo su carro frente a la pollería en la 110 y la Segunda, donde uno podía comprar gallinas, pavos, gansos, y patos. Olía como un zoológico y se podían escuchar los cacareos y graznidos de las aves cuadras a la redonda.

Sapo y Nene entraron mientras yo me quedaba en el carro. Unos minutos después, salieron cargando una caja grande con agujeros en ella. Cuidadosamente, la pusieron en el asiento de atrás y Nené se deslizó junto a ella.

—Esta cosa está del carajo, va a hacer que mi carro apeste, man —Sapo escupió por la ventana.

—¿Qué carajos es eso, bro? —dije, riendo—. Pensé que ya habías comido tu flan. Si tienes hambre todavía, puedo correr en busca de una pizza.

—No, esto es para doña Ramonita, la de la botánica —respondió Sapo apretando los dientes.

—Me está mirando, Sapo. Me está mirando —Nene miraba a través de los agujeros—. Sabe que es el final.

—Por supuesto que lo sabe. ¿Crees que es tan estúpida como para pensar que lo traemos como *fucken* mascota? —Sapo partió.

Cuando llegamos a la botánica San Lázaro y las Siete Vueltas, en la 116 entre Park y Madison, Sapo parqueó su carro y nos pidió a Nene y a mí que lleváramos la caja. «Ya hice mi parte», dijo.

Doña Ramonita era una mujer gruesa con marcadas raíces africanas. Era de Loiza Aldea en Puerto Rico. Con su pelo recogido en una bandana rosada y sus manos en sus caderas, se parecía a la Tía Jemima de los cajas de panqueque. Estaba parada cerca de una estatua de tamaño natural de San Lázaro, con todos sus furúnculos y su piel enferma. El incienso ardía en toda la botánica y los estantes estaban llenos de hojas para té y pociones y santos más pequeños. En las paredes había baratas ilustraciones religiosas, que mostraban al diablo en el momento de recibir un estacado del arcángel Miguel. En esas ilustraciones, al diablo siempre lo pintan completamente de negro, con cuernos y cola; Miguel aparece alado, sonrosado, con una espada que hace girar como si fuera una batuta.

La botánica también funcionaba como casa de empeño. Era un lugar que sabía del hambre y la desesperación. Un lugar donde se podían encontrar cosas empeñadas debido a una profunda necesidad por algo bueno o malo. Había anillos de casamiento, brazaletes de bebés, radios, televisores, collares, relojes con grabados, cucharas y cuchillos antiguos, bufandas, broches, monedas, y otras baratijas que le dejaban a doña Ramonita para que la revendiera. Los artículos populares eran las cajas en el suelo, llenas de LP en español de décadas pasadas, viejos discos de salsa y mambo, plena, bomba, hits latinos que nuestros papás habían bailado. Se exhibían allí unos cuantos instrumentos musicales de segunda mano que estaban como nuevos: trompetas, trombones, congas, y panderetas con etiquetas de precios que sobresalían como las que se observan en los dedos gordos de los pies de los cadáveres.

—Doña Ramonita —dijo Sapo—, Willie Bodega quisiera que usted haga a su nombre una ofrenda a Changó. Esto es para él —Sapo señaló la caja que Nene y yo habíamos puesto en el suelo—, y esto es para usted. Es el favor que le pidió a Willie Bodega.

Le dio un fajo de billetes de veinte dólares. Ella ni los contó ni dijo nada, sólo tomó el dinero y se lo metió en su brasier. Nene la miró y comenzó a cantar suavemente: *I got a black magic woman. Got a black magic woman.* Como casi todos en el barrio, ella sabía que Nene estaba medio *tostao* y no le prestó atención. Cuando se acercó a la caja y la abrió, un ganso salió batiendo las alas y comenzó, nervioso, a caminar por el local, mientras algunos clientes miraban con admiración.

—*Mijo*, este animal es perfecto. Es importante que el sacrificado sea saludable. Changó estará muy feliz —dijo ella, y luego se fue detrás de unas cortinas, a la parte trasera de la botánica, dejándonos con un ave asustada que caminaba de un lado para otro.

—Sabes, Sapo, te puedo denunciar a la sociedad protectora de animales —reí.

—Mierda, este pollo es lo que menos me preocupa, mi carro apesta ahora —Sapo escupió al piso.

—Es un ganso, bro, no un pollo.

—¿Quién diablos tú te crees, Old MacDonald? La mierda hizo heder mi carro. Si por mí fuera, le torcería el pescuezo aquí mismo.

Nene dejó de cantar y miró fijamente al ganso. Distinguí algo de compasión en su cara solemne. Luego, doña Ramonita apareció vestida de blanco, con un rosario enrollado alrededor de la cintura y algunas cuentas colgando de uno de los lados. Llevaba una correa y tres jarras pequeñas de agua levemente tinta.

—Díganle a Willie que se levante mañana cuando salga el sol. Asegúrense de que su ventana tenga una vista clara del sol, si no que se vaya al rufo. Debe sacarse toda su ropa y después girar a la derecha siete veces mientras vierte el agua de esta jarra, la primera jarra, sobre su cuerpo. Después debe girar siete veces a la izquierda mientras vierte la segunda jarra. La tercera jarra la verterá sobre el sacrificado, también a la salida del sol.

—Espere. ¿Y qué si está nublado? —Nené prorrumpió—. Sé que es *hot town summer in the city* pero podría llover mañana.

—Entonces debe esperar hasta que salga el sol. Yo también esperaré con él.

Luego, con admirable precisión, arrinconó al ganso, le puso la correa, y lo arrastró a una esquina donde lo amarró a una mesa.

—Verteré el agua cuando salga el sol, haciendo girar siete veces al sacrificado.

—Doña Ramonita hizo una pausa y nos miró a los tres cuidadosamente, asegurándose de que habíamos escuchado lo que dijo—. Pero les puedo decir ahora —dijo, sus ojos moviéndose de izquierda a derecha, de Sapo a Nene a mí—, he visto a la mujer que persigue. La he visto en sueños. Viene de un lugar caliente. Un clima cálido, casi como Puerto Rico, pero eso sí, la mujer que persigue trae un montón de problemas. Como si ella misma fuera la hija de Changó.

Doña Ramonita estaba en lo cierto. Vera llegaría, y, como en una película, haría un *fade in* y un *fade out* en el barrio. Un personaje tan fuera de foco que era difícil saber cuándo la tenía uno bien enfocada, y, cuando eso ocurría, se acababa la película. No importaba que se hubiera terminado la función y todos se estuvieran yendo a casa decepcionados, sólo importaba que uno se sintiera responsable por la mala calidad del film. Uno no era el director, pero era el que había arrastrado a todos a verlo. Con Vera el barrio entero se sentiría engañado. Muchos eran los culpables, y yo era uno de ellos.

Mientras salíamos de la botánica y nos dirigíamos hacia el carro de Sapo, Doña Ramonita reapareció gritando.

—¡Y díganle a Willie que tiene que comprarse ropa nueva! Todo en blanco. Es el color favorito de Changó. ¡Willie necesitará mucho blanco!

Sapo asintió con la cabeza para asegurarle que le daría el mensaje. Ella entonces agachó apenas la cabeza y lentamente regresó hacia su botánica.

Sapo abrió la puerta del carro y salió un olor desagradable. «*Fucken shit.*» Abrió todas las puertas y apretó un botón para que bajaran todas las ventanas. Sacó un cigarrillo y los tres esperamos fuera del carro hasta que se disipara el olor.

—Me siento mal por el ganso, saben —dijo Nene—, pero al menos conocerá al espíritu en el cielo. *Thass where I want to go when I die. When I'm old and they lay me to rest I want to the place thass the best.*

Sentí que era un buen momento para decirlo:

—Sapo, tengo que hablar nuevamente con Bodega —Nene continuó cantando.

—¿Sobre qué?

—Dile que le puedo conseguir a Vera. Ésa es la mujer que busca, ¿verdad? ¿La tía de Blanca?

—¿Qué? Mira, Chino… —le dio una larga pitada al cigarrillo. Sabía que su lealtad era con Bodega, pero Sapo era todavía mi amigo.

—Dile que sé dónde está y que puedo comunicarme con ella. Todo lo que quiero de él es un apartamento de dos habitaciones en uno de sus edificios. Dile que tendremos pronto un hijo y necesitamos una habitación extra.

—*Fucken shit*, Chino —Sapo estaba molesto. Tiró su cigarrillo encendido al pavimento, con tanta fuerza que se formó un reguero de chispas—. ¿Por qué carajos no me lo dijiste antes de poner ese *fucken* pollo en mi carro?

Séptimo round

Por ser un cabrón

Si alguien sabía donde podría encontrar a Vera, ésa era Negra, la hermana de Blanca. Si bien todavía no sabía si Bodega aceptaría mi trato, se me ocurrió que no sería malo visitar a Negra. No éramos realmente amigos, pero éramos familia.

Negra y su esposo vivían en los edificios del Metro North, en la 100 y Primera. Estos edificios están frente al East River y tienen vistas de un millón de dólares. En el Upper East Side, un apartamento frente al East River sería invaluable, pero esto era el Spanish Harlem, donde la mayoría de los alquileres está subsidiada por la Sección Ocho. A pesar de ello, las escenas panorámicas son las mismas desde cualquier barrio: amaneceres rojo anaranjado, noches de luz de luna azulnegra. En el invierno, cuando el río se congela, las vistas son asombrosas. El hielo oficia de espejo y el mundo parece tener dos amaneceres y la noche dos lunas, una en el cielo y otra en el hielo. Durante las tormentas, se pueden ver olas enormes golpeando FDR Drive, a veces llegando hasta la misma autopista chocando contra los carros. Sobre el río, las formaciones nubosas cambian constantemente, y cuando un desfalleciente huracán está a punto de llegar a la ciudad se puede ver cómo las olas y las nubes sincronizan sus movimientos giratorios, como el rojo ojo de Júpiter.

Negra tenía suerte. Vivía en el décimo segundo piso, de frente al río. Tomé el ascensor, apreté el 12 y traté de no pisar un charco de orín en el que flotaban unos frasquitos. Apenas se abrió la puerta del ascensor, pude oír a Negra gritando. Llegué a su puerta y golpeé con fuerza. Ella miró pronto a través de la mirilla y abrió la puerta.

—Que me lleven. ¡Me importa un carajo! —gritó. Fumaba un cigarrillo, dando largas, furiosas pitadas.

—¿Qué pasó, Negy? —pregunté mientras ella se sentaba en el sofá y continuaba fumando.

—Ayy… ayy… Estás loca, Negy… —escuché un gemido leve que provenía de la cocina, donde encontré al esposo de Negra, Víctor, sentado en una silla y agarrándose el estómago con una mano. Había sangre en su camisa en el suelo.

—Esa perra está loca, hombre. Esa perra está loca.

—Víctor, déjame ver esa mierda —me hinqué y aparté su mano con calma. La cuchillada era pequeña pero profunda—. Está muy fea, bro. ¿Qué fue lo que pasó?

Negra corrió a la cocina y comenzó a gritar. «¡Se lo merecía, Chino! ¡Por cabrón!»

—Está loca, está… *fucken* loca… Chino —Víctor respondió débilmente. Perdía sangre lentamente pero sin pausa.

—Mira, Negra, tenemos que llevarlo al Metropolitan.

—¡Él no quiere ir! —gritó, y luego encendió otro cigarrillo.

—Ay… ay… ay… coño —sus gemidos pusieron más furiosa a Negra y la hicieron explotar.

—Chino, estaba lavando la ropa —dio una pitada violenta—, y entonces encuentro en sus bolsillos un boleto para ver *Donnie Brasco* —exhaló una bocanada de humo—. Sí, sé qué ha estado haciendo. Pero para asegurarme, le pregunto mientras estoy cocinando, si quiere ir al cine en la noche, después de la cena.

—Es mentira, Chino, está mintiendo, ayy… ayy… Dios mío.

Negra le grita a Víctor que se calle y continúa. «De modo que le pregunté: "Papi, ¿quieres ir al cine?" Él dice: "Seguro". Yo digo: "Quiero ver *Donnie Brasco*". Él me dice: "Muy bien, veámosla". Yo digo: "A menos que ya la hayas visto con tus panas Mike y Nando". Él dice: "No, no la he visto". Y yo digo: "¿Estás seguro que no la has visto?" Él sonríe y me dice: "No, no he ido al cine desde que fui contigo".» Ella se detuvo y miró a Víctor. «Así que le mostré el boleto, Chino. Le dije que estaba en el bolsillo de su camisa. Correcto, ¡no la viste con Mike ni con Nando ni conmigo porque fuiste a verla con otra mujer!»

—Está loca. A mí… a mí siempre me gustó Al Pacino… lo sabes bien, Chino. ¿Verdad? ¿Verdad? Díselo, dile que siempre me gustó Al Pacino.

Transido de dolor, Víctor imploraba ayuda.

—Se lo diré camino al Metropolitan, hombre. Tenemos que llevarte allá rápido, bro —dije, y me arrodillé para revisar de nuevo su herida. Me apartó. Me di la vuelta para mirar a Negra.

—Negy, él necesita ir…

—¡Él no quiere ir! —chilló.

—¿Por qué entonces no llamamos una ambulancia? —le contesté con otro grito. Todos estaban furiosos ahora y yo no me iba a quedar atrás.

—No… no… No quiero que llamen a nadie —dijo Víctor.

—Que me lleven. Muérete. ¡Desángrate hasta morir entonces! —dijo ella, encendiendo otro cigarrillo y volviendo al living.

—Chino, acércate —dijo Víctor, susurrando—. Tienes que… llevarme… al Mount Sinai.

—Pero el Metropolitan está a dos cuadras de aquí —tenía sentido ir allá, porque Mount Sinai estaba lejos hacia el oeste, en la Quinta Avenida.

—No, porque Negra puede querer venir también… y… y… Negra no puede venir al Metro… verás… mi chilla… Ella… ella trabaja en el Metropolitan… sala de emergencia… y éste es su turno.

—¿Qué?

—No tan fuerte… ayy… hombre, me siento mareado.

En ese instante Negra volvió a entrar. Su cara parecía menos molesta y creí detectar incluso algún remordimiento. Se me acercó, arrodillándose junto a Víctor, y comenzó a arrullarlo, susurrando que debería dejar que llamáramos a los paramédicos, echándose levemente el pelo hacia atrás. Sabía que Víctor no estaría de acuerdo con ello porque la ambulancia lo llevaría al hospital más próximo, el Metropolitan.

—Ayúdame, Chino —me rogó. Sabía que no sólo le preocupaba su salud.

—Negra, llevaré a Víctor al hospital. Consígueme una toalla.

Ella saltó y corrió a conseguirme una.

—Vic, te llevaré al hospital, pero tienes que dejarme envolverte con una toalla, ¿okey?

Sabía que estaba poco dispuesto a sacar su mano del estómago, pero aceptó, asintiendo con la cabeza y haciendo una mueca de dolor. Negra regresó con la toalla.

—Yo también voy —dijo.

—Estás… loca… ¡no te quiero cerca! —le gritó Víctor a Negra, con más dolor que rabia—. No quiero que vengas. Chino me llevará.

—Sí, yo lo llevaré —repetí, ayudando a que Víctor se parara.

—Ves… Chino… me llevará —gimió.

Negra estuvo de acuerdo e incluso pareció sentirse mal. Puso sus dedos en su boca, farfullando algunas palabras con preocupación mientras abría la puerta. Al salir del apartamento, yo sostenía a Víctor con un brazo en torno a su hombro y el otro en torno a su estómago. Negra salió también y llamó al ascensor. Entró con nosotros y acarició la cara de Víctor. Le decía que le creía y que lo sentía mucho. Una vez que salimos del edificio, Negra hizo parar un taxi pirata. Entramos Víctor y yo. Se derrumbó en el taxi, gimiendo un poco. Negra trató de besarlo, pero Víctor la esquivó, así que ella tuvo que retirarse. Partimos, dejando a Negra parada en la acera gritándonos, «llamen, ¿okey? Llámenme».

—Hospital Metropolitan —le dije al chofer, pero Víctor extrajo algo de fuerzas de sus reservas.

—No, no, al Mount Sinai —dijo, y el chofer partió.

—¿Por qué, Víctor? Negra no viene con nosotros.

—Lo sé… pero mi chilla del Metro querrá saber cómo ocurrió todo esto… y ella no sabe que estoy… casado.

—*Fucken* excelente, hermano. Te estás muriendo y te preocupa que un pimpollo cabecita loca sepa que estás casado. Chévere, bro.

Miré por la ventana y pensé: tal para cual. Víctor y Negra se merecían uno al otro. Pero Blanca y yo tampoco estábamos cerca de la perfección esos días.

—Cuando me pidan llenar los formularios, ¿qué quieres que ponga, Víctor?

—Me caí sobre el cuchillo… escribe que me caí sobre él.

Mientras Víctor era atendido por un doctor en la sala de emergencia, telefoneé a Negra.

—Cuando llenaste el formulario, ¿qué pusiste? —fue su primera pregunta.

—Que se cayó sobre el cuchillo.

—Qué bien —escuché un suspiro de alivio—. Sabes, Chino, nunca quise tirárselo a él, simplemente, el cuchillo voló.

Jamás se lo creería.

—¿Puedes llamar a Blanca y decirle dónde estoy?

En realidad no se lo tenía que pedir, podía haber llamado yo a Blanca, pero necesitaba ganar tiempo para mi próxima pregunta.

—Sí, Chino, yo llamaré a Blanca.

—Y otra cosa, Negra, necesito encontrar a tu tía Verónica. La que se hace llamar Vera.

—¿Por qué?

Había una bajada de tono en el medio de ese *por qué*, para hacerme saber que sabía que le escondía algo. Me tuvo que escuchar.

—No te pregunté por qué el cuchillo voló de tus manos, ¿verdad? Escribí en el formulario que Víctor cayó sobre él. Víctor quería contar la verdad. Víctor quería decirles a los doctores que su esposa se lo tiró. Sabes lo que eso significa, ¿verdad? Los doctores tendrían que reportar el incidente como un posible crimen, ¿verdad? Pero lo convencí de que no lo hiciera. Le dije que sabes que él todavía te ama, entonces, ¿para qué enviar a los policías a tu casa? Así que, mira, tienes una deuda conmigo. Me debes mucho.

Hice una pausa y esperé que Negra dijera algo. Ella se quedó quieta, de modo que continué, con más calma y lentitud.

—Lo único que pido, Negy, es información sobre tu tía. Eso es lo único que pido.

—¿Por qué no le preguntas a Blanca?

Era demasiado inteligente como para creerse mi cuento. Negra siempre podía ver una abertura a través de la cual retomaba su ventaja. Sabía que yo estaba haciendo una pregunta realmente estúpida, con una respuesta obvia.

—Conoces a tu hermana, lo único que le importa es la escuela y la iglesia.

Estaba orgulloso de mi respuesta rápida. Esperaba que Negra la aceptara. No hubo respuesta por un rato, y pude imaginarme a Negra ponderando mi respuesta mientras encendía un cigarrillo.

—¿Tía Verónica? —exhaló, y casi pude oler el humo—. Vive en Miami.

—Ya lo sé. ¿Dónde en Miami?

—No debería ser difícil de averiguar. Preguntaré. Lo averiguaré, ¿okey? —hubo una pausa—. Y Chino, gracias por llevar a Víctor, ¿okey?

—Sí, de nada. Sólo consígueme su dirección. Y escucha, Víctor pasará aquí la noche, estará en observación. Puedes venir a buscarlo mañana, ¿okey? —estaba listo para colgar.

—Okey. Hey, Chino —dijo en voz alta, haciendo que mi oreja volviera al auricular.

—Estoy aquí. Apúrate.

—¿En verdad que a Víctor le gusta Al Pacino?

—Lo adora.

No quise alarmar a Blanca, de modo que antes de ir a casa me abroché la chaqueta, que tenía un poco de sangre manchada en las mangas. Cuando llegué a nuestro edificio subí las escaleras, saqué mis llaves y abrí la puerta.

Blanca me estaba esperando, furiosa.

—¿Por qué no me lo dijiste? —me reclamó, agitando un papel en mi cara— ¿Tenía que encontrar esto bajo la puerta, Julio? —miré el papel en su mano. Era un contrato de arrendamiento. La Agencia Inmobiliaria Harry Goldstein, dos habitaciones por la mitad de lo que estábamos pagando al ayuntamiento para vivir en un apartamento de sus edificios de renta limitada.

—No estaba seguro si lo tendríamos. No quería darte esperanzas.

Bodega no había perdido el tiempo.

—Estoy enfogonada contigo, Julio, ¡me dejaste en la oscuridad! Después de todo lo que habíamos hablado, después de pedirte que me cuentes en todo lo que estás metido, me dejaste en la oscuridad.

—¿En la oscuridad? Consigo un mejor lugar para vivir, ¿y resulta que te dejo en la oscuridad?

—Sabes que no me refiero a eso. Haces cosas como si fueras todavía soltero. Como si mi opinión no valiera nada. Como si...

Se detuvo y tomó un largo aliento. Bajó la cabeza y le pidió ayuda al Señor. Cuando levantó su cabeza para volverme a mirar, su cara estaba roja y sus ojos húmedos del dolor que seca tu garganta y lastima cuando tragas.

—Me alegra que hayas conseguido este apartamento, Julio. En realidad, me alegra mucho. Fue una buena cosa. Pero no me preguntaste mi opinión. Simplemente fuiste y lo hiciste. ¿Entiendes lo que digo? —asentí.

—Nancy —la llamaba Nancy cuando quería hacerle saber que quería clarificar cosas sin pelear. Algunas veces funcionaba, otras no, pero siempre valía la pena—. Nancy, soy nuevo en esto de estar casado,

¿bueno? Sabes que te amo, pero he estado toda mi vida acostumbrado a hacer cosas solo, sin consultar a nadie. Pero lo estoy intentando, Nancy. Lo único que sé es que intento. A veces me olvido de decirte cosas y simplemente hago lo que venga. Si hubiera preguntado al departamento de Viviendas por un apartamento de dos habitaciones, nos hubieran puesto en una lista de espera de cinco años. En cinco años, el alquiler por dos habitaciones sería incluso más alto y seguiríamos viviendo en este mismo edificio. Así que cuando apareció la oportunidad de conseguir algo mejor, la tomé. Sabes cuán rápido van las solicitudes, Nancy. Simplemente la llené y esperé a que nos fuera bien.

No sabía qué más decir.

—No digo que no sea una buena cosa, Julio. Sólo dime lo que estás planeando, ¿bueno? Si llenaste una solicitud, sólo dime dónde.

—¿Por qué? Mientras sea una mejor cuadra…

—Porque quiero saberlo —se enfogonó de nuevo—. Además, ¿se te ocurrió alguna vez pensar que yo podría no querer vivir allí? ¿Que si no me gusta la cuadra, el edificio? De aquí en adelante mejor que no me des noticias de segunda mano, ¿okey?

—Sí, está bien —dije.

—Hablaremos de la mudanza mañana, ¿okey?

Entonces ella me dio un amable beso de bienvenida, ya que no lo había hecho cuando entré. Agradeció de nuevo al Señor y me abrazó. Sus ojos se dirigieron a la mancha de sangre en mi manga.

—¿Qué es esto?

—Ketchup. Estaba comiendo papitas fritas —mentí. Me creyó.

Luego Blanca, poniendo sus manos en la parte inferior de su espalda, se sentó lentamente en el sofá.

Tomó una almohada y se la puso detrás de la espalda arqueada. Apretó las manos contra su vientre hinchado y enfocó los ojos hacia adelante, hacia nada en particular. Sabía que quería preguntarme algo y no se decidía si hacerlo ahora o más tarde.

—¿Conoces alguien que quiera casarse? —preguntó finalmente.

—¿Por qué?

Fui a la habitación a cambiarme.

—Bien, una hermana… —cuando Blanca decía «hermana» o «hermano» significaba que tenía algo que ver con su iglesia, lo cual me ponía nervioso y furioso a la vez— …necesita casarse.

—¿No hay hombres en tu iglesia?

—No. La mayoría están casados o son adolescentes. Y si son solteros y en edad de casarse, quieren a alguien joven, hermosa y virgen. Es lo peor.

—Me gusta cuando atacas a tu iglesia.

—Nadie es perfecto, Julio —no apreció mi comentario —. La iglesia está llena de gente imperfecta. Noé era un borracho, pero Dios le dio el arca. David cometió adulterio con Bathsheba, pero Dios lo hizo rey. Pedro negó a Cristo, pero Dios…

—Te entiendo. Entonces, lo que me estás diciendo es, debido a que esta hermana no es tan joven y quién sabe si es virgen, ¿nadie se animará con ella?

—Sí. Dicen que quieren una esposa que sea espiritual y quiera servir a Dios. Eso es lo que dicen que quieren. Pero cuando aparece una hermana que no es tan joven o linda, no importa cuán espiritual sea.

Comencé a reír. Podía oír a Blanca reír un poco y luego levantarse del sofá.

—Sí, es divertido —dijo.

—No te preocupes —le dije—, deja que espere, alguien aparecerá.

—Ése es el problema. Ella no tiene tiempo, es ilegal. Va a ser deportada.

Blanca apareció en la habitación. Su lámpara brillaba gracias a la luz que provenía del poste de luz detrás de la ventana. Le di un besito. Sonrió levemente.

—Esta chica —pregunté—, ¿es de algún país donde persiguen a los pentecostales o algo así?

—Por supuesto que no. ¿En qué época tú crees que estamos viviendo? Nadie nos tira a los leones hoy. Ella es de Colombia.

—Déjala regresar a Colombia, entonces. Siempre dices que lo más importante es servir a Cristo. Si Cristo está en todas partes, debe estar en Colombia también.

Me eché en la cama y miré al techo. Me devolvió la mirada. Basta, estaba pensando en Vera y Bodega. ¿Dónde podría encontrar a esta mujer y cumplir con mi parte del trato con Bodega? Esperaba que Negra ayudara.

—Ése no es el punto. Ella es muy buena. Y quiere hacer tantas cosas. Quiere aprender inglés e ir a la escuela. Quiere hacer cosas que jamás podría hacer en Colombia. Sé que Inmigración no vendrá a tocar a su puerta para llevarla a rastras a Colombia. Simplemente harán que le sea difícil mejorarse a sí misma. ¿No se trata de eso, Julio? ¿No es por eso que estamos yendo a la escuela y hablando de comprar algún día una casa?

Por supuesto que sí. Pero los que viajan más lejos son los que viajan solos. Y teníamos un bebé llegando, no había tiempo para eso. Ya era bastante malo haber tenido que mezclarme con Bodega para así tener un mejor lugar para vivir, un lugar más barato, y poder ahorrar un poco de dinero también.

—Blanca, tenemos nuestros propios problemas —dije, aparentando que trataba de dormirme. Blanca se sentó cuidadosamente en la cama junto a mí. Sabía que estaba pensando de nuevo. Me pregunté por qué tenía tanto interés en esta chica de Colombia. Sabía que Blanca era generosa, pero era muy difícil conseguirle una *green card* a alguien. No había forma de que ella preguntara, hiciera correr el rumor en la calle, porque la calle nunca había sido su territorio. Su única fuente era la iglesia, y si a esa comunidad le faltaba lo que necesitaba, no tenía otras opciones. Toda su vida, sus padres la habían protegido con la religión. Con el miedo a Dios. Cuando Blanca creció, en vez de liberarse de Dios, lo aceptó aún más, y ahora necesitaba algo que su iglesia no podía darle —algún idiota que se casara con una chica de Colombia. Blanca probablemente había preguntado a una docena de congregaciones, sin suerte. Ahora necesitaba otra salida. Y no quería ser atrapada por las políticas mezquinas de la calle. No quería deberle nada a nadie. Quería ayudar a esa chica por su cuenta.

—Quizás debería preguntarle a Negra —susurró como para sí misma.

—Blanca, ¿por qué haces esto?

Blanca sabía tan bien como yo que una vez que le pidiera un favor a Negra, debía prepararse para pagarlo. Considerando la magnitud de lo que pediría Blanca, si Negra o cualquier conocido de Negra lo conseguía, el pago no sería sólo una puta sino todo el prostíbulo.

Eran polos opuestos desde pequeñas. Negra odiaba la iglesia, no podía esperar para irse de la casa de sus papás y destrozar sus raíces pentecostales. Era de las que fumaba pitos de mota en el baño a la medianoche, dejando la ventana abierta para que sus papás no olieran nada. De las que salía de su casa llevando mahones apretados bajo una falda larga. Dejaba la falda en la casa de una amiga, donde la podía recoger después para luego volver a casa ya con falda. Le encantaban los muchachos. Y no fue sorpresa para sus papás cuando conoció a Víctor en Corso, una disco, y dejó su casa, sin casarse. Negra nunca miró lo que dejaba atrás.

La reputación de Negra para conseguir información la obtuvo la vez de la muerte de Popcorn. Popcorn era el único gay conocido en el barrio. Gran tipo, siempre lleno de vida. Siempre riendo y haciendo bromas. Tenía una hermosa melena de largo pelo negro y llevaba mahones apretados, maquillaje, y camisas hawaianas, y cargaba una navaja en el bolsillo trasero. Cuando alguien se hacía la burla de él, él reía y decía: «La única diferencia entre tú y yo es lo que hacemos en la cama». Luego de eso, las opciones eran pelear con Popcorn o decir algo duro y divertido e irse. Todos sabían que era mejor irse, porque si Popcorn sabía pelear y uno perdía la pelea, el barrio entero se enteraría que uno había sido apaleado por un pato, y si él estaba fanfarroneando, entonces no había nada de gloria —la hermana menor de cualquiera podía pegarle a un pato. Popcorn jugaba esta carta al máximo, llevando su navaja en el bolsillo trasero como un segundo bulto. Todos reían y lo dejaban en paz, y a él no le importaba porque todos decían cosas crueles a todos en el barrio. La primera ley de la calle: «No todo lo que te ataca está tratando de amenazar tu hombría».

Pero entonces un día Popcorn fue encontrado muerto a cuchilladas en el techo del edificio donde vivía. Solía subir allí a broncearse. Nadie sabía por qué lo habían matado. Los policías no tenían pistas.

Hicieron preguntas durante una semana. Eso es lo que hacen cuando alguien es asesinado en Spanish Harlem, investigan por una semana y, si los medios y la comunidad no hacen alboroto, lo dejan sin resolver. Piensan, a quién le importa, hicimos un esfuerzo, mantendremos nuestro financiamiento aclarando casos importantes. Pero Negra sabía quién había matado a Popcorn. Lo dijo a todo el barrio, y finalmente alguien se lo contó a los policías.

Una chica llamada Inelda Andino había matado a Popcorn. La explicación de Negra era simple: «Estaba siempre celosa de su pelo. Popcorn tenía el mejor pelo del barrio y esa chica era superficial. Tan superficial que he metido mi pie en charcos más profundos». Después, se comprobó que Negra estaba en lo cierto cuando el cuchillo fue encontrado en el apartamento de la mamá de Inelda, con las tarjetas de crédito y el carnet de identidad de Popcorn. Había sido una de esas peleas en las que una de las partes está tan furiosa, tan ciega de rabia que tiene que matar a la otra parte. En el caso de Popcorn e Inelda, había habido una acalorada discusión acerca de quién tenía el mejor pelo.

Nadie interrogó a Negra. Los policías pensaron que la persona que les había pasado el chisme merecía el crédito, pero el barrio pensaba distinto. El barrio conocía a Negra.

Froté la espalda de Blanca.

—¿Por qué querrías deberle algo a Negra?

—Porque quiero ayudar a esta chica —dijo.

—Blanca, incluso si encuentras alguien que se case con esta chica, no es tan fácil. Incluso así la podrían deportar. ¿Crees que los de Inmigración son estúpidos?

—Sí, pueden serlo. Confía en mí. Lo único que tenemos que hacer es encontrar a alguien que se case con Claudia, y luego…

—¿Claudia? ¿Es ése su nombre?

—Sí, Claudia —continuó—. Luego, sacar un arriendo con las firmas de ambos en el contrato. Un apartamento con fotos, quizás, porque los de Inmigración enviarán a alguien de inspección. Pero eso no significa que tienen que vivir juntos.

—¿Y cómo planeas lograr todo esto? Es difícil encontrar un marido y un apartamento. Eso no es ningún pellizco de ñoco.

—Por eso te pregunto.

—Mira, puede ser cualquiera. Puede incluso vivir con sus papás…

—Oh, por favor, durmamos.

—Sólo prométeme que me lo averiguarás.

En otras palabras, Blanca me estaba diciendo que podía preguntar a mis amigos del barrio.

—Está bien. Preguntaré.

Blanca se levantó de la cama y se inclinó para besarme. Le correspondí. Mientras iba al baño a lavarse los dientes, sonó el teléfono.

—¡Es tu hermana! —grité de la habitación, sabiendo que sólo Negra podía llamar tan tarde, queriendo contarle a Blanca acerca de lo que había ocurrido con Víctor. Blanca fue al living y levantó el auricular. Podía escuchar su voz, preocupada y emocionada a la vez cuando preguntaba cómo estaba Víctor. Blanca rió y luego predicó a Negra acerca de la fidelidad, lo que significaba que Negra estaba pensando en vengarse de Víctor. No me importaba, estaba feliz de que esta charla con Blanca sobre la chica ilegal no se hubiera convertido en una gran pelea.

Mientras hablaba con Negra, escuchaba su voz dulce y sincera en la oscuridad de la habitación, y me sentí alegre. No sabía qué había hecho para merecer a Blanca, y no iba a preguntarlo. Tenía miedo de que el destino retrocediera sus pasos y encontrara errores y se llevara a Blanca de mi lado. Simplemente, estaba feliz de que ella estuviera conmigo. Su voz se arrastraba del living a la habitación, dulce y ligera, como si ella todavía tuviera catorce y estuviera en el Julia de Burgos. Recordé esas primaveras cuando ella llevaba a clases unos vestidos delgados de algodón que me hacían gemir de dolor en Spanish Harlem. O cuando vestía sus faldas apretadas mientras llevaba la Biblia. Y cuando ella se sentaba en la biblioteca, cruzaba las piernas y dejaba que su sandalia se balanceara en el aire mientras leía y jugaba con su cabellera. La miraba desde el otro lado de la sala y me decía a mí mismo que ella no tenía idea de lo hermosa que lucía.

—Negra quiere hablar contigo —Blanca gritó desde el living, devolviéndome al presente.

—¿Conmigo? —grité.

—Sí.

Me levanté, fui al living, tomé el auricular que me pasó Blanca.

—Tienes suerte —dijo Negra.

—¿Conseguiste algo ya?

—Ella va a venir a Nueva York. Me lo dijo mi mamá. Su escuela de primaria va a bautizar el auditorio con su nombre.

Negra reía.

—¡No te creo! ¿Hacen esas cosas?

—Ajá.

—¿Y qué si ella no aparece?

—Aparecerá. Por lo que me dijo mami, esa mujer es tan creída que un día va a despertar transformada en un espejo. Adora ser el centro de la atención. Ya la odio.

—Escucha, Negra —susurré, mirando hacia atrás para asegurarme que Blanca no me oyera—. No le digas nada de esto a tu hermana, ¿okey?

—¿Por?

—Por nada, sólo que no quiero que se entere.

—Por qué no, si es su tía también.

—Simplemente cállate y no le digas.

—No sé, Chino.

Sabía que quería algo. Ya me había pagado lo que me debía al darme la información, y ahora quería que yo me sintiera en deuda con ella.

—¿Problemas en el paraíso, Chino? ¿Por qué no quieres que Blanca…?

—Está bien, estoy en deuda contigo —tuve que aceptarlo—. ¿Qué quieres?

—No sé todavía.

—Negra, tengo que irme a dormir, así que piensa rápido o déjame pasar por un día.

—Bueno. Te la dejo pasar, pero todavía estás en deuda conmigo.

—Bueno —dije, y colgué sabiendo que iba a lamentarlo.

Octavo round

No se admiten mascotas

Sapo me llamó al día siguiente.

—¿Qué hay de nuevo, pana? ¿Me haces un favor grande? Para algo eres mi pana fuerte. ¿Recuerdas el día en que los de la CIA te quisieron agarrar a patadas porque estabas usando una sudadera con sus colores? ¿O cuando el otro día logré que Bodega enviara a alguien para que dejara un contrato bajo tu puerta?

—Sapo, mira, dile a Bodega que se lo agradezco. Dile que tengo lo que quiere.

—Sí, sí, sí, yo le digo. Entonces, ¿me haces el favor?

—¿Qué quieres? ¿Tengo que matar a alguien?

—Bro, tú no matas una mosca. A veces pienso que eres más blando que tu esposa aleluya. Si te asaltan, les preguntarías a los ladrones si necesitan un pon a casa. Así que, Chino, tengo un montón de manteca, ¿la puedo dejar contigo? ¿Sabes que eres el único en quien confío, verdad?

—Por supuesto.

—Segunda cosa.

—¿Qué?

—Bodega quiere verte.

Sapo debió haber llegado a las diez y media esa noche. Blanca y yo volvíamos del *subway* después de nuestras clases en Hunter, compadeciéndonos el uno del otro por la cantidad de trabajo que teníamos. Divisé el BMW de Sapo parqueado a la puerta del edificio. Blanca me miró un rato, luego dijo: «Julio, ¿por qué? Vámonos a dormir». Eso fue todo lo que dijo, pero yo sabía que no podía escaparme. Tenía que ir con Sapo. No importaba lo que Blanca dijera o lo furiosa que se pusiera, tenía que hacer mi parte. Afortunadamente, Blanca estaba de buen humor esa noche, y cuando moví mi cabeza hacia el carro, ella simplemente suspiró.

—Sabes, Julio —dijo—, el contrato dice que no se admiten mascotas en el edificio. Así que cuando nos mudemos, él no puede venir contigo.

Me besó y me dijo que consiguiera algo para comer. La abracé, y pude oler el champú en su pelo, algo como duraznos. La dejé ir, la miré caminar hacia el edificio y fui adonde Sapo.

—¿Nada de convulsiones? ¿Adónde va el mundo? —dijo Sapo mientras yo entraba en su carro—. Espera, Chino, ¿puedes llevar esto arriba?

Me dio un sobre grueso de ocho por once, todo pegado. Sapo siempre los pegaba cuidadosamente, así sabía si alguien los tocaba. No me ofendí. Sabía que confiaba en mí. Subí con el sobre, entré a la cocina y lo dejé en el fondo de una caja vacía de cereales Apple Jacks. Blanca me vio y movió la cabeza, pero no dijo una palabra.

—Hey, ¿quién dijo que los premios de los cereales ya no valen la pena? —dije, caminando hacia donde estaba Blanca, en el sofá— Teca Flakes, ¡buenísimos!

Incluso imité al tigre de la propaganda.

—No es chistoso, Julio —se levantó cuidadosamente y entró al baño—. Trata de no volver muy tarde —dijo, cerrando la puerta del baño.

—Muy bien, Blanca —dije a la puerta cerrada. Puse la caja encima de la nevera y bajé.

—Gracias, bro —dijo Sapo, abriéndome la puerta del carro —. Sabes, tengo algunas amigas que me visitarán y no puedo tener esa mierda en casa. Estas amigas son ladronas de nacimiento. Son capaces de tumbarse los clavos de Jesucristo y aun así dejarlo colgado.

—¿Dónde está Bodega esta noche?

—Taíno Towers. Piso cuarenta. La mejor vista en el barrio.

Partimos.

Las Taíno Towers en la 124 y Tercera ocupaban una manzana entera. Eran cuatro torres, una en cada esquina. Cuatro torres de concreto blanco, barato y feo. Cuarenta pisos de ventanas baratas y un vestíbulo con un guardia que dormía casi toda la noche. En la base de cada torre había negocios, desde supermercados hasta consultorios de dentistas. Odio las torres. Mientras más alto el edificio, y más gente puesta una encima de la otra, más alto el porcentaje de crímenes. Son enormes archivos de vidas humanas, como abejas en un panal, apiñadas y furiosas por pagar alquiler por cajas que se asemejan a celdas de prisión.

Bodega alquilaba un apartamento en el último piso de la torre que daba al East River, sobre todo por la vista —tenía muchos otros lugares para vivir—. Cuando Sapo y yo llegamos al edificio, el guardia no nos preguntó a quién visitábamos. «No soy el portero», dijo con desprecio. Tomamos el ascensor y tocamos en el 40B. Nene abrió la puerta.

—Hey, Sapo y Chino. ¿Qué pasa, pana?, *I want to take you higher* —nos dejó entrar.

—Dile a tu primo que Chino está aquí —dijo Sapo.

—Oh, man. Espera, Nazario está con él. Han estado hablando un buen tiempo.

—¿De qué?

—No sé, Sapo. Puedes esperarlo, pero…

—¿Algo más que sepas?

—Mencionan mucho a un tal Alberto Salazar.

—¿Quién es?

—No sé, Sapo. Sólo sé que no es bueno. *There's somethin' happenin' here, what it is ain't exactly clear.*

Justo en ese momento Bodega y Nazario aparecieron en el living. Ésa fue la primera vez que vi a Nazario, o mejor, que me di cuenta quién era. Nunca había hablado con él o sabido su nombre, pero había visto la cara de Nazario unas cuantas veces en el barrio. Era un hombre alto, seguro de sí mismo, en los cuarenta, que andaba por las calles vistiendo trajes caros y zapatos de lagarto pero nunca era asaltado. Ahora sabía por qué. Era Nazario el que representaba a Bodega en el barrio. Nazario, con su cara bien afeitada y la buena pinta de alguien que nunca en su vida había estado metido en una pelea callejera, iba por todas partes repartiendo favores de Bodega.

—¿Y nunca tomó el dinero? —le preguntó Bodega a Nazario.

—No, parece un buen hombre. Alguien que hace su trabajo. No sé, Willie, esto puede ser malo.

Cuando Bodega me vio comenzó a sonreír. Pero luego sus labios se congelaron cuando Nazario dijo: «Willie, esto es serio. Este tipo tiene algo». Bodega se acercó y me presentó.

—Éste es Julio —dijo a Nazario —. Está en la universidad.

—¿Bajo nuestro programa? —Nazario preguntó a Bodega. Bodega dijo no con la cabeza. Yo no
sabía entonces a qué se refería Nazario, pero después me enteraría. Aún así, Nazario parecía feliz—.
¡Buenísimo! —dijo, como si fueran las mejores noticias que hubiera oído en el día—. ¿Cuándo te
gradúas?

—El próximo año —dije.

—Bien. Un profesional más en East Harlem.
Pronto —dijo, sonriéndome—, tendremos un fraca-
tán de ellos. Una clase profesional entera en East
Harlem, y nadie podrá quitarnos este barrio.

—Suena bien —dije, pensando para mí que
ellos hablaban de un montón de sueños. Pero muy
pronto, yo también comenzaría a creer en ellos.

—Sapo —dijo Nazario, pasando por mi lado y
deteniéndose un momento para darme una palmada
en el hombro, como diciéndome «buen trabajo»—.
Sapo, tenemos que hablar.

Nazario y Sapo salieron del apartamento. Bodega me llevó a la cocina.

—¿Quieres una birra?

—Ajá.

Abrió la fregadera y me dio una cerveza.

—¿Cuándo se mudan?

—No lo sé, aún no he hablado con mi esposa.
Pronto, supongo.

—Eso es bueno. Escucha, ¿tienes algo para
mí? —sonaba avergonzado— No quiero que pien-
ses —dijo, mirando al piso, evitando mi mirada—
que no hablaba en serio días atrás. Que soy un
débil…

Lo corté.

—Hey, está bien. No se hable más. Mira, Vera
va a venir a Nueva York.

Su cuerpo se enderezó rápidamente. «¿Hablaste con ella, Chino?» Parecía un chiquillo. Acercó una silla y se sentó frente a mí.

—No he hablado con ella, pero sé que llega la próxima semana. Su vieja escuela, P.S. 72, en la 104 y Lex, va a bautizar al auditorio con su nombre. Podrás hablar con ella entonces.

—¿Vendrá sola? ¿Sonaba feliz?

—No hablé con ella, bro —dije, pero fue como si no hubiera escuchado. Bodega continuó haciéndome preguntas y por un momento pensé que me preguntaría cómo debería vestirse. Luego Nazario entró solo. Vio la cara de Bodega, vio que no era la misma persona.

—¿Qué te ocurre?

—Nada —dijo Bodega.

—Sapo está esperando.

—Dile que se vaya a casa.

—¿Qué? No, Willie, esto es serio.

—Dile a Sapo que se vaya a casa —repitió Bodega.

—Willie, ven al otro cuarto.

Nazario le hizo señas con su mano para que pudieran hablar en privado. Como siempre, no me ofendí. Mientras menos sepa uno, menos problemas.

—No, Chino es buena persona —dijo Bodega, haciendo saber a Nazario que podía quedarme.

—Mucho gusto —a Nazario no le importó. Extendió su mano hacia mí y esbozó una fría sonrisa—. ¿Nos disculpas?

—Seguro, mucho gusto —dije—. De todos modos, me tengo que ir.

—Hablaré contigo pronto, ¿okey, Chino? Sapo te buscará y te dirá dónde encontrarme, ¿okey? —dijo Bodega, levantando su puño al aire, triunfante, como si hubiera ganado una pelea importante. Asentí con la cabeza y salí de la habitación. Nene estaba sentado en el sofá escuchando la radio. Se levantó y me abrió la puerta. Podía oír a Bodega y Nazario en la otra habitación, discutiendo y, claro, el nombre de Alberto Salazar continuó reapareciendo.

Nene me esperaba en la puerta.

—Hombre, debes estar haciendo un trabajo importante para mi primo. Te llama un montón. Yo apenas soy el Nene. Nadie me escucha, sabes, pero igual funciono. Y a veces digo cosas tontas, porque soy el Nene. Cosas que uno sabe que la gente no capta, pero yo sé que tú las captas, ¿verdad, Chino?

—Por supuesto que las capto —dije, porque no quería dejarlo colgado.

—Sé que no soy muy brillante. *I don't know much about history, don't know much about biology,* pero Chino, conozco mi radio, sabes. Pregúntame, cualquier cosa, cualquier cosa de música.

—Veamos —dije mientras salía—. ¿De quién es «Everybody Was Kung Fu Fighting»?

—*Those cats were fast as lightning, huh! Here comes the big boss* —Nene cantó una línea y luego me respondió—. Cosa de niños, Chino. Carl Douglas. Tuvo un hit y desapareció.

Nene me puso la palma y yo se la palmeé y salí. En el pasillo, esperé el ascensor y Nene sacó su cara de bebé y su cuerpo de oso. «Chino, eres un buen tipo, bro, *you ain't heavy, you're my brother*». Le sonreí de nuevo y tomé el ascensor.

Esa noche busqué el carro de Sapo y no lo vi. Estaba bien, porque era una noche cálida de primavera y la gente había salido a las calles transformada. Como todos los ghettos, Spanish Harlem luce mejor en la noche, cuando todo lo roto y sucio está oculto en la oscuridad y la luz de la luna hace que todas las demás cosas brillen como perlas. Esa noche la gente estaba moviéndose, agitándose. Habían abierto unos hidrantes, las mujeres bailaban la salsa que resonaba de una *boombox* en la acera. Bailaban con un ojo en su pareja y otro en sus hijos que jugaban rayuela, regatas con tapas de botella, o brincando la cuica. Adolescentes en mahones apretados flirteaban con muchachos que les mostraban sus cadenas y tatuajes. Los viejos jugaban dominó mientras bebían Budweisers envueltas en bolsas de papel café. Caminé a casa feliz. Incluso le dije hola a una rata que se cruzó en mi camino, corriendo de un basural a otro. «Hey, amigo, ¿dónde vas, eh?», dije cuando sacó la cabeza de una bolsa de plástico. Estaba feliz. Estaba cumpliendo mi parte del trato. En ese momento no me importaba el tal Salazar. Casi todo había terminado para mí. Lo único que tenía que hacer era llevar a Bodega adonde Vera. Una vez que hiciera eso, podía continuar mi vida con Blanca en la claridad total. Viviríamos en un mejor lugar, limpio y recién restaurado. Más importante aún, podría hablarle de nuevo a mi esposa sin tener que ocultar nada.

Noveno round: Knockout

Economía subterránea

El siguiente sábado por la mañana, temprano, Sapo tocó a mi puerta.

—Chino, bro, Bodega quiere verte en el Museo del Barrio.

—¿Ahora? —pregunté.

—Sí, ahora, bro. Ahora. Tan ahora como que existimos y los planetas están girando alrededor del sol.

—Pero El Museo no ha abierto sus puertas todavía.

—Las abrirán para Bodega, no te preocupes. Les da un fracatán de dinero. Un desperdicio, si quieres mi opinión, man —escupió—. Pero mientras no sea mi dinero…

—Espera, ¿estás diciendo que Bodega da dinero a las artes?

—Bodega hace lo que quiere con su dinero. Yo hago lo propio con el mío, tú con el tuyo —fue todo lo que me dijo Sapo. Lo invité a entrar.

—Entra. Déjame lavarme. Blanca está durmiendo.

Sapo estaba perplejo. Entró y comenzó a mirar alrededor. «Nunca he estado aquí adentro y por lo visto no me perdí mucho.»

—No entiendo para qué quiere verme Bodega, ya le dije cuándo llegaba Vera. Estaré allá cuando llegue —me dirigí al baño.

—Qué carajos puedo saber. Soy como los del *fucken* IRA. Yo sólo sigo órdenes.

—Mentiras, pana, sabes más de lo que aparentas saber —me lavé los dientes con rapidez.

—Guardar información es una ventaja.

—¿Ajá? ¿Entonces me vas a decir cómo logró Bodega su poder, o vas a quedarte con la ventaja?

—No hay ventaja allí, Chino. Eso no es secreto. Todos en El Barrio, de la universidad hasta la calle, saben que los italianos controlaban el barrio. Manejaban las apuestas, las drogas —escuché a Sapo sentarse en el sofá y encender la televisión. No me preocupaba que Blanca despertara, dormía como un tronco—. Había lugares que uno podía asaltar, y otros, de dueños italianos, Chino, con los que uno no se metía.

—Es verdad. Existía ese restaurante, los de la *fucken* mafia estaban siempre ahí…

—Mario's —dijo Sapo.

—Exacto.

—Bro, ese *fucken* restaurante tenía tres meses de lista de espera porque eso era lo que tardaban en revisar a sus clientes, por si estaban conectados con el FBI, ¿entiendes lo que te digo?

Lo escuché abrir la nevera. Cuando salí del baño, Sapo tenía un tazón de Coco Puffs y estaba sentado enfrente de la tele viendo muñequitos.

—¿Esto no arruinará tu reputación?

—No, los muñequitos son una droga —dijo.

Fui a la habitación para ponerme ropa y pensar en lo que Sapo me había dicho. Y estaba en lo cierto, no había nada nuevo. Los italianos manejaban el show. Cuando yo era niño, Spanish Harlem era diferente. Había muchos italianos todavía. Había clubs sociales sólo para italianos, uno podía ver limosinas rosadas parqueadas en frente de hidrantes. Había

edificios racialmente segregados que nunca alquila-
ban a negros o a latinos. El Dime Savings Bank en la
105 y Tercera tenía siempre una ventanilla especial
para que los italianos no tuvieran que esperar en fila
como los demás.

—Entonces, ¿qué pasó con los italianos, bro?
—pregunté a Sapo cuando salí vestido.

—¿Escuchaste hablar del gordo Tony Salerno?

—No.

—Era un gran don.

—¿Ajá?

—Hasta que lo acusaron con cargos de negocios ilegales. El juez puso su fianza en dos millones y
los muchachos de Tony corrieron a la corte y paga-
ron en efectivo. Y era mucho dinero.

—Sí, sí, sí. Ahora me acuerdo. Salió en las noticias. El hijo de puta tuvo que vender algunas de sus
propiedades para pagar las cuentas de sus abogados.
Pero igual lo sentenciaron a ciento setenta y cinco años.

—Correcto, y después de eso los italianos ya
no eran tan sagrados. Y con el pez gordo fuera de la
película, tenía a todas esas pequeñas sardinas luchan-
do por el poder.

—¿Y ganó Bodega?

—Con la ayuda de Nazario. Bro, me terminé
tu leche —dijo, levantándose y poniendo el tazón
vacío en el fregadero.

—Loquísimo, bro, que ganara Bodega.

—Ajá. Ahora, ¿estás listo? Tengo cosas que hacer y Bodega te está esperando.

Cuando salíamos, Sapo gritó hacia la habitación, lo suficientemente fuerte como para despertar
a Blanca, «¡Bendición!», y luego se rió.

—Estás loco, bro. Qué mierdas, ella no es tu
mamá —dije mientras cerraba rápidamente la puer-

ta y corría hacia abajo. Entramos al carro de Sapo y fuimos por la Quinta Avenida.

—Oye, Sapo, ¿conoces a alguien con ganas de casarse?

—¿Jebas? Muchas. ¿Hombres? Ninguno. ¿Por qué lo preguntas?

—Blanca está tratando de conseguirle una *green card* a una amiga.

—No jeringues.

—Así que si conoces a alguien…

—Conozco a un tecato que da pena. Podemos dejarlo sin drogas por un día o dos. Él haría luego cualquier cosa por una dosis.

—Nada de tecatos, man, ella estaría mejor en Colombia.

—¿Entonces qué mierdas quieres? ¿Dónde crees que vives? ¿Crees que vas a encontrar un pato hijo de puta que tiene que casarse con una jeba o si no su papá lo deshereda? No lo creo. Si quiere quedarse, mejor que tome al tecato.

—Olvídate que te lo pregunté —había sido estúpido. ¿Por qué lo intenté siquiera?

—Nazario podría ayudar, conoce todo —Sapo aconsejó. Pero no lo tomé en cuenta. Ya estaba enredado con Bodega. No quería mezclarme también con Nazario.

Sapo detuvo el carro frente al Museo del Barrio y bajó.

—Te veo más tarde, Chino.

—Nos vemos, hombre.

—Una última cosa —dijo Sapo—. Te voy a pedir un favor.

—Nada nuevo bajo el sol. Todavía tengo tu mierda en mi casa, ¿la necesitas?

—No todavía, Chino. Lo que voy a necesitar de ti es algo pequeño. Muy pequeño. Como aquella vez que sólo querías que te acompañara porque había unos tipos que te estaban mirando feo, ¿recuerdas?

—Ajá, lo recuerdo.

—Bien, será más pequeño que eso.

Sapo partió.

Caminé hacia el lado del Museo donde estaba la entrada ese mes, porque la del frente estaba siendo restaurada. Estaba cerrada. Golpeé a la puerta y un guardia se acercó y se detuvo detrás del cristal que nos separaba.

—El Museo no está abierto todavía —gritó a través de los cristales.

—Espere, me tenía que ver con alguien aquí.

—¿Quién?

—Willie Bodega —dije, y él miró a su alrededor. Regresó sobre sus pasos para chequear lo que le había dicho. Miré al otro lado, hacia Central Park. Era un día hermoso, los azulejos trinaban y los árboles recuperaban sus hojas. Pensaba quizás pasear más tarde por el parque, con Blanca, cuando regresó el guardia.

—Disculpe —tenía una sonrisa en la cara y empezó a abrir la puerta—. Sabe que no debería dejar entrar a nadie todavía. Pero, dado que es un amigo de Willie, lo dejaré entrar, okey.

Me dio la mano, casi arrastrándome hacia adentro. Señaló hacia donde encontraría a Bodega.

Vi a Bodega parado enfrente de un cuadro de Jorge Soto, un largo lienzo que representaba a un Adán y Eva transparentes, con sangre corriendo por su cuerpo como si fueran tema de un libro de anatomía. Me paré junto a Bodega. Aunque sabía que yo estaba allí, siguió estudiando el cuadro.

No me saludó, simplemente señaló a Adán. «Este hombre lo tenía todo. Podía incluso hablar con Dios. Pero no significaba nada para él sin ella.»

—Entiendo —dije—. Así que, Bodega, ya te dije que Vera estará aquí la próxima semana. Estaré allí contigo cuando llegue. ¿Entonces por qué querías verme hoy?

—Porque, Chino, te voy a pedir algo cuando Vera llegue y pensé que deberías conocerme. Además, me voy a casar con ella esta vez, y eso significa que seremos parientes. Y tú eres buena gente.

—¿Qué? ¿Tú vas a qué?

—A casarme con ella, por supuesto. ¿Por qué crees que hice todo esto?

—Mira, hombre, lo que quieras hacer con Vera es tu problema. Yo sólo hago mi parte. Pero, que yo sepa, Vera ya está casada.

—Ya lo sé —dijo, y su humor cambió. Me miró con la confianza de alguien que tiene las cartas marcadas.

—¿No te importa para nada? —pregunté—. ¿Qué si no quiere dejar a su esposo?

—Por supuesto que dejará a ese pendejo. En primer lugar, nunca quiso casarse con ese pendejo. Fue su *fucken* mamá quien la presionó.

Se alejó lentamente de mí para detenerse frente a otro cuadro. Se llamaba *Despierta Boricua* y mostraba a un indio taíno amarrado a un hidrante.

—Se nos prometió tanto cuando dejamos nuestra isla —dijo suavemente mientras miraba al cuadro—. Nos dieron la ciudadanía y después nos enviaron al distrito más pobre. Me voy a asegurar que cumplan con sus promesas.

—¿Conoces al esposo de Vera, Willie? —pregunté.

—Conocerlo, no. Pero sabía que su familia era una de las que había escapado de Castro en el cincuenta y ocho. Ninguna vergüenza en eso. Pero su familia era rica porque había apoyado a Batista con toneladas de dinero que le extrajeron al pueblo cubano.

Sus ojos dejaron el cuadro y miraron al piso. Los mosaicos eran hermosos, nuevos. El Museo del Barrio había sido restaurado recientemente. Los pisos relumbraban, las paredes eran de un blanco fino, tranquilizador, y los títulos de los cuadros estaban escritos en español, con la traducción inglesa como algo secundario. Se sentía bien estar allí. El Museo del Barrio era el único museo donde podía ver los cuadros sin que un guardia me siguiera de lado a lado. En el Met recibía miradas de sospecha. Primero los guardias chequeaban mis zapatos para ver si alguna vez fueron de cuero de lagarto. Cuando veían mis tenis gastados, me trataban como si fuera a sacar un cuchillo de mi bolsillo trasero y dedicarme a tajear Goyas.

—Mira, Chino, en esos días, la política era de lo único que sabía. Traté de explicarle a Verónica quién era este tipo con el que se iba a casar, las razones por las que era rico. Le expliqué que él no era un amigo del pueblo, incluso la noche antes de la boda.

—¿Qué?

—Me dijo que me amaba. Que no le importaba si yo no tenía dinero. El problema era, me dijo, que yo no tenía visión alguna para conseguirlo. Dijo que no le importaba ser pobre por unos años, pero como sólo tenía ojos para la cosa política, iba a ser pobre por el resto de mi vida. Y luego apareció su mamá y le gritó que entrara a la casa. Su mamá me miró como si tuviera lepra. Así que me fui pensando, mierda, esa perra no me merece. Pensé que los Young

Lords iban a triunfar y que ella había perdido su chance de ser parte de la historia. Pero un par de horas después, Chino, yo estaba hecho un mar de lágrimas, y eso no tenía importancia.

No dije nada y nos ganó el silencio. Imagino que en ese entonces, si hubiera tenido la edad suficiente para comprender, hubiera sentido lo mismo que él. Cuando Bodega era un adolescente, los Young Lords eran una suerte de guerrilla urbana que, originada en Chicago, hizo bulla en El Barrio. Habían escrito un manifiesto llamado «El programa y plataforma de trece puntos». El primer punto era liberar a Puerto Rico de los Estados Unidos. El segundo, que todos los países latinoamericanos tuvieran autodeterminación. Querían mejores programas barriales. Lanzaron clínicas puerta a puerta, campañas de inspección sanitaria y en procura de alimentos y ropa. Eran muchos, jóvenes, educados, y estaban armados. Se apoderaron de una iglesia metodista de ladrillos rojos en la 111 y Lexington, y la convirtieron en un centro de conferencias declarándolo La Iglesia del Pueblo. Los Young Lords también se habían adelantado a su época; el punto número cinco del manifiesto declaraba: «¡Abajo el machismo y el chauvinismo masculino!». Eso se debía en parte a que la mitad del comité central estaba compuesta por mujeres que, junto a los hombres, desarrollaban las estrategias y llevaban armas.

Escuché a Bodega describir cómo había predicado esos puntos a Vera. Diciéndole que las mujeres latinas estaban experimentando una revolución y que eso forzaría al hombre latino a cambiar sus maneras y reinventarse a sí mismo. Bodega no había predicado esos puntos con mucha elocuencia, pero había hablado de ellos con tanta pasión y sabiduría de la calle que Vera se enamoró locamente de él. A ella le gustaban sus ideas, su convicción, su optimismo. Bodega la invitaba a mítines a los cuarteles de los Lords en la calle 117 y 202 East, a clases de educación marxista, a clases de tácticas militares urbanas, a campañas en procura de alimentos. Verónica atendía y a veces incluso ayudaba en los programas de desayunos y las campañas de ropa, pero lo que ella realmente quería era que Bodega consiguiera un buen trabajo y se casara con ella.

—¿Qué edad tú tenías entonces? —era lo único que se me ocurría preguntar.

—No sé, déjame pensar. Diecisiete.

—Así que dejaste a Verónica. Estabas enfogonado con ella y con todos. ¿Luego qué ocurrió?

Comenzamos a caminar por el Museo.

—Locuras de mierda. Eran las tres de la mañana. Me subí a su habitación por la escalera de incendios. Traté de abrir la ventana pero había una verja. Así que toqué a la ventana y Verónica despertó asustada pensando que yo era un ladrón.

—Eso fue genial, bro. ¿No podías haber esperado hasta la mañana o algo por el estilo?

—No, no podía, porque ella se casaba al día siguiente y si su mamá se hubiera levantado, sabes, se acababa todo. Así que casi le provoco un ataque cardiaco a Verónica, hasta que se dio cuenta que se trataba de mí. Sabía que nunca le haría daño. Y estaba un poco asustada, pero no porque yo estaba allá, sino porque se estaba casando con alguien que no amaba.

—¿Tú estás seguro que al menos no le gustaba su dinero?

—¿No te lo acabo de decir? Ella decía que no le importaba que yo no tuviera dinero, lo que le molestaba era que no tuviera visión para conseguirlo.

—Correcto, tú dijiste que no le importaba que no tuvieras dinero, pero no me dijiste que ella dijera que no le gustaba el dinero del cubano. ¿Ves la diferencia, bro?

—No, no la veo —gritó—. ¿y qué carajos sabes tú, ah?

—Mira, bro, como tú dijiste, vamos a ser parientes, ¿verdad? Entonces, ¿quieres que te mienta o que te diga lo que realmente pienso? —mi voz era respetuosa pero firme— Lo único que te estoy diciendo es que Verónica nunca dijo que no quería el dinero de este tipo.

Bodega dejó flotando mis palabras y caminó hacia un área pequeña en la que se exhibían figuras religiosas de madera. Los Tres Reyes a caballo en camino a ver al Niño, todo hecho de madera y coloreado con pintura de casa. La madera era vieja y la pintura se estaba rajando, lo cual daba a la escena de la Natividad un conmovedor toque de pobreza absoluta.

—¿Tú entiendes?

Me acerqué a él y me di cuenta que todo este tiempo que habíamos estado hablando no nos habíamos mirado a los ojos. Todo este tiempo, al hablar, mirábamos las obras de arte. Era una buena forma de aliviar la tensión y simplemente hablar.

—¿Cuándo tú te mudas? —me preguntó Bodega. Había tocado un punto sensible. Verónica era algo sagrado.

—Mañana.

—Eso es bueno.

—Mira, Willie, tú dijiste que querías preguntarme algo. ¿Qué es?

—No todavía, Chino, no todavía —y Bodega finalmente me dio la cara y me miró a los ojos—. Pero es algo bueno. No te preocupes.

Al día siguiente, Blanca y yo alquilamos una van U-Haul y nos hicimos ayudar por amigos y familiares. Negra y Víctor nos dieron una mano. Víctor se había recuperado, pero estaba todavía débil, así que, como Blanca, sólo ayudó con las cosas sin mucho peso. Durante la mudanza Negra y Víctor actuaban como si estuvieran en su segunda luna de miel, un besito por aquí y un besito por allá.

—Víctor, cariño, ten cuidado con eso, no te hagas daño.

—Negra, querida, ten cuidado. Déjame ayudarte, baby.

Durante dos días Blanca y yo vivimos entre cajas hasta que tuvimos tiempo para arreglar las cosas y poner todo en orden. Luego, justo dos días antes de que Vera llegara a Nueva York, llegué a casa tarde y cansado. La casa estaba a oscuras. Se me ocurrió que Blanca estaba con Negra o una de sus amigas o todavía en la iglesia. Me preparé una hamburguesa y saqué una malta de la nevera. Después de comer, decidí estudiar y encendí la televisión para tener algo de ruido de fondo. Fue entonces que oí del muerto. Los canales de noticias en inglés no le dieron mucha importancia; para ellos Alberto Salazar era sólo un reportero latino para un periódico pequeño. Apenas otro latino muerto esta noche. Sólo tuvo una breve mención. Pero necesitaba enterarme de más, por si acaso Alberto Salazar fuera el mismo del que había oído hablar a Bodega y Nazario, esa noche en las Taíno Towers.

Terminé mi bebida y cambié al canal 47, esperando que ellos le dieran más cobertura a uno de los suyos. No me decepcionaron.

El reporte decía que el cuerpo de Salazar había sido encontrado en el East River. Era un reportero de

El Diario/La Prensa que trabajaba investigando a un capo de la droga en East Harlem. Salazar había sido un tipo grande, seis pies y dos, doscientos sesenta libras. Mientras la cámara mostraba un muelle vacío, aún húmedo por la lluvia de la tarde, el locutor informó que había señales de lucha. Además de la herida de bala, Salazar había sufrido un serio mordisco en el hombro. Ahí fue cuando supe quién lo había matado.

Libro II

Porque un solo abogado puede robar
más dinero que cien hombres armados

These dreams
These empty dreams
from the make-believe bedrooms
their parents left them

PEDRO PIETRI
«Puerto Rican Obituary»

Primer round

Cómo me hice adulto y toda esa mierda estilo Piri Tomas

Sapo era diferente.

Sapo era siempre Sapo, y nadie se metía con él porque era famoso por sus mordiscos. «Cuando estoy peleando —escupía Sapo— lo que está cerca de mi boca es mío por derecho, y mis dientes no son una *fucken* casa de empeño.»

Adoraba a Sapo. Yo lo adoraba, porque se amaba a sí mismo. Pero a estas alturas uno sabe que nunca se trataba sólo de Sapo. Se trataba siempre de Bodega. Y hasta ahora continúa siendo así. Bodega tenía una inolvidable presencia entre noble y callejera, como si Dios jamás se hubiera podido decidir entre hacerlo nacer líder o pandillero. Bodega hizo algo por el barrio, algo que queda de forma permanente, como una canción que no le gusta a nadie más que a ti, porque la escuchaste en un momento en que tu corazón se partía.

Pero después de que encontraron muerto a Alberto Salazar, no se tocaron más canciones. Nadie pensó en el amor o cosas por el estilo. El barrio se convirtió en una tumba. Mudo como una momia egipcia. Todos los personajes de la calle, desde el chulo hasta el tecato y la puta, hablaban como italianos: «*I ain't see not'en*».

Blanca había visto las noticias en la tele. Adivino que al principio Blanca pensó que lo que había ocurrido era terrible. Luego, cuando comenzaron a circular rumores acerca de que Salazar sabía cosas que no debía saber sobre un capo de la droga, conjeturé que ella debía haber sentido algo peor, que Salazar era un buen hombre, vaya Dios con él. En algún momento ella oyó sin duda que Salazar estaba investigando en Spanish Harlem. Se me ocurre que fue ahí cuando comenzó a sospechar. Y cuando los periodistas mencionaron el pedazo de carne que faltaba en el hombro de Salazar, las memorias debían haber llovido sobre Blanca como paracaídas. Ella había sido testigo de uno de los mordiscos de Sapo. Había sido una espeluznante muestra de odio y furia, y Sapo lo presentó con teatralidad, como sólo Sapo sabía hacerlo.

Cuando cursaba la secundaria en el Julia de Burgos, en tiempos en que crecía y toda esa mierda estilo Piri Tomas que me ahorraré de contar, había un maestro de inglés, Mister Blessington. Él nos decía que todos los chicos íbamos a terminar en la cárcel y que todas las chicas iban a terminar haciendo la calle. Decía esas cosas en voz alta y la administración no hacía nada. Odiaba a Blessington y él lo sabía. Él miraba a Blanca con ojos de violador reprimido. Se creía refinado pero en realidad era horripilante. Iba a la escuela de traje y nos decía que un hombre de traje valía y uno sin traje no valía nada. Siempre nos leía poemas de Robert Frost, lo que estaba bien, pero después de un tiempo comenzamos a odiar a Robert Frost. Blessington creía que nos estaba haciendo un favor, y ése era su error. Era uno de ésos de clase media alta que se tienen gran autoestima porque podrían estar haciendo mucho dinero, pero no, han seguido un camino más difícil y han decidido «ayudar» a los pobres chicos del ghetto.

Por otro lado, José Tapia, el maestro de ciencias, nos hablaba siempre de lo afortunados que éramos por ser jóvenes y latinos. Sus discursos estaban a veces tan llenos de ardor y pasión que cada año el director de la escuela trataba de que Tapia fuera el maestro de gimnasia, así disminuiría su influencia sobre nosotros. Pero como maestro de ciencias, Tapia había sido certificado por el estado y había sido designado para nuestra escuela, así que no había forma de que el director se librara de él.

Y a él no le gustaba que lo llamaran Mister Tapia, simplemente Tapia.

Un día cuando Sapo y yo estábamos en el octavo grado, Tapia nos dijo: «Ustedes hablan dos idiomas, valen como dos personas». Sapo replicó: «¿Y qué del papa? Habla como cien idiomas, pero no vale un comino». La clase se rió.

—Sapo, ¿crees tú que el papa sería el papa si no hablara cien idiomas? —Tapia preguntó una vez que se calmaron las risas.

—Si no hablara cien idiomas seguiría siendo el papa, porque es blanco. Todos los papas son blancos. No he visto papas negros, y papas latinos tampoco.

—Hey, Tapia —dije—, yo ni siquiera he visto una monja negra.

Por supuesto, simplemente estábamos ganando tiempo. La verdad era que no habíamos hecho la asignación y queríamos desperdiciar minutos.

—O una monja china. Sólo he visto monjas blancas —añadió Edwin, así que pensé que él tampoco había hecho su asignación—. No puede haber un papa negro si no hay monjas negras.

Odiaba a Edwin. Cuando pedía prestado un lápiz nunca lo devolvía y cuando estaba a punto de terminar el año pedía prestadas hojas de papel porque no quería comprar un nuevo cuaderno.

—¡Sí, una monja negra! —Sapo gritó mostrándose de acuerdo.

—Julio, ¿lo puedes callar? —Blanca me susurró. Siempre me sentaba junto a Blanca. Dejaba mi libro de ciencias en casa, a propósito, para poder compartir el de ella. Tapia lo comprendió y, pese a que teníamos asientos fijos, me dejaba sentarme junto a ella.

—No —le susurré a Blanca—. Sapo tiene razón.

—La razón es que Sapo no ha hecho su asignación.

—Yo tampoco la he hecho —dije.

—Entonces este libro —haló hacia su asiento el de ciencias que estábamos compartiendo— no te sirve.

—Miren, olvídense del papa —continuó Tapia—. No me interesa el papa. El papa no es uno de mis estudiantes. Tiene un buen trabajo, y también hay monjas negras y chinas, pero eso no importa. Lo único que importa son ustedes. Me interesan ustedes. Hice las mismas jugarretas a su edad. Si no han hecho la tarea, sólo díganmelo.

Muchas manos se alzaron. Tapia suspiró ruidosamente.

—Edwin, ¿no hiciste tu tarea?

—Sí, la hice.

—¿Y?

—La hice, sólo que no la traje —la clase se rió.

—Muy bien, Edwin, vives en la 102 y Tercera. A sólo tres cuadras de aquí. Mejor que traigas tu tarea a la hora del almuerzo o que la hagas para esa hora.

Edwin asintió con la cabeza.

—Sapo, tu tarea.

—No la hice.

—¿Por qué no la hiciste?

—Porque Mister Blessington me dijo que iba a terminar en la cárcel, así que, ¿para qué perder mi tiempo haciendo asignaciones? —todos nos reímos.

—Sapo, ¿no quieres demostrarle a Blessington que está equivocado?

—No, prefiero no hacer mis asignaciones.

Tapia se enojó y comenzó a gritarnos.

—No me importa lo que Blessington les ha estado diciendo. Si ustedes están aquí, es porque quieren estar aquí, ¿cierto? De otra manera, ni siquiera vengan a la escuela, quédense en la calle. Pueden conseguir más dinero vendiendo droga en las escaleras que viniendo a mis clases, pero si vienen, y quisiera que vengan, me gusta tenerlos aquí, ¡lo único que pido es que hagan un esfuerzo! Eso es todo lo que pido. No me hablen de las tonterías de Blessington, son lo suficientemente inteligentes para saber que depende de ustedes llegar a ser lo que quieran ser. ¿Entonces, para qué molestarse en escucharlo? Yo lo he escuchado. Puras tonterías.

Tapia señaló a una de las chicas.

—Rita Moreno fue una vez como tú, y, ¿se dedica a hacer la calle? —Tapia luego señaló a uno de los chicos— Reggie Jackson fue una vez tan joven como tú, es mitad puertorriqueño, y, ¿está en la cárcel? Ellos trabajaron duro. Eso es lo que tienen que hacer ustedes. Trabajen, y no le presten atención a Blessington.

Todos nos quedamos callados y trabajamos, incluso Sapo, aunque se copiaba de mí. Sapo siempre me copiaba, pero no había problema. La siguiente hora teníamos Inglés y la odiábamos por Blessington. No tenía humor para Robert Frost, ese costroso culo blanco de algún estado lleno de vacas. Pero no le podía decir eso a Blessington. En vez de eso, pregunté de la manera más gentil:

—Mister Blessington, ¿por qué siempre Robert Frost, por qué no podemos leer a otros?

—Porque Robert Frost —dijo, sacudiendo lentamente su cabeza, incrédulo, como si yo hubiera preguntado algo muy estúpido— es un gran poeta americano.

—Bien, he escuchado que Julia de Burgos era poeta, ¿por qué no leemos algunos de sus poemas? —dije, y la clase me apoyó.

—Es verdad —Lucy, la amiga pentecostal de Blanca, a la que llamábamos Chewbacca, añadió—: ¿por qué le pusieron su nombre a la escuela? Ha debido ser alguien importante.

—Sí, a la escuela no la bautizaron Robert Frost Junior High, ¿por qué estamos siempre leyéndolo? —preguntó alguien.

La verdad, estaba feliz de que estuvieran perdiendo tiempo. Quería que volaran los cuarenta y cinco minutos de clase. Quería mantener viva la discusión el mayor tiempo posible.

—Por si no se han dado cuenta de esto desde septiembre —señaló Blessington—, ésta es una clase de inglés, no de español. Julia-day-Burgos —pronunció su nombre con un fuerte acento—, escribió sólo en español.

—Pero quizás también escribió en inglés. Yo escribo en español y en inglés a veces —le dijo Blanca. Cada vez que hablaba Blanca, Blessington sonreía con lascivia. Era una de esas sonrisas de los monstruos de los muñequitos, cuando el monstruo se frota las manos mientras piensa algo vil.

—Escuchen, gente —siempre nos llamaba «gente»—, Julia-day-Burgos es tan marginal que sería difícil encontrar un solo poema suyo. En cualquier idioma.

Giré hacia Blanca y, susurrando, le pregunté qué significaba *marginal.* Sapo dibujaba tranquilamente todo ese tiempo. Dibujaba muy mal, pero eso no lo disuadía. Generalmente lo hacía porque estaba aburrido. Pero yo sabía que estaba escuchando y en cualquier momento podía saltar a la discusión.

—Pero si es tan marginal —dije, confiado, enfatizando la palabra que me había proveído Blanca, para hacerle saber a Blessington que sabía lo que significaba marginal—, entonces estoy de acuerdo con Lucy, ¿por qué una escuela entera fue bautizada con su nombre? ¿Por qué no usar un nombre famoso?

—Finalmente, una buena pregunta —dijo Blessington, ajustando su corbata y abotonando su blazer—. Les diré por qué: porque la gente en este distrito es simplona. El Distrito Cuatro no tiene idea de lo que está haciendo. El nombre que eligieron para esta escuela era probablemente el peor nombre que podían elegir. Los profesores ni siquiera sabíamos quién era ella cuando rebautizaron este lugar.

—Mister Tapia sabía —Sapo prorrumpió, dejando de dibujar por un minuto. Todos sabíamos que lo que Blessington estaba diciendo era que ninguno de los profesores blancos sabía quién era ella, y ellos eran los únicos profesores que tenían importancia.

—Oh, él —dijo Blessington con voz cansada—. De nuevo él. Bien, he oído que es un buen profesor de ciencias —dijo con una sonrisa afectada—, pero estamos en Inglés ahora. Gente, vamos con el trabajo para hoy.

Estaba bien para mí, porque habíamos perdido al menos quince minutos del período. Blessington luego fue al pizarrón y escribió: «Analogías entre los poemas de Frost y la ciudad de Nueva York». Me di la vuelta y le pregunté a Blanca qué significaba *analogías*. Me lo dijo. Me reí.

—¿Qué similitudes? —grité. Ahora Blessington estaba molesto.

—Fin de la discusión —dijo—. Saquen su tarea.

Blessington se dirigió a la mesa de Sapo.

—Enrique, ¿tu tarea? —preguntó.

—Voy a terminar en la cárcel, entonces para qué molestarse, ¿cierto? —Sapo continuó dibujando— Usted es el inteligente aquí, verdad, ¿no se puede dar cuenta por sí mismo por qué no la traje?

En la clase se escuchó un «Oooooh», lo que Blessington interpretó como un desafío.

—Tendrás suerte si llegas a la cárcel siquiera —le dijo a Sapo.

—¿Por qué me contesta así? Le dije que usted tenía razón.

—Sé que tengo razón. Les estoy haciendo a ustedes un favor. Les digo todas estas cosas para que así puedan demostrarme que estoy equivocado. Ahora, es triste decirlo, pero todavía ninguno de mis estudiantes puertorriqueños me lo ha demostrado. Y sé que Sapo tampoco lo hará.

Blessington se inclinó sobre su mesa y tomó el dibujo y lo arrugó entre sus manos. Sapo se enojó tanto, que se levantó de su asiento con ímpetu y se puso cara a cara con Blessington.

—Es verdad, no probaré que está equivocado porque iré a la cárcel por tirarme a su esposa.

Hubo silencio en la clase porque ésa ya no era una respuesta sino un insulto. Se miraron por un segundo o dos antes de que Sapo se diera la vuelta y se dirigiera hacia la puerta.

—¿A dónde crees que vas? —gritó Blessington, y fue detrás de Sapo, agarrándolo del hombro.

—¡No me toques, man! —gritó Sapo, pero Blessington no le hizo caso. Me levanté de mi asiento y me acerqué a Sapo.

—Tómala suave, bro —le dije a Sapo.

Blessington me gritó: —Puedo controlar esto. ¡Vuelve a tu asiento! —no soltó a Sapo. Sapo comenzó a querer desprenderse, y fue ahí que Blessington cometió el error de agarrar del cuello a Sapo.

—¡Oiga, lo está ahogando! —grité, pero Blessington continuó, insultando a la vez a Sapo. Blanca y su amiga Lucy comenzaron a correr para llamar al profesor del aula contigua. Blessington soltó a Sapo y fue detrás de Blanca. Fue ahí que Sapo le saltó desde atrás. Sapo se encaramó sobre Blessington como si éste le fuera a hacer caballito. Antes de que Blessington pudiera liberarse de Sapo, Sapo le hincó los dientes al profesor en la base del cuello. Blessington gritó; la sangre salió a chorros, bajando por su espalda y manchando de carmesí el cuello de su camisa blanca. Sapo se alejó a gatas de la espalda de Blessington mientras éste caía de rodillas, apretando la herida con sus manos. Después Sapo se dio la vuelta y agarró entre sus manos la cara de Blessington y la haló hacia la suya. Sapo escupió un pedazo de carne de Blessington, que rebotó en la mejilla izquierda de Blessington. Cubierto de sangre y saliva, Blessington tenía los ojos congelados de incredulidad. No estaba gritando. Estaba en estado de shock. Sólo cuando vio un pedazo de su carne en el suelo se dio cuenta de lo ocurrido, y se desmayó.

Parado al frente del aula, Sapo sonrió como sólo Sapo podía sonreír; lentamente se dio la vuelta y le mostró a la clase sus brillantes dientes rojos. Luego salió del aula con calma. Todos estaban estupefactos. Blanca fue la primera en despertarse y corrió fuera del aula. «¡Socorro, socorro, se muere Blessington!», gritó repetidas veces en el pasillo. Un minuto después la enfermera de la escuela llegó. Cuando vio toda la sangre en el piso, se sacó el guardapolvo y aplicó presión en el cuello de Blessington. Mientras tanto, yo había ido en busca de Sapo. Había pasado por el baño para lavarse la boca y cuando me vio, se rió.

—Cómo le chorreaba la sangre al hijo de puta —escupió agua.

—Sapo, hermano, ¿qué vas a hacer?

—Me importa un comino —dijo—. Nunca me sentí mejor. Es como si hubiera dejado libre a una *fucken* paloma mensajera.

En ese instante, entró Tapia en el baño, traía la cara roja de furia. Mostraba la misma furia que cuando lo decepcionábamos al no portarnos bien, no hacer las asignaciones o meternos en problemas.

—¿Te agarró realmente del cuello? —le preguntó Tapia a Sapo.

—Sí, yo lo vi todo, Ta…

—¡Silencio! ¡Le estoy preguntando a Sapo! —me callé y retrocedí. Sapo asintió y Tapia caminó de un lado a otro del baño. Suspiró ruidosamente. Se detuvo frente a Sapo y puso ambos brazos sobre sus hombros.

—Mírame —dijo Tapia—. No digas que te agarró del cuello…

Intervine: «Pero lo hizo, Tapia…»

—¡Cállate, Chino! Coño, ¡cállate! —esta vez lo hice de veras. Tapia respiró fuerte. Sus ojos estaban húmedos—. Sapo, mírame. Si dices que te tenía del cuello, lo negará cuando se recupere. Y no importará cuál de tus amigos corrobore tu versión, ellos le creerán a Blessington. Ahora, escúchame, y hazlo bien porque no quiero que te lleven a Juveniles. La policía está en camino. Cuando te pregunten por qué mordiste a Blessington, diles que escuchaste voces. ¿Entendiste? —Sapo asintió—. Diles que las voces te dijeron que mordieras a Blessington. No digas que Blessington te dijo toda esa mierda o que te tenía del cuello, sólo di que oíste voces. ¿Entendiste?

Sapo entendió, y una sonrisa comenzó a formarse lentamente en sus labios mientras asentía. Cuando terminó de comprender lo que Tapia le había dicho, esa sonrisa estaba completa y era muy grande.

Ese año entero Sapo vio a un psicólogo y así evitó detención juvenil. Debió haber mentido, y apuesto que por un tiempo le encantó la oportunidad de tener un audiencia para todos los relatos que inventaba tan bien. Era como volver a morder a Blessington y salir indemne. Pero cuando se cansó, comenzó a faltar a sesiones, y al final dejó la escuela y se fue a vivir solo. Ese año, algo ocurrió con Sapo. Él siempre había sido Sapo, pero ese año, después de morder a Blessington, comenzó a convertirse en alguien que no tenía miedo a morir. Fue el comienzo del Sapo adulto. Era mejor no pisarle el pie porque «lo siento» no sería suficiente. Se convirtió en esa persona a la que mejor no cruzar en el tráfico porque te sacaba un cuchillo y te tajeaba. Se convirtió en esa persona que uno quería de su lado, para soltarlo contra tus enemigos. Como el resto de nosotros, Sapo era todavía un muchacho, pero ya se estaba convirtiendo en algo más. Había llegado a un punto en la vida en el que no tenía miedo de hacer daño a alguien que amenazaba su única fuente de sentido, su amor por sí mismo.

Me imagino que fue durante el tiempo en que dejó la escuela que conoció a alguien que conocía a alguien que conocía a Willie Bodega.

Ver a alguien morder un pedazo de carne del cuello de alguien y luego escupirlo a su cara no es algo que se olvida. Ese incidente se quedó con Blanca, al igual que con todos nosotros. Y a medida que *El Diario* publicaba más datos de Salazar, era inevitable que Blanca hiciera la conexión.

—Julio, ¿escuchaste de ese reportero, Salazar, Alberto Salazar?

Yo estaba cocinando la cena y ella estaba sentada a la mesa leyendo *El Diario*. Blanca generalmente leía el *New York Times,* pero *El Diario* era el único periódico que se molestaba en cubrir los hechos relacionados con Salazar.

—No. ¿Qué sobre él? ¿Quieres más frijoles?

La religión de Blanca no le permitía comer carne, por ello tenía que conseguir sus proteínas en otra parte.

—Suficiente —dijo cuando le mostré su plato—. Lo asesinaron.

—Qué terrible.

—Sí, lo sé, Julio. Dicen que fue mordido antes de que le dispararan. También dicen que él fue… gracias —dijo, mientras ponía su plato en la mesa y me sentaba. Le había servido rápido porque sabía que tenía que rezar y esperaba que rezara un buen tiempo y se olvidara de Salazar. Pero Blanca rezó muy rápido, imagino que sólo le agradeció a Dios por la comida y dijo amén.

—Dicen que estaba trabajando en un reportaje en esta área. Estaba investigando a un posible capo de la droga y después lo encontraron muerto.

—Vaya, eso no se ve nada bien —respondí, y luego Blanca me dijo algo de lo que de alguna forma no me había percatado.

—¿Tú te has dado cuenta que en esta cuadra nadie vende droga en las esquinas? Las cuatro esquinas de la cuadra están tranquilas. ¿Te has dado cuenta de eso, Julio?

—No, no me di cuenta —respondí honestamente. Parecía que a Bodega no le gustaba tirar basura en su propia casa.

—Julio, ¿de quién son estos edificios? Es simplemente increíble que los vendedores de droga no se metan con esta cuadra. A veces…

—Blanca, di tus bendiciones y come, ¿okey?

Sonrió y se sintió un poco avergonzada porque estaba hablando con la boca llena. —Sólo dime una cosa, Julio —tragó y me miró fijamente.

—¿Qué? —dije con la boca llena de arroz y frijoles.

—Dime que estás seguro de que Sapo no está involucrado en la muerte de ese reportero. Faltaba un pedazo de su hombro.

—¿Y?

—Así sabemos quién está vendiendo drogas, y los dos conocemos quién muerde de esa manera.

—Man, Blanca, qué imaginación la tuya. Sapo es un bichote de cuarta. Lo conociste cuando éramos niños. No era de los más inteligentes. Un vendedor de droga astuto podría al menos darse cuenta de qué se ponía de moda y qué pasaba de moda. Sapo ni siquiera podía hacer eso.

Mentía. Sapo era muy inteligente. Blanca no me creyó. Dejó de masticar y me miró.

—Sapo es inteligente, Sapo fue siempre inteligente. Sus profesores nunca supieron cómo llegar a él. Bueno, quizás Tapia. Pero él era siempre inteligente. Tiene que serlo, de otro modo no tendría ese carro que maneja.

—Quizás tuvo un golpe de suerte.

—No, Julio, hay algo más aquí. No sé qué. Sapo me pone nerviosa. Y lo que realmente me pone nerviosa es que tú seas su amigo.

La voz de Blanca tenía algo de desesperación.

—Lo único que sé, Blanca —dije, categórico—, es que tú sabes que es mi amigo. Si tú te crías en este barrio, pueden abusar de ti. Sapo siempre me defendió. Por eso es que le dejo tener sus cosas aquí. Sé que odias eso, pero yo le debo mucho a él. ¿Recuerdas a Mario DePuma? Me rompió la nariz. Si Sapo no se hubiera metido, el italiano me habría matado, lo sabes.

Blanca se encogió de hombros. Conocía a Mario DePuma. Siempre le hacía insinuaciones amorosas. Ésa fue la razón por la que peleamos. Luego Blanca se levantó para servirse más agua. Volvió a sentarse y continuó pensando en las posibilidades.

—Julio, cómo es que, por más disparatado que parezca, tú no sepas nada. Me refiero a que, por más disparatado que parezca, tú no tengas idea acerca del asesinato de este reportero.

—¿Por qué debería?

—No lo sé. ¿Dónde está Enrique, *anyway*? Hace días que no muestra la cara.

—Qué milagro, nada menos que tú preguntando por Sapo —pero en realidad a mí también me preocupaba: ¿dónde estaba Sapo?

—Ruego que siga perdido, pero es demasiado bueno para ser verdad —dijo ella.

—Conoces a Sapo, aparecerá cuando necesite un favor.

—Está bien, tienes razón. No debería preocuparme.

Me alegró que terminara así. Pero luego ella dijo algo igualmente desconcertante.

—Julio, invité al Pastor Vásquez y a Claudia a cenar la próxima semana…

—Chévere —dije, dejando caer mi cuchara en el plato—. Espero que ustedes tres cenen bien. ¿Para qué lo hiciste, Blanca? Sabes que no me gusta que me prediquen…

—Estarán aquí sólo para la cena. Nadie te predicará nada, ¿o crees que porque es pastor tiene que estar siempre predicando o algo por el estilo? Sólo quiero que esté por aquí antes de que llegue el bebé. Al menos una vez.

—Bien, ¿cuándo vienen? —gruñí.

—El próximo viernes. Y mejor que estés aquí.

—Blanca…

—Mejor que estés aquí, Julio. Te quiero aquí cuando nos visiten —dijo Blanca con firmeza. Sabía que era importante para ella, así que simplemente asentí, en parte de acuerdo y en parte molesto.

—¿Cómo va la cacería de esposo para Claudia? —pregunté para cambiar de tema.

—No muy bien —alejó el plato de sí, luego su cara descansó en sus palmas, los codos en la mesa—. Pero Roberto Vega, el ungido de diecisiete años, está visitando nuestra congregación y nos dará una charla.

Sólo de pensar en eso, Blanca recuperó el ánimo.

—¿Crees tú realmente que es un ungido?

Me aliviaba hablar de cualquier cosa que no tuviera que ver con la muerte del reportero.

—Sí. Creo que sí —sonrió y puso su mano sobre la mía—. Ven a la iglesia conmigo, Julio. Podrás verlo por ti mismo.

—¿Lo has visto tú? —pregunté, dando vuelta a mi mano para agarrar la suya.

—No, pero he oído de él. Dicen que puede levantar el espíritu de una iglesia entera. Por favor, ven. Podrás así conocer a Claudia.

Entonces sonó el teléfono. Me levanté de la mesa y fui a contestarlo.

—*You don't know me but I'm your brother* —agarré la letra de los Doobie Brothers y supe que era Nene.

—Cómo has estado, tengo las notas para ti. Sí, sí, dile a tu primo que tengo las notas para él —deseé que Blanca pensara que se trataba de algún amigo de clases y que Nene pensara que se trataba de las notas de una canción.

—Espera, no me digas, los Grass Roots, ¿cierto? ¿Los Grass Roots? —dijo Nene.

—Ajá, ¿cómo adivinaste? —no me importaba. ¿Por qué no había llamado Sapo?

—Lo sabía, lo sabía. Entonces, mira, Chino, mi primo quiere verte mañana. Nazario se reunirá contigo. Dijo que tenía que reunirse contigo. Una mujer está llegando…

—*Cool*, dile que lo veré —y colgué.

Eso era todo lo que haría por Bodega. Había decidido que tan pronto como Bodega se encontrara con Vera, la deuda estaba saldada.

Cuando Blanca terminó de comer me preguntó si podía salir y conseguirle una barra de chocolate Hershey con almendras, tenía un antojo. Me ponía los zapatos para ir cuando Blanca cambió el canal a CNN en español. Como yo, estudiaba con la televisión encendida. Se sentó con la nariz metida en un libro, esperando que le trajera el chocolate. Luego se mencionó la muerte de Alberto Salazar. Su cuerpo se tensó y levantó la cabeza como si hubiera sido apuñalada en la espalda.

Segundo round

Todos son ladrones

El día en que Vera iba a llegar a NuevaYork, yo salía de mi nuevo edificio rumbo al trabajo. Al salir, divisé a un hombre alto con un traje italiano, parado bajo el sol de la primavera y radiante como una aparición. Algunos inquilinos estaban reunidos en torno a él como si fuera maná del cielo, enviado por el Altísimo. Las mamás besaban sus mejillas, los papás le hacían reverencias y le presentaban a sus hijos y los hacían saludarlo. Era como si yo hubiera amanecido en un villorrio en la isla madre y camino a conseguir agua me hubiera encontrado con gente del pueblo actuando con la modestia y cortesía que sólo se encuentra en lugares tan pobres en los que sólo hay bondad para ofrecer.

—¿Julio, verdad?

Nazario se me acercó, extendió su mano, y nos dimos un apretón. Sabía que yo sería el lazo entre Bodega y Vera. Estaba dispuesto a cumplir mi parte del acuerdo; una vez que Bodega y Vera se encontraran, yo quedaba completamente libre. Cortaría todos mis vínculos con Bodega. Ahora más que nunca, no quería tener nada que ver con Bodega porque estaba seguro de su conexión con la muerte de Salazar. Odiaba saber que eso involucraba a Sapo también, pero había comenzado a preguntarme si Salazar era el primero que Sapo había matado. Si Sapo había matado al periodista, merecía ir a la cárcel. Pensé en eso, pero sabía que no lo sentía. Me sentía mal por Sapo.

También sabía que jamás denunciaría a Sapo ni a Bodega. No iba a decir una sola palabra. No era ni mi deber ni mi estilo. Lo único que necesitaba era cumplir mi parte del acuerdo y librarme de Bodega y de mi propia conciencia, que me importunaría e insultaría si me echaba para atrás.

—Así que Nene te llamó anoche para decirte que venía a verte —dijo en tono tranquilo, como si hubiéramos sido amigos de años.

—Nene me llamó —dije.

—Excelente.

Podía ver ya que Nazario era un camaleón. Tenía la habilidad inexplicable de ser estoicamente frío bajo presión y extremadamente cálido con la gente. Pero desde el día en que lo conocí en las Taíno Towers sabía que era Nazario quien iba de un lado a otro repartiendo los favores de Bodega. Como me lo había dicho Bodega, necesitaba gente para representarlo en su ausencia. ¿Quién mejor que Nazario para visitar a la gente y ayudarlos en nombre de Bodega? Fue Nazario quien, al combinar su educación con su cortesía, se había hecho ver con amor, respeto y un poco de miedo por todo el barrio. Su sonrisa podía desarmarte mágicamente, pero su cabeza estaba llena de genio y carácter práctico. A diferencia de los ojos de Bodega, que eran piscinas de fantasmas y tristeza, los de Nazario eran agujeros negros, nada se escapaba de ellos, ni siquiera la luz, como si pudieran leer tu mente. Él me inspiraba y a la vez me intimidaba.

—Estaba pensando en decirle a Bodega que nos encontráramos en un restaurante y luego llevar a mi esposa y a su hermana, Negra, y a Vera a cenar. Una cosa familiar, sabes, y Bodega podría aparecerse. Con gente alrededor de ellos la tensión podría alivianarse. ¿Suena bien?

—Brillante, Julio —dijo Nazario, sonriendo.

Luego alguien que acababa de salir del edificio se nos acercó. Le dio a Nazario un pequeño paquete de comida envuelta en papel aluminio. «Para tu almuerzo», dijo. Él se negó a aceptarlo, sugiriendo con gentileza que ella lo necesitaba más que él. La madre soltera, dos hijos, que vivía en el 5E, le dijo que eran pasteles de la noche anterior, deberían saber bien todavía, lo único que tenía que hacer era calentarlos. El finalmente aceptó, diciéndole en español: «¿Quién soy yo para impedir que participes del don de dar?» Después ella le besó la mejilla, y se fue para llevar a sus hijos a la escuela.

—¿Estás atrasado para el trabajo? —me preguntó cuando reiniciamos la charla.

—Lo estaré.

—Entonces te acompaño.

—No, está bien. Es sólo a tres cuadras de aquí.

—Exactamente, tres cuadras. ¿Qué son tres cuadras? Algunos tienen que tomar vuelos de ocho horas en compañía de gente incómoda —sabía que me ponía nervioso y estaba sonriendo ligeramente—. Tú, Julio, sólo tienes que caminar tres cuadras incómodas, conmigo.

A diferencia de Bodega, Nazario no recurría al slang, y sólo hacía uso de éste cuando quería. Los discursos de Nazario y Bodega eran tan diferentes como un vaso de agua corriente y uno de vino. Y a diferencia de Bodega, que decía exactamente lo que pensaba, Nazario te decía sólo lo que creía necesario. Después, a medida que me hundía más profundamente en todo ese pantano, me daría cuenta de cuánto del éxito de Bodega era debido a Nazario y sus conexiones en City Hall. Se trataba de conocer a la importante gente menuda, los olvidados que no llevan traje, los encargados del correo, las secretarias, el personal de seguridad. Ellos escondían cartas y también las demoraban, robaban expedientes, copiaban disquetes, destruían documentos, todo por Nazario. Esos trabajadores que ayudaban a Nazario sabían que tenían un sindicato, y que les sería difícil perder sus trabajos. Lo que Nazario les ofrecía a cambio era algo que su sindicato no les cubría, que si sus hijos e hijas necesitaban ayuda legal algún día, él estaría allí. Y también el apoyo financiero de Bodega.

—Gran idea, Chino. El restaurante. De esa manera Willie puede entrar como si no supiera nada. Te verá a ti, a tu esposa, su hermana, Vera. Brillante.

—Bien, espero que funcione —me encogí de hombros.

—En teoría, funciona como un campesino socialista, pero en la vida real —se detuvo y puso su brazo alrededor de mis hombros—, en la vida real tenemos que hacer lo que diga Willie. Quiere que lo acompañes esta mañana a la escuela a ver a Vera.

—¿Qué? —me enfogoné— Oye, hombre, Bodega ha esperado más de veinte años. Unas horas no lo matarán. Tengo que ir a trabajar. Ya me perjudica tener que faltar a una clase esta noche para que él pueda ver a esa mujer. Ahora, el trabajo, no puedo faltar al trabajo.

La verdad era que estaba furioso porque me tenían a oscuras. Podía percatarme que algo más estaba ocurriendo. Algo grande. Algo que preocupaba a Nazario tanto como para que quisiera hacer cualquier cosa para mantener a Bodega calmado y contento. No quería involucrarme más, pero no saber lo que realmente estaba ocurriendo podía terminar haciéndome daño. Con Salazar muerto, no quería que la policía viniera a mi casa a interrogarme porque Blanca me mataría, quizás incluso me dejaría. No podía arriesgarme a eso. En ese momento hubiera preferido que Nazario me pusiera al día. Pero decidí esperar y preguntárselo al mismo Bodega, porque si se lo preguntaba a Nazario, actuaría como un abogado, diría un millón de cosas sin decirme nada.

—Entiendo —su voz era como olas pequeñas, como el oleaje de Coney Island—. Sé exactamente a qué te refieres. No puedes faltar al trabajo.

Cuando Nazario decía esto, un viejo que iba a abrir su barbería en la 110 y Lexington cruzó la calle para saludarlo.

—Don Tunito, mucho gusto de verlo.

—Me alegro de verte, *mijo*. ¿Y cómo va todo?

—Bien. Le presento a Julio.

El viejo me dio un apretón de manos y me dijo que podía tener cortes de pelo gratis en su barbería. Su conversación era pura paja. Había un acuerdo no escrito en el que cada parte sabía cuáles eran los respetos adecuados que había que dar, una farsa cortés creada para aliviar el esfuerzo de reconocer quién debía a quién y qué.

En perspectiva, comprendí que Bodega debía haberse sentido muy orgulloso haciendo esos favores a través de Nazario. Hacía que Bodega se sintiera como un niño con un montón de juguetes, feliz de compartirlos con el niño de al lado que tiene apenas un velocípedo roto. Bodega se enorgullecía de ayudar a gente que acababa de llegar de Puerto Rico o Nicaragua o México o cualquier otro país latinoamericano. Les conseguía empleo, empleos legales en los que no ganaban mucho pero que los iniciaba en su nueva vida en Estados Unidos. Sus edificios los mantenían hombres buenos y trabajadores de Puerto Rico. Bodega los hacía guachimanes o plomeros o *dishwasheros* en sus pizzerías, o cualquier cosa. Mientras pudieran alimentar a sus familias y desear encontrar algo mejor algún día, estaban felices. No sorprendía que el nombre de Bodega se hubiera diseminado como el buen olor que sale de la cocina de una mujer latina.

Así que, si alguien quería establecer un negocio pequeño, fuera éste una bodega o un puesto de frutas, pero sólo tenía la mitad del dinero y no podía obtener un préstamo del banco, esa persona se ponía en contacto con alguien que conocía a alguien que conocía a Willie Bodega. Bodega entonces despachaba a Nazario para hablar con los vecinos de esta persona y, dependiendo de lo que escuchaba (si es que se trataba de una «buena persona», honrada y de fiar, o de un tipo de cuarta que robaría al barrio), Bodega ofrecía o negaba su apoyo. Todo lo que pedía a cambio era lealtad. Que ellos jamás se olvidaran que había sido Bodega el que los puso en la senda. Nada dramático ocurriría si se olvidaban. Nada sería roto. No se tiraría nada. Pero, en general, recordarían. Generalmente, ese pequeño negocio al que Bodega le había prestado dinero, ese chico que acababa de graduarse gracias a que se había hecho cargo de su matrícula, esa persona que acababa de pasar el examen para abogado y cuyas cuotas para los cursos preparatorios habían sido pagadas, o esa familia que acababa de llegar de Puerto Rico y había sido instalada en un apartamento, nunca se olvidaban de quién los había ayudado cuando lo necesitaban. Eran leales a Bodega sin siquiera haberle visto la cara.

Sapo me había dicho una vez, borracho en su quinta cerveza tamaño familiar, que Bodega había conocido a Nazario después de que se separaran los Young Lords. Bodega vendía droga y Nazario acababa de salir de la Brooklyn Law School. Nazario le había dicho a Bodega que se consiguiera una licencia de vendedor de hot dogs, pusiera la droga dentro de un carrito de frankfurters y, antes de recibir el pago, les dijera a sus clientes que la droga era gratis y que en realidad ellos estaban pagando por el hot dog. Eso era para que si un policía encubierto compraba la droga de Bodega, no lo pudiera detener por vender heroína. Un año después agarraron a Bodega. Nazario lo representó y usó el carrito de frankfurters como defensa. Le dijo al juez que Bodega, como ciudadano americano con un negocio propio, podía poner el precio que quisiera a los hot dogs, ya que no eran sustancias controladas. Que su cliente específicamente le hizo saber al policía encubierto, antes de recibir el dinero y darle la droga, que el oficial estaba en realidad comprando el hot dog por cinco dólares y que la otra sustancia era gratis. La transacción había ocurrido así, lo que significaba que el oficial había aceptado los términos. Era brillante.

La sala entera sabía que Bodega era culpable, pero el oficial había aceptado que estaba comprando el hot dog y que la heroína era gratis. Nazario había encontrado una salida, que fue cerrada después de ese caso. Pero Nazario siempre estaba un paso adelante. Así que en vez de que a Bodega le dieran entre quince a veinte años por vender drogas, sólo le dieron cinco por poseerlas, luego lo dejaron salir en tres por buena conducta. Y ahora, años después, Bodega y Nazario controlaban un barrio entero.

—¿Dónde trabajas? — me preguntó Nazario después de que el viejo se fuera.

—Aquí mismo, en el supermercado. Sólo hasta que me gradúe, después ya no sé. Además que tengo que conseguirme un trabajo de verdad. No tengo otra oportunidad. Se me viene un hijo.

—¿El A&P? ¿El que está en la misma cuadra de la biblioteca pública Aguilar? ¿En serio?

—Sí, es cómodo. A la hora del almuerzo, voy a la biblioteca a leer o estudiar. Es la mejor en toda la ciudad.

—Vaya que lo sé —dijo Nazario—. Prácticamente crecí dentro de ese edificio. Mi familia adoptiva eran los libros y los bibliotecarios.

Llegamos al supermercado. Le dije a Nazario que podía ver a Vera más tarde o algún otro día, pero que no podía faltar al trabajo. Nazario dijo que estaba bien y que le gustaría hablar «librería» —así lo llamó— conmigo, quizás incluso en la Aguilar, ya que hacía años que no entraba al edificio.

Unos minutos después marqué el reloj y chequeé el horario. Me habían anotado para la empacadora de carne. Fui a mi ropero y saqué mi mameluco verde junto a un suéter grueso y manchado. Odiaba la empacadora de carne, huele como lo que es, un montón de cadáveres de animales congelados. Las manos se enfrían incluso si uno usa guantes, y al terminar el día uno está resfriado. Me puse los guantes, el suéter y el mameluco, y ya estaba listo para llenarme de sangre y de olor a carne, cuando me llamaron de la oficina del gerente.

—Julio, estás enfermo, vete a casa —me dijo enfrente de otros empleados.

—No estoy enfermo —respondí.

—Sí. Sí que lo estás —me dio una mirada que decía que no quería que los otros empleados pensaran que recibía tratamiento especial—. Estás enfermo. No estás como para estar en el congelador empacando carne.

Le entendí. Tosí ruidosamente y exageré al máximo.

—¿Con paga, verdad? ¿Tengo el día libre con paga? —pregunté.

—No, sabes que… —miró las caras de los otros empleados— nosotros no pagamos por los días en que estés enfermo.

—Entonces, me las puedo aguantar. Estoy enfermo pero me las aguanto, simplemente póngame ordenando estantes o algo lejos del conge…

—Okey, pero sólo esta vez —el gerente dijo ante las protestas de los otros empleados—. Nueva regla. ¿Qué quieren que haga? No puedo dejar que Julio enferme a todos y nos haga cerrar el negocio —dijo a manera de excusa.

Tiré mi mameluco y volví a marcar mi tarjeta.

Afuera, cuando crucé la calle, estaba Nazario. Me dijo fríamente, parado sin moverse, las manos en los costados:

—El gerente está en deuda con Bodega. Vamos a tu apartamento. Tienes que cambiarte de ropa.

Camino a casa Nazario me preguntó qué estudiaba. Se lo dije. Asintió. Luego me preguntó:

—¿Alguna vez pensaste en estudiar leyes cuando te gradúes?

—No, odio a los abogados. Sin ofender al presente.

—Está bien, pero considéralo. Nos ocuparemos de los gastos. Nosotros necesitaremos gente como tú en el futuro. Tantos como podamos conseguir —ahora me era obvio a quién se refería cuando decía *nosotros*—. Un solo abogado —continuó— puede robar más dinero que cien hombres armados.

—No soy un ladrón.

—Todos son ladrones. El crimen es una cuestión de acceso. La única razón por la que alguien te asalta en la calle es porque no tiene acceso a los libros. Si lo tuviera, sería abogado —me miró como si yo fuera culpable de algo que yo mismo era incapaz de decir en voz alta—, pero cualquier cosa que sea a la que tengas acceso, eso será lo que robarás. Lo que ya estás robando, Julio.

—Si lo ves de esa manera está bien —dije—. Pero, como mi papá decía siempre: «El dinero robado tú te lo gastas con miedo». Prefiero ganarme cinco dólares honradamente y gastarlos sabiendo que son míos que cincuenta y tener que cuidarme las espaldas.

—Entonces tú no entiendes, Julio. Verás, lo que Willie y yo estamos tratando de hacer es asegurarnos que tú, el futuro del barrio, no se rompa las espaldas. Que este barrio no se pierda. Seguro, alguna gente terminará lastimada, pero eso es sólo la ley del promedio. Escúchame, Julio.

Se detuvo.

—Ustedes —dije, riendo, sin detenerme—, ustedes están locos.

Me gritó y me agarró el brazo, deteniéndome.

—¡Tú, Julio, piensas en pequeño! ¡Vive en pequeño y morirás pequeño! Siempre pagando el alquiler porque nunca pensaste en grande. ¡Como la mayoría de la gente en este barrio, piensas que ciertas cosas son imposibles!

—¿Y qué? ¡Ahora estás hablando mal de tu propia gente! —le contesté a gritos y él se calmó y respiró hondo.

—Es que no ves que siempre se trata de nuestra gente —dijo con calma—. Lo único que pido es que camines conmigo cuatro cuadras más hacia el norte...

—Creí que dijiste que me vería con Bodega —protesté. Prefería estar en compañía de Bodega que en la de Nazario. Al menos con Bodega uno sabía dónde estaba parado.

—Dame el gusto. Ni siquiera tenemos que hablarnos —dijo, riendo un poco—. Sólo quiero mostrarte algo.

Asentí. Ninguno de los dos dijo una palabra el resto del camino. Esas cuatro cuadras silenciosas con Nazario duraron una eternidad, uno de esos momentos en los que uno vive toda una vida. Traté de pensar en otras cosas, pero en lo único que podía pensar era en por qué Nazario simplemente no me dejaba en paz. Debía tener algo más que decirme o mostrarme; era demasiado práctico para dar un paseo sin rumbo alguno.

Paramos en la 116 y la Tercera, enfrente de lo que parecía una bodega. No lo era. Adentro de ese pequeño espacio, había discos de oro enmarcados e instrumentos que colgaban de las paredes y el techo. Estaba lleno de objetos relacionados con la salsa. Estaban los palillos de batería usados por Tito Puente cuando tocó en Carnegie Hall en el 72. Había portadas de álbumes, congas de Joe Cuba, uñas para guitarra, boletos, todo de la época dorada de la salsa en los sesenta y los setenta.

—Es el museo de la salsa, Julio, el único en el país —me dijo Nazario. Estaba admirado, porque ni siquiera sabía que existía. Había vivido aquí toda mi vida y no sabía que teníamos esto. Comencé a leer los rótulos de los discos de oro en las paredes: Willie Colón, Héctor Lavoe, Cheo Feliciano, Celia Cruz, Rubén Blades, los Fania All Stars —todos estaban representados. Era la historia de la salsa.

Nazario señaló:

—¿Ves ese boleto? Yo fui a ese concierto. Fue en el Madison Square Garden, el antiguo. Tremendo concierto. Bailé salsa hasta llegar a casa.

—Esto es asombroso, man —dije, y por un momento me olvidé de todo y me sumergí en los días de gloria de la salsa. En ese entonces se trataba de una música diferente a la de mi época. La salsa era nueva y evolucionaba siempre hacia otras cosas, pero siempre volvía a sus raíces afro-jíbaro-antillanas. Este lugar se asociaba profundamente con la época de mis papás, cuando el barrio era todavía joven y estaba lleno de gente y no de edificios de renta limitada. Era un símbolo de gloria pasada, de temprana migración a Estados Unidos, y de los sueños que la gente había traído consigo junto con la música.

—Esa conga allí perteneció a Ray Barreto. Escuchar tocar a Ray era como ver a Changó, el dios del trueno que sufrió las consecuencias de jugar con fuego y se convirtió en el mismísimo rayo.

Nazario se acercó a la conga y pasó el dedo por la piel. Por primera vez pensé que había visto en sus ojos alguna forma de sentimientos nostálgicos, quizás una debilidad.

—¡Hey, no toque! —dijo el curador del museo, bromeando. Nazario se dio la vuelta rápidamente. Los dos se abrazaron como si se hubieran conocido de años. El dueño era un buen hombre de alrededor de cincuenta. Cuando Nazario me presentó, declaró con orgullo:

—Ves, Chino, hay dos museos en Spanish Harlem.

—Tu hija —le preguntó Nazario sin venir a cuento—, ¿entró?

—Sí, sí — se abrazaron de nuevo. Hablaron sobre la hija del hombre, que comenzaría pronto a estudiar medicina. El hombre le agradecía a Nazario y le decía que le agradeciera de su parte a Bodega. Nazario le dijo que lo haría y luego le dijo que se tenía que ir. De nuevo estreché la mano del hombre y seguí a Nazario. El museo de la salsa era gratis, pero al salir, Nazario puso uno de veinte en la caja de donaciones. Yo sólo tenía tres dólares y deseé poder dar más.

—Te acompañaré a casa ahora —dijo Nazario, mirando adelante.

—De acuerdo —dije. De algún modo esa experiencia había hecho que me cayera bien. Un poquito. Todavía quería que se fuera pero sabía que no lo haría, no todavía. Sabía que no me había llevado al museo sólo porque me lo quería mostrar. Quería que viera algo más. Que entendiera algo a lo que no llegaba. Traté de pensar en eso, pero no podía ver de qué se trataba. ¿La música de nuestra gente? No. ¿Tiempos idos? Entonces caí en la cuenta: la hija del hombre.

—Esa chica que ahora estudiará medicina —le pregunté—, ¿está en el programa de Bodega?

—Correcto. Quería que estuviese. Quería que hablara contigo.

—¿Sobre qué? —pregunté, porque me acababa de percatar de que con Nazario y Bodega uno tenía que verlo todo en grande. Sus mentes no eran pantallas de diecinueve pulgadas sino ésas de los *drive-in*. Estaban tan adelantados en sus visiones y sueños que te dejaban atrás, con la boca abierta, tratando de armar el rompecabezas.

—¿No te das cuenta de lo que estamos tratando de hacer? —dijo, y esta vez fui yo el que se detuvo. Quería escucharlo—. A Willie le gusta financiar a latinos que están yendo a la universidad a estudiar derecho, medicina, educación, administración, ciencias políticas, cualquier cosa útil. Planea construir una clase profesional, preparar a los que moverán su negocio en el futuro.

Quise decirle que era una locura. Pero luego pensé, ¿por qué no? ¿Por qué no nosotros? Otros tienen sueños, ¿por qué no nosotros? Fue desde ese momento que me di cuenta que esas esperanzas eran más grandes que yo, más importantes que cualquier persona. Si sus sueños despegaban, El Barrio ardería como una candela romana, brillante y orgulloso por décadas. Si Spanish Harlem ascendía, todos ascendíamos con el barrio.

—Willie planea construir una clase profesional. Una nacida y criada en Spanish Harlem —ahora sabía por qué estaba restaurando todos esos edificios. Planeaba que su gente viviera allí—. Pero es más profundo que eso, Julio. Se trata de un movimiento ascendente. De la educación y de mejorarse a sí mismo. Del sacrificio.

Caminábamos de nuevo. Él me daba su discurso como siempre lo hacía: firme y comprometido.

—Si uno es un empleado de limpieza, es algo noble, un trabajo respetable. Pero tendrán que asegurarse de que sus hijos crezcan para ser dueños de un negocio de limpieza.

En realidad era una vieja idea, pero nunca antes había pensado que fuera posible. Con Nazario a la cabeza de la lucha por el poder político, social y económico, todo era posible. La lucha iba a ser librada con inteligencia y astucia. Bodega y Nazario habían visto qué se podía hacer con armas. Sabía que no se podía atacar a los anglos así. Tenían que aceptar sus reglas y, como ellos, robar firmando los papeles correctos. Nazario sería el líder, dejando que Bodega recibiera todos los golpes, absorbiera el estigma, por ser lo que era. Serían Bodega y gente como Sapo los que harían el trabajo sucio, todo para que Nazario pueda ayudar a crear una nueva esperanza para el barrio.

—Este barrio está perdido a menos que lo hagamos nuestro. Mira a Loisaida, perdido ya —dijo Nazario—. Todos esos *yuppies* blanquitos quieren vivir en Manhattan, y piensan que el siguiente en caer será Spanish Harlem. Cuando comiencen a trasladarse aquí, no podremos competir con ellos en cuestión de alquileres, y nos dejarán en la calle. Pero si construimos una clase profesional fuerte y acumulamos propiedades, podemos contrarrestar ese efecto.

Estábamos a dos cuadras de mi edificio. Podía ver claramente tras lo que andaba Nazario.

—Ya no estamos en los sesenta. El gobierno ya no está derramando dinero aquí. Tomará algo de tiempo. Pero algún día podríamos ser lo suficientemente fuertes, con la suficiente influencia política —señaló hacia las Johnson Houses— como para derribar esos edificios de mala muerte.

Luego sonrió como si acabara de ver un amanecer por primera vez en su vida.

—Y liberaremos a nuestra isla, sin derramar sangre.

Tercer round

El pez de Loisaida

Me alegré cuando Nazario y yo llegamos a mi edificio, y aún más cuando me dio la mano, indicando que estaba listo para irse.

—Ponte tu mejor traje y espera a Bodega, ¿okey, Julio? —dijo Nazario, los dos parados al frente de la entrada— Y todavía quiero charlar. Quizás incluso encontrarme contigo en la biblioteca.

Me dio la mano de nuevo y cruzó la calle. Miré su espalda mientras se iba. Alto, traje gris, caminando por El Barrio con orgullo y confiado en sí mismo. Un traje que a la vez se distinguía del barrio y se confundía con él. Nazario era distinto a cuantos había conocido antes. Incluso a Bodega, con su viveza aprendida en la calle y su astucia, le faltaba lo que Nazario tenía. La presencia que le dice a la gente que ese hombre puede ser el líder. Era lo que todos queríamos ser, un latino profesional al que los anglos le temían porque era tan peligroso como ellos, tan astuto, y comprendía el poder. No era ningún latino dócil al que se le podía intimidar. Tenía sus ases en la manga. El barrio quizás no confiaba del todo en Nazario, pero la gente estaba más que agradecida que él estuviera de su lado.

Entré al edificio un poco nervioso acerca de todo el asunto Vera-encontrándose-con-Bodega, pero también me alegraba que finalmente se terminara. Además, era mejor que trabajar.

Cuando salí del ascensor en mi piso, me encontré con Bodega en el pasillo. Llevaba un traje blanco, lucía tan inmaculado y puro como si le hubiera hecho una ofrenda a Santa Clara de vestirse de blanco para ella, sólo para ella. Pero sus ojos estaban rojos y caminaba como alguien cuya esposa estuviera dando a luz.

—Hombre, me alegra que estés aquí. ¿Dónde has estado? —corrió hacia mí, su cara, un nudo de preocupaciones— Tú no crees que parece como que me estoy esforzando demasiado en lucir bien, ¿o sí?

—No, estás bien.

Entramos. Luego me miró y comenzó a maldecir.

—¡Coño! ¡Coño, debería haber traído un traje para ti!

—Hey, tengo trajes, ¿okey? —dije, algo insultado— Vine a cambiarme. Tu abogado, Nazario, me sacó del trabajo y no me dio otra opción.

—¿Pero, tienes un buen traje? Hombre, le hubiera pedido a Nazario te consiga uno.

Mordía sus dientes y repetía coño, coño.

—Te digo que tengo buenos trajes, de algodón —dije, pero comenzó a quejase.

—No, no, no, la decepcionarás. Toca esto, siente esto —parecía seda; era seda.

—Bonito —me encogí de hombros.

—¿Qué vamos a parecer, tú en algodón y yo en seda? Creerá que soy tacaño. Que no le puedo comprar al marido de su sobrina un traje como el mío, o peor, que no tengo suficiente…

—¡Cálmate! Mira, Vera te ama a ti, tú dices, ¿verdad? ¿No a mí, verdad? Puedo ir de shorts y no importará.

Se calmó un poco, y fui a la habitación a cambiarme. Me preguntó si podía servirse un vaso de agua.

—Eres el dueño del edificio —grité. Pero mientras escuchaba el grifo del agua tuve una imagen, tan clara como el día, de Sapo asesinando a Salazar. Conjeturé que era un mal momento para preguntar al respecto. Si Bodega estaba en lo cierto y Vera todavía lo amaba, nada podía arruinar su día, por lo que hoy podía ser un buen momento para preguntarle de cualquier cosa —pero si estaba equivocado respecto a Vera, debía guardar mis preguntas para otro día. Entonces olí algo.

—¿Quieres un toque?

—No sé si sea una buena idea, bro. ¿Vas a ir a ver a alguien a quien no has visto en más de veinte años y vas a fumar mota antes de verla?

—Estoy nervioso. ¿Qué carajos quieres que haga?

—Calma, ¿okey? Deberías apagar eso porque el olor se quedará en tu ropa.

Bodega inmediatamente tiró el pito al suelo y lo apagó con su zapato lustroso.

Fui al baño y me peiné. Cuando volví, Bodega miraba por el ventanal. Miraba de manera ausente, como si estuviera viendo más allá de lo que estaba allí, como si estuviera de regreso en otro lugar y tiempo.

Lo sacudí un poco. Sonrió, un poco avergonzado, como si hubiera estado pensando en algo sentimental, una debilidad. Algo de lo cual tus amigos se burlarían.

—¿Listo para salir? —se aclaró la garganta y limpió los ojos.

—Sí, vamos —dije, haciéndole creer que no sabía en qué pensaba él.

El día era claro y caluroso, uno de esos días en el que te alegras de haberte levantado temprano y no haber perdido la mañana durmiendo y de saber que no perderías el día trabajando. Caminar con Bodega hacia la P.S. 72 en la 104 y Lexington era como caminar con un fantasma al que sólo yo podía ver. A diferencia de caminar con Nazario, cuando todos se acercaban y te saludaban, y te veían bajo una óptica diferente gracias a la compañía, con Bodega era tan casual como caminar con comestibles. Sólo un hombre nos detuvo, y no fue debido a Bodega.

—Qué pasa. Me llamo Ebarito, te vi con el señor Nazario esta mañana —me dijo—. Si me haces el favor de darle las gracias de mi parte por el seguro que me dio. Quiero que sepas que eres bienvenido a mi club social, cuando quieras.

Le agradecí.

—Y dile al señor Nazario que estoy en deuda con Willie Bodega.

Bodega rápidamente me hizo un ademán para que no dijera una palabra. Para que no lo presentara como Willie Bodega. Ebarito me dio la mano, luego a Bodega. Le di mi nombre a Ebarito y presenté a Bodega como José Tapia. Ebarito dijo que mi amigo José también era bienvenido a su club social. Luego elogió nuestros trajes, nos dijo que lucíamos como la aristocracia puertorriqueña. Bodega lo encontró divertido y le pidió a Ebarito que le dijera de nuevo su nombre. Bodega hizo una nota mental al respecto. Iba a recompensar a Ebarito en el futuro cercano, podía verlo. Continuamos caminando.

—Sé en qué tú piensas —dijo Bodega—, pero si ves a Dios ya no parecerá tan poderoso.

Luego se pasó la lengua por los labios, como lo había estado haciendo toda la mañana, metió las manos en los bolsillos, y las sacó de nuevo. Caminaba rápido y tuve que decirle varias veces que se calmara.

La P.S. 72 estaba a la vista, la bandera americana en su techo, agitándose en el cielo azul. Una paloma presumida, su pecho asomando arrogante como el de un banquero, se hallaba en el tope del mástil. Luego, Bodega se dio la vuelta y dijo: «me regreso». Dijo que todo esto era una mierda y que tenía todo un barrio para administrar y tenía que crear un nuevo futuro. Que lamentaba haberme involucrado en toda esa mierda.

—¡Ni loco, hombre!

Fui tras él, que prácticamente se alejaba corriendo de la escuela. «¡No, bro, detente!» Lo alcancé y lo agarré del brazo. Ofreció poca resistencia. Sacó un cigarrillo.

—Has estado esperando un largo tiempo por esto, bro. Al menos vamos para que veas a Vera, y así le muestras el gran error que cometió.

Encendió su cigarrillo y le dio sólo una pitada antes de triturarlo.

—No, bro, eso no se queda así. Ella cometió un error y tiene que saberlo.

Sacó otro cigarrillo.

—Al menos así sacarás algo de esto, bro, porque ella se casó con ese tipo por su dinero.

Encendió el cigarrillo y le dio una pitada. Luego otra.

—Es verdad. Tienes razón, Chino.

Me miró, bravucón, dio una tercera pitada, apagó el cigarrillo.

—Tienes razón. Vamos a ver a esa perra y mostrémosle el *fucken* error que cometió. ¡La perra! La *fucken*, *fucken* perra. ¿En primer lugar, por qué se fue?

Nunca lo quiso, siempre me quiso a mí. Y ahora no me puede tener. Cuando esté de regreso a Miami, llorará como si el avión se fuera a caer.

—Correcto, bro. Vas a ir allá y mostrarle que tenías visión.

Asintió rápidamente. Comenzamos a caminar de nuevo hacia la escuela, como borrachos. Bodega echó pestes contra Vera y luego contra las mujeres en general, luego contra la mamá de Vera, luego de nuevo contra Vera. Aparenté estar de acuerdo con todo, como si eso fuera nuevo, iluminador.

—Te entiendo, te entiendo.

—¡Porque no hay diferencia entre una puta que se acuesta por dinero y una que se casa por dinero! ¡Mierda!

Luego habló de otra cosa, algo que sólo tiene sentido si uno tiene miedo a la muerte o está desesperadamente enamorado y es capaz de decir cualquier cosa con tal de aliviar el terror.

—Te entiendo, bro.

Llegamos a la escuela y el guardia nos dijo que fuéramos a la Dirección y consiguiéramos nuestros pases de visitantes. Le pedimos que nos indicara cómo llegar al auditorio, y cuando llegamos allí la asamblea ya había comenzado. El lugar estaba lleno de niños y flores. Los chicos susurraban entre sí, moviéndose inquietos en sus incómodas sillas de auditorio, pateando las sillas enfrente de ellos y balanceándose de un lado a otro. En el escenario pequeño, los invitados estaban sentados en sillas amarillas de la escuela, esperando su turno de hablar. Una era una mujer alta en un vestido azul, podía ser fácilmente una Blanca veinte años mayor. Miré a Bodega. Su mirada estaba fija en ella, con una intensidad que indicaba que nada más importaba o existía. Si hubiera querido robarme su billetera, podía haberlo hecho. La miraba como si estuviera desenrollando los años: cada uno de ellos, una tonelada de odio mezclada con un amor que nunca había tenido la oportunidad de reingresar a la atmósfera para autoextinguirse. Era como si Bodega hubiera apretado *rewind* en una horrible escena romántica que debía haberse filmado de manera diferente, una escena que, después de todos esos años, después de haberla visto en su mente cada día, iba ahora a poder filmarla con el final que siempre quiso.

Le di un codazo fuerte.

—¿Cuál de ellas es Vera?

Lo sabía, pero igual pregunté. Tenía que ser la mujer que él estaba mirando, la que esperaba pacientemente, sin mostrar ninguna molestia por el retraso.

—La de vestido azul. Está cruzando las piernas. Todavía tiene lindas piernas —respondió; continuaba mirándola fijo.

Luego, apareció por detrás de las cortinas una figura que parecía no sólo lamentar su retraso, sino como si no hubiera hecho la tarea encomendada. Nazario se sentó y tomó su lugar entre los invitados.

Fue ahí cuando me sacudí. Todo ese tiempo, había sido engañado.

Había sido Bodega quien donó el dinero a la escuela de Vera, para que ellos pudieran llamarla a Miami e invitarla. No estoy seguro si él sabía que iban a bautizar el auditorio con su nombre, pero no importaba porque había logrado lo que quería. Nazario probablemente se había hecho cargo del papeleo, y había ocultado de dónde había salido realmente el dinero. Nazario debió de haber hecho algún chanchullo para hacer creer que la donación era un regalo anónimo, pero estoy seguro que le dio a la escuela suficiente información para que supieran que era de Vera. O quizás Nazario se saltó todo ese lío y fue directo donde el superintendente del Distrito 4 con una oferta que no podía rechazar. Una cosa era segura: yo estaba ahí por una razón y sólo por una, para que Bodega pudiera tener junto a él a uno de los parientes de Vera. Bodega probablemente no tenía idea de cómo llegar a Blanca o Negra, así que llegó a mí. Llegó a mí, y ahora él podía pasar como si fuera de la familia.

El hecho era que Bodega podía haber encontrado fácilmente a Vera. Podía haber hecho que Nazario contratara al mejor detective privado de la ciudad para que él siguiera todos sus pasos hasta la Florida. ¿Pero entonces qué? La sangre era más densa que el agua, y eso era lo que quería, sangre. La familia es la familia para los latinos: un primo, no importa si es de tercer o cuarto o séptimo grado, es un primo, y nada puede cambiar eso —sin que importe cuán lejano es el miembro de la familia, él o ella es parte de la familia. Conmigo y Blanca él tenía un as en la manga. Él se había ayudado a sí mismo y de paso había ayudado a la familia de Vera, al darles a su sobrina embarazada y a su esposo un lindo apartamento. Y yo había caído en el aguaje.

Ese momento, Bodega no me cayó bien. Usaba a la gente y usaba su dinero para mover a la gente por control remoto. Había usado a Blanca sin que Blanca lo supiera, y yo era el que había involucrado a todos en esto. Iba a ir a casa a contarle todo lo que sabía —excepto lo relacionado con Sapo, porque sabía que Blanca querría que yo fuera a la policía.

Por supuesto, una vez que Blanca supiera quién era el dueño del edificio, y cómo había conseguido el dinero para restaurarlo, ella querría mudarse. Yo no quería mudarme. Era la mejor situación de vivienda que nos había tocado, y era más de lo que estaba a nuestro alcance, era absolutamente barato. Además, el bebé estaba por llegar al final del verano, y necesitábamos el espacio extra, la habitación extra. También, sin contar las actividades de Bodega, era cierto que estaba arreglando el barrio. Por primera vez en mi vida había visto andamios por todo Spanish Harlem. En casi todas las zonas del barrio, algún edificio estaba siendo restaurado. Y estaba creando su clase profesional. Pagando la matrícula de la gente con la esperanza de construir un mejor futuro. No, pensé, con Bodega todo lo que uno podía esperar era que lo bueno pesara más que lo malo. Decidí no decirle nada a Blanca y dejar a Bodega desamparado en el auditorio.

Mientras Bodega y yo nos encontrábamos parados contra la pared de atrás del auditorio, señalé a Vera.

—Allá está. ¿Es ella, no? Hice mi parte. Estoy fuera de esto.

Abrí la gran puerta del auditorio y me dirigí hacia el pasillo. Bodega se apartó de donde se encontraba su mente, apartó los ojos de Vera, y fue tras de mí.

—¿Dónde vas? —sonaba sorprendido, como si de antemano hubiera acordado quedarme. Como si quedarme fuera parte del trato.

—Hey, hombre, me pediste que encontrara a Vera, y lo hice. Está allí, y ahora me voy y estamos a mano, ¿verdad? Soy tu inquilino, tendrás mi alquiler a tiempo, y eso es todo.

Comencé a alejarme. Bodega me siguió.

—Chino, tú no puedes ir. Tienes que estar conmigo, bro. Vamos, no seas así.

Volví a la vez en que conocí a Bodega. Cuando me dijo todas esas cosas duras y aún así no le acepté el trato, su cara se descompuso. Ésta era la misma cara. Tal como la primera vez, Bodega necesitaba algo de mí y no sabía cómo pedírmelo.

—No, conseguí lo que querías. Si quieres que me quede —dije—, tienes que sincerarte conmigo.

Me miró el rostro cuidadosamente. Comprendió todo. Bodega me hizo un ademán para que saliéramos, y lo seguí silenciosamente hacia el jardín de juego. La asamblea iba a durar al menos media hora más. Eligió un espacio aislado pero descubierto bajo un cesto torcido de baloncesto, al lado de una rota fuente de agua. Miró hacia las puertas de la escuela.

—Si se abren las puertas, volvemos adentro, ¿de acuerdo? —dijo.

—¿Dónde está Sapo? —eludí la pregunta porque no planeaba volver.

—Sapito se está ocultando —no era una sorpresa.

—¿Por qué hiciste matar a Salazar?

—Porque Salazar no era un tipo limpio.

—Pero semanas atrás escuché a Nazario decirte que no aceptó tu dinero cuando se lo ofreciste.

—Es verdad, no lo hizo, porque él estaba con otra persona.

—Sapo es mi pana. Si está en problemas…

—¿Qué? ¿Tú piensas que lo voy a abandonar a su suerte? Déjame decírtelo, Salazar era un pedazo de mierda sin valor, que ni siquiera era capaz de hacer tratos con su propia gente. Obtuvo lo que se veía venir.

—Mierda, bro, ¿así de simple?

—Sí, así de simple, justo cuando estoy casi al otro lado, Chino, justo cuando… este comemierda de Salazar tiene que detenerlo todo.

—Tú mataste a ese tipo, bro —miré al sol como si hubiera querido castigar mis ojos—. Cuando vendes droga y alguien la compra, es una cosa, es la elección de uno ir y comprarla, pero llegar a matar a alguien…

—Sí, lo hice —Bodega miró las puertas—. No fue el primero. Y déjame decirte, porque creo que debo hacerlo, déjame decirte por qué. Porque Salazar estaba con Aaron Fischman.

—¿Quién?

—Este *fucken* tipo al que llaman el Pez de Loisaida. He estado negociando por años con ese bastardo, y yo siempre hago lo que es correcto. Le dije: «Éste es mi barrio y el Lower East Side es tuyo». Hay suficientes tecatos y apostadores para todos, ¿cierto? Y el hijo de puta está de acuerdo. Digo, «nadie quiere una guerra». Con una guerra todos pierden dinero y las cosas se enredan. Así que, yo retrocedo y él retrocede. Luego, de la nada, aparece este periodista. Este Alberto Salazar. Creo que me metí en problemas, porque era un buen hombre. Luego Nazario descubre que Salazar hizo un trato con Fischman. Va a juntar toda esta mierda sobre mí y va a ignorar a Fischman. Salazar casi había terminado. Necesitaba unas cuantas piezas, y hubiera hecho que la atención se concentrara en mí.

—No lo creo. ¿Tú crees que la policía no sabe ya lo que estás haciendo?

—Quizás se la estén oliendo, no son tan estúpidos. También tienen un pedazo del bizcocho. Pero todo está todavía bajo el agua. No hay ruido, y mientras no haya ruido, no les preocupa a los policías. Pero si los medios hacen lío, entonces la policía queda mal y tendrá que venir en mi busca. Eso era lo que Salazar planeaba, exponerme por comprar edificios con dinero sucio. No podía dejar que eso ocurriera.

Pateó el piso como si fuera de tierra y no de concreto.

—Así funcionan las cosas, Chino. Luego hubiera tenido que tratar con la policía, y eso me hubiera debilitado. Y conmigo fuera de escena, Fischman entraría en mi barrio. Me cansé de ese bastardo. Salazar quería ser el héroe por estos lados. Bien, envié a Sapito a convertirlo en calcio, y me las entenderé con Fischman después.

—Mierda, ¿vas a matarlo a ese tipo también?

La mayoría de la gente práctica hubiera cortado por lo sano allí mismo, se hubiera separado de Bodega como un ranchero que mata su caballo si tiene una pierna rota. Pero no lo hice. No quería a Sapo en la cárcel, en parte era eso. Y aunque no lo quería admitir, en el fondo apoyaba a Bodega. Había estado haciéndolo todo el tiempo.

—No lo sé todavía —dijo Bodega—. No quiero apresurarme. Quizás Nazario pueda hablar todavía. Encontrar otra solución. Ese comemierda de Fischman trabajó algo junto a este capo italiano en Queens, no me puedo deshacer de él así nomás. Pero no quiero preocuparme de eso ahora —dijo, echando un vistazo a las puertas de la escuela.

—Ahora mismo, Chino, lo único que te estoy pidiendo es que me ayudes a encontrar alguna suerte de felicidad. ¿Recuerdas cuando te dije en el museo que cuando Vera llegara te pediría algo?

Asentí.

—Bien, te lo estoy pidiendo. No quiero que la gente piense que soy débil, porque no lo soy. Nunca lo fui. Pero tú, Chino, si eres tan inteligente como pienso que eres, si has estudiado historia, sabrás que la mayoría de los hombres poderosos se han convertido en basura al enchularse. Todos ellos.

Se puso a la defensiva. Y debido a que en su forma cotidiana de hablar no había diplomacia, defendió su caso como siempre lo hizo.

—Chino, bro, la semana pasada vi un especial en el canal trece sobre Napoleón. Y cuando ese *nigga* estaba a punto de perder Egipto, ¿sabes de qué realmente tenía miedo? De perder a Josefina —miró mi rostro, esperando que no me burlara de él—. Verás, Chino, él estaba muy lejos y se rumoraba que Josefina le estaba poniendo cuernos con otro tipo. Cuando él peleaba para expandir su imperio, ella estaba como… como… ¿sabes a qué me refiero?

—¿Qué vas a hacer con Sapo?

Había visto el especial y Napoleón me importaba un comino.

Las puertas se abrieron, Bodega me miró con desesperación.

—¿Vas a sacar a Sapo del apuro, no?

—Ayudaré a Sapo. Nazario está trabajando en eso. ¿Qué? ¿Crees que el asunto Vera ha nublado mi mente? No, te equivocas. Amo a esa mujer pero fui yo quien envió a Sapo. Seré yo quien lo saque del lío.

—Así que, ¿sacarás del lío a Sapo?

—Por supuesto. No sé cómo, pero tienes mi palabra.

—¿Tengo tu palabra?

—Mi palabra es garantía.

—Perfecto. Entonces dime qué es lo que quieres que haga.

Bodega esbozó una malévola sonrisa de triunfo, pero todavía había algo infantil en su mirada.

—Estoy en deuda contigo, Chino, te debo una.

—Sí, sí. Sólo dime lo que quieres que le diga a Vera.

—¿Ves esa limo parqueada allá?

Me la señaló. No me di la vuelta pero podía verla por el rabillo del ojo.

—Quiero que vayas donde ella y le digas… —se detuvo. Si él y yo éramos familia ahora, no me debía dar más órdenes—. Podrías, mi pana…

Rió y extendió la mano para que se la chocara. Se la toqué apenas, pero no tenía ganas de reír.

—Simplemente ve donde Vera y dile que estás casado con su sobrina Nancy, y que tu casero, William Irizarry, Izzy para ella, está esperándola dentro de ese carro grande, negro y muy caro que está allí.

Cuarto round

Un diamante del tamaño
del Palladium

Vera, la tía de Blanca, parecía haber nacido entre el dinero. Sus gestos, su voz, su gracia social habían sido tan bien estudiados y cultivados que podía haber engatusado a cualquiera no familiarizado con su pasado. Con su piel clara, pelo medio rubio y ojos azules de gaviota pálida podía hacerse pasar fácilmente como alguien que no fuera una mujer nacida y criada en East Harlem. Hablaba como si hubiera pasado sus años de formación en algún internado para señoritas, caminando de un lado a otro con una sudadera de grandes letras amarrada a los hombros.

En realidad, Vera apenas se había graduado de la Norman Thomas High School y no había pisado nunca un centro de educación superior. Sin embargo, había logrado hacer creer en su círculo en Miami que ella era una chica de Barnard. Si bien les había dicho a sus amigos de la Florida que venía a Nueva York porque había hecho lo que estaba de moda, donar dinero a una escuela de una barriada pobre, lo cierto era que no sabía cómo había sido hecha la donación. Ella suponía que su contador lo había hecho para disminuir los impuestos. ¿Qué le importaba? Pero tenía que venir sola, de otro modo sus amigos descubrirían la verdad de sus orígenes.

Regresaba a su viejo barrio a regodearse, a mostrar a su familia en qué se había convertido. Sí, Vera se había reinventado a sí misma. Pero a diferencia de William Carlos Irizarry, hoy Willie Bodega, Verónica Linda Saldivia no quería ser considerada puertorriqueña. De ahí el nombre Vera.

La rica familia cubana de su esposo todavía guardaba las papeletas rosadas de sus tierras nacionalizadas en Cuba, lo mismo que la esperanza de reclamarlas una vez que Castro fuera expulsado del poder o finalmente, finalmente muriera. Vera ya no era una Saldivia sino una Vidal, y con ese engañoso apellido podía hacerle creer a cualquiera que era una madura mujer anglo a la que le gustaba hacer compras en la Quinta Avenida y organizar cenas, y que amaba las joyas caras.

A mí no me gusta juzgar por qué alguien se enamora locamente de cierto tipo de persona, porque no creo que esas cosas puedan ser explicadas. Es como la química, algunos elementos se atraen entre sí y no importa que puedan explotar. Simplemente, funciona así.

Así que, ese día, hice lo que Bodega me imploró. Me acerqué a Vera, que se encontraba afuera hablando con un profesor. Su postura era muy erguida; su espalda formaba un perfecto ángulo recto con el suelo. Cuando hablaba, lo hacía en la voz remilgada y correcta de alguien que sabe de shows de flores y casas de campo. Y cuando decía algo que creía inteligente, reía con una risa falsa, como si te estuviera haciendo un favor.

—¿Julio? —dijo Nazario, sorprendido de verme. Apareció de la nada y me detuvo justo cuando estaba a punto de presentarme a Vera. Me evitó la molestia.

—Él es Julio Mercado. Está en la universidad ahora y espero que luego siga abogacía —informó Nazario a Vera. De cerca, podía ver que el rostro de ella tenía los ecos de una belleza otrora muy apreciada. Años atrás el barrio entero debió haberse vuelto loco por Vera. Pensé en Blanca; siempre había creído que ella sería aún más hermosa con los años, que sus rasgos —ojos, pelo, mejillas, su cuerpo entero—, habiendo viajado durante años, se establecerían como un arroyo quieto y transparente. Yo estaría junto a ella y, no importara lo que me recordaran sus fotos de juventud, todavía la amaría y nunca cambiaría por nada nuestra historia juntos.

—Es un placer —dije—. En realidad, somos parientes.

Respondió como alguien que en vez de decir gracias al ser atendida por el camarero, sólo baja la mirada.

—¿Lo somos?

Su voz delicada sonó como cristal.

—Sí, estoy casado con Nancy, la hija de Marisol.

—¿No es maravilloso? —exclamó—. La hija de Marisol, ya crecida y casada.

Me acercó a ella y me dio un abrazo débil.

—En realidad, hay alguien…

Pero fui interrumpido por un profesor que quería estrechar la mano de Vera. Estábamos en recreo, y los niños habían comenzado a salir en tropel para jugar en el patio de la escuela. Vi a Nazario irse para hablar con una mujer robusta que parecía la directora. Luego Nazario cortó su conversación y volvió a unírsenos. Después de excusarse, le preguntó a Vera si necesitaba un taxi para ir a su hotel. Sabía que era la señal para que yo acompañara a Vera a la limo en la que Bodega esperaba.

—En realidad, aquí hay alguien que la llevará —dije.

—Oh no, no, tomaré un taxi. No te molestes… —y luego su rostro se puso blanco y yo me di la vuelta para ver qué la había asustado.

—¿William? —susurró. Bodega había salido del carro y caminaba derecho hacia nosotros.

—Verónica.

Lucía desdichado. Tenía las manos en los bolsillos, el cuello de la camisa mojado de sudor. Su rostro lo hacía parecer como que se estaba muriendo. Vera tragó fuerte y luego recuperó la compostura.

—Es completamente maravilloso verte, William. ¿Cómo… cómo…cómo… están los Lords?

Me alegró verla trastabillar. Nazario se había desvanecido y quedamos los tres allí, parados en medio de los niños de la escuela.

—¿Los qué?

Bodega se acercó a ella, dándole forma a su pelo.

—Tus amigos, los Lords —dijo ella de manera artificial, como si hubiera ido al banco de datos de su memoria y sólo hubiera vuelto con esa referencia. Bodega sacudió la cabeza hacia atrás.

—Oh, sí, los Lords, sí, sí —dijo sin responderle realmente. Por algunos segundos nadie dijo nada.

—Vayamos a dar una vuelta —dije, para cortar la horrible tensión.

—Sí, sí, vamos por la ciudad —Bodega estuvo rápidamente de acuerdo y, para sorpresa mía, Vera lo siguió. Cuando vio el carro, sus cejas se arquearon.

—No es alquilado —Bodega dijo impulsivamente—. Yo… no lo uso mucho, sabes. Todavía voy caminando a casi todas partes.

—¿Es realmente tu automóvil, William?

Vera parecía impresionada y Bodega lo tomó como un triunfo. Su pecho era el de un pavo real. Vera giró su rostro hacia mí.

—No nos hemos visto durante unos veinte años.

—Veintiún años, tres meses, catorce días —dijo Bodega. Vera se rió. Esa risa alegró a Bodega. El conductor nos hizo entrar a la limo. Cuando se cerraron las puertas, la frescura del aire acondicionado fue un alivio, pero la quietud y el silencio hicieron posible que imaginara que podía escuchar los latidos del corazón de Bodega.

—Tengo algo que mostrarte —su voz tembló.

—Lo veré más que feliz —dijo ella.

—No es Miami, Verónica, pero…

Ella rió de nuevo con su típica risa.

—Realmente odio Miami, William. La detesto con pasión. Todo es tan rosado y azul.

Bodega sonrió como si hubiera ganado otra pequeña batalla. Debió haber creído que si continuaba ganando esas escaramuzas, al final la victoria sería suya. Después hubo un largo silencio, así que pensé llenarlo.

—A mí tampoco me gustó Miami —dije—. Fui a visitar a unos amigos, Ariel y Naomi, y, hombre, ese lugar era un páramo poblado de *malls*. No había nada que hacer.

No era verdad. La había pasado muy bien en Miami.

El carro se detuvo frente a mi edificio en la 111, entre Lexington y Park. Bodega apretó un botón y la ventana oscura descendió automáticamente hasta enmarcar los cinco edificios restaurados.

—Soy dueño de ellos y de otros como ellos por todo el barrio —sus ojos le dijeron que no entendía lo que decía—. Estoy en el negocio de bienes raíces.

—¿Son realmente tuyos? —inclinó su cuerpo hacia la ventana para tener la vista entera. Su cara resplandecía —¿y dices que tienes otros?

Se echó para atrás y me miró en busca de confirmación.

—Es mi casero —comencé —. Es dueño…

—No, no son míos —interrumpió Bodega—. Verónica, son para ti. Han sido siempre para ti. Sabía que algún día volverías y quería que volvieras a algo diferente.

Ella se le quedó viendo sin mirarlo mientras el chofer abría la puerta. Extendió su mano a Vera, que tuvo que apartar sus ojos de los de Bodega para poder salir del carro. Salió y nosotros la seguimos. Bodega miró a su alrededor y tomó un largo aliento, como si estuviera oliendo rosas y no el aire de Spanish Harlem.

—Tengo algo más que mostrarte —Bodega nos condujo a una elegante residencia recientemente renovada. Había una galería de arte en el primer piso, y los tres entramos a ella.

—Te gusta el arte, ¿verdad, Verónica?

—Sí.

—Vi un especial en el canal trece sobre ese gran museo en Moscú.

—¿Todavía ves televisión pública, William?

Ella rió y le dio su mano a Bodega, que la agarró como alguien ahogándose lo haría con un bote salvavidas.

—Bien, recuerdo que tú también veías algunos de esos shows —dijo él, sonriendo y apuntando hacia ella con su dedo, como si supiera algo que ella había olvidado.

—Sí, me temo que lo hacía —confesó ella, asintiendo con la cabeza.

—Como te decía, vi un especial sobre ese gran museo en Moscú.

—¿Cuál de ellos? —preguntó Vera.

—El grande —dijo él.

—¿Te refieres al Hermitage?

—Ajá, ése —dijo él, y chasqueó los dedos porque lo avergonzaba su pronunciación y no quería repetir el nombre—. Ese mismo. Bien, me enteré de que durante la revolución rusa, Lenin envió soldados para que cuidaran el museo y los saqueadores no lo robaran. Eso es digno de admiración. No le importó el palacio del zar. Los saqueadores estaban por todo el palacio robando la vajilla de plata y demás, pero él no quería que el pueblo ruso perdiera su arte. ¿No fue eso algo grande? —le preguntó a ella. Ella sólo asintió con la cabeza; parecía obedientemente impresionada.

—Los artistas viven en el segundo, tercer y cuarto piso —dijo él.

—William, ¿tú, un benefactor de las artes? Eso es... eso es... —no podía encontrar palabras para describir su incredulidad.

—Exacto —dijo él, disfrutando de cómo sonaba—. Soy un benefactor. Esta galería es para pintores del barrio. Es el arte del barrio. La idea la saqué del Taller Boricua.

Lo dijo con orgullo.

—Eres el mismo, William. Todavía idealista, ¿ah?

Agarrados de las manos, comenzaron a balancearlas juntos, lentamente, sin decir nada.

—Bien, fue un placer conocerla —dije, pensando que era mejor dejarlos solos—. Le diré a Nancy que usted está aquí. Quizás ustedes se puedan ver antes de que se vaya.

—Sí, me gustaría mucho. La tuve entre mis brazos una vez, cuando era una niña.

Me extendió su mano libre y me dio un débil apretón de manos. Sus ojos azules sostuvieron mi mirada por unos segundos. Luego extendí mi mano a Bodega, que de pronto lucía preocupado. Sabía que quería decirme algo, pero como no emitió sonido alguno, me fui.

—¡Espera, tengo que hablar contigo!

Dejó la mano de Vera sin disculparse y me siguió afuera. Por primera vez desde que se había encontrado con Vera, Bodega reconoció que yo existía. Todo este tiempo no le había quitado los ojos de encima y me había tratado como si fuera una partícula de polvo. Realmente no me había importado mucho, aunque denotaba malos modales.

—¿Dónde vas? —susurró como si no quisiera que Vera lo oyera, lo cual era imposible, pues ella todavía estaba adentro.

—Vivo allá —dije, señalando hacia mi edificio.

—No me puedes dejar así nomás, no es correcto.

Sudaba de nuevo, como un culpable en la fila de sospechosos.

—Lo que no es correcto es que dejes a Vera sola en la galería. Eso es lo que no es correcto, y sabes que…

—No hables tan fuerte —interrumpió.

—Mira, hombre, Vera está tan nerviosa como tú. Podía oír el latido de su corazón en el carro —mentí.

—¿Su latido? ¿Escuchaste su latido? ¿Estás seguro?

—Sí, pana, está tan nerviosa como tú. Así que vuelve adentro y dile exactamente lo que siempre quisiste decirle.

No me dijo nada, simplemente miró al pavimento, asintió y regresó a la galería, a Vera.

Entré a mi edificio y tomé el ascensor. Cuando llegué a mi apartamento, me quité el traje y me dormí. No sé cuándo ocurrió y cuánto rato estuve dormido, lo cierto es que un fuerte golpe interrumpió mi sueño. Primero pensé que estaba soñando. Pero cuando abrí los ojos y vi el techo, supe que estaba despierto. Fui a abrir la puerta.

—¡Feliz año nuevo, Julio! —gritó Vera, con una pinta ridícula. Tenía en la mano una botella de champaña.

—Estás siendo reclutado. Dale —Bodega puso una botella de Don Pérignon en mi pecho—. Año nuevo, vida nueva.

—Oh, vamos a Central Park, Izzy. Extraño Central Park. Nos acompañarás, ¿no, Julio?

—Tengo una clase esta noche, y quería dormir un poco…

—No, te vienes con nosotros —interrumpió Bodega—. Dormirás bien cuando estés muerto.

—Parece que les fue bien —murmuré para mí.

—¿Está mi sobrina en casa? Me gustaría verla. Además que hay champaña como para todos los Saldivia, ¿no, Izzy?

Tragó tan rápido que algo del líquido se le deslizó por la comisura de los labios. Quise decirle que yo no era un Saldivia, era un Mercado, y que Blanca también era ahora una Mercado, pero luego pensé que eso era sólo el estúpido orgullo, así que me quedé callado.

—Champaña para todos los Saldivia, ¿no, Izzy? —repitió, riendo. Bodega rió con ella.

—Todo un almacén, Verónica —luego me dijo—: Pana, ¿cuándo vas a abrir esa botella?

—No lo sé —dije, inclinando un poco la botella, aparentando estudiar la etiqueta. No que supiera qué estaba leyendo, todas las botellas de champaña son iguales para mí.

—Hum, Nancy está trabajando y está embarazada...

—¡Embarazada! ¡Mi sobrina está embarazada! Eso significa más champaña. Dile que tengo que verla. Me muero por verla.

Se inclinó contra el pasillo y sacudió la cabeza, alzó la botella y se sirvió unos cuantos chorros. «Me muero por verla», jadeó, como un actor que no sabe interpretar una emoción sutil.

—Vamos, Chino —me urgió Bodega. Se había soltado la corbata y su camisa estaba arrugada. El vestido de Vera estaba en peor estado. Y su maquillaje se había corrido completamente, como si hubiera estado llorando.

—¿Chino? —rió de nuevo con su típica risa— ¿Te llaman Chino? ¿Mi sobrina está casada con un Chino? Qué bonito, y pronto van a tener un chinito.

Rió algo histéricamente.

—Un chinito, qué lindo, ¿entendiste?

Primera vez que la oía hablar español. Sonaba tan natural como su inglés. Como si ella fuera dos personas.

—Ven con nosotros, bro —Bodega envolvió mi hombro con su brazo.

—Sí, ven —terció Vera.

—¿Me dicen de nuevo a dónde van? ¿Central Park?

No quería ir pero no había forma de librarme de ellos. Quería preguntarles cuántos años tenían, sólo por fastidiarlos. Pero luego pensé que la gente enamorada debía actuar de la manera que quisiera. Especialmente Bodega y Vera, que, me acababa de dar cuenta, pertenecían a otra época.

Imaginé a Bodega en sus días de juventud, volando con alas invisibles. Pensando que liberar una isla del control norteamericano podía hacerse con pasión e inteligencia. Imaginé a Bodega mirando a los ojos de la adolescente Verónica y diciéndole que nada podía ser mejor que los dos tirados en el césped del Central Park, abrazándose y simplemente existiendo. Imaginé a Verónica yendo a casa a reunirse con sus amigas en el pórtico para hablar sobre su libertador, el tal Izzy. Su libertador que primero iba a liberarla de su madre, luego liberar a Puerto Rico, y después ambos volverían a Estados Unidos como conquistadores a la inversa. Llegarían al puerto de Nueva York, y latinos de los cinco municipios estarían allí para saludarlos. La imaginé hablándoles a sus amigas hasta que se cansaran de eso, y la misma Verónica comenzara a cuestionar a su libertador, hasta que finalmente llegaría el día cuando le daría a Bodega un ultimátum: los Young Lords o ella.

—Sí, Central Park suena bien, y luego quizás Palladium esta noche, Izzy —ella susurró la última parte.

—Donde tú quieras ir —le dijo Bodega, y después tomó un trago—. Sólo imagínalo y yo te llevaré allí.

Vera estaba en lo cierto. Bodega era el mismo de antes, creía que podía recuperar lo que había sido perdido, robado o denegado a él y a su gente. Como si el pasado fuera reciclable y todo lo que tuviera que hacer fuera juntar suficientes botes para hacer una fortuna y comenzar de nuevo. Cuando llegaron ajumados a mi apartamento, me alegré por ellos. Especialmente por Bodega. Su celular, que debía estar en algún lugar de su traje, sonaba y sonaba pero él no lo escuchaba. Estaba viviendo en un universo de dos personas, sintiéndose invulnerable.

—Espero que sepan que el Palladium ya no existe. Lo demolieron.

No tenía idea por qué les había dicho eso. Era la cosa más estúpida que pude haber dicho, y considerando que yo era el único sobrio, debía haber sido el más perspicaz.

—Oh, no —Vera hizo pucheros, y después se puso de nuevo feliz—. Vamos y punto, vamos, vamos donde sea y hagamos tonterías y tomemos un poco más, y quiero que me enseñes cómo fumarme un gallo. Nunca me enseñaste cómo fumar un gallito, Izzy. Decías que me enseñarías como enrolar y fumar uno, pero siempre lo postergabas.

—Lo siento. Era un estúpido en ese entonces, pensaba que las mujeres no debían fumar mota —cuando dijo esto, los ojos de ella se iluminaron.

—¿Tienes armas, Izzy? —una chispa de travesura apareció en sus ojos.

—¿Armas? —Bodega no entendía— ¿Qué con las armas?

—Quiero aprender a disparar un arma —dijo ella.

—¿Por qué?

—Siempre quise hacerlo. Como querer enrolar un pito.

Bodega sonrió como si eso fuera parte de la educación callejera de Vera que le había sido denegada. Una parte de su ser había estado durmiendo todos esos años, y él sería el que la reviviría.

—Siempre quise hacerlo —repitió ella—. Y ahora estoy de vuelta.

—Sí, estás de vuelta —dijo él, y por primera vez pararon de hablar y simplemente se miraron.

—Sí, estoy de vuelta —dijo ella suavemente, y se sacó sortija de compromiso. Una piedra grande y hermosa; se necesitaban anteojos oscuros para mirarla. El brillo te enceguecía y te hacía ver visiones de puestas del sol y arenas doradas.

—Quédate con ella —dijo ella, dándomela. Mi corazón dio un salto.

—No puedo —le dije, sabiendo muy bien que podía. La sortija estaba todavía caliente por el calor de su mano. Lo único que sabía era que nunca en mi vida había sostenido algo tan caro.

—No la quiero. Nunca la quise —dijo ella, sus ojos todavía en Bodega.

—¡Tómala! —me dijo Bodega—. Yo le compraré una más grande. Una con un diamante tan grande como el Palladium.

Se quedaron parados mirándose y por un segundo pensé que habían alcanzado ese estado de intoxicación donde la tontería da lugar a la melancolía y a la autocompasión. Cuando todo y nada te pone triste. Se abrazaron, y pensé que pronto comenzarían a lagrimear. Pero luego se separaron y comenzaron a alejarse de mí como si yo nunca hubiera estado allí. Bajaron las escaleras agarrados de la mano, tomando tragos de champaña, y cantando: «¡En mi casa toman Bustelo! ¡En mi casa toman Bustelo!». Cantaban, bebían, reían y seguían cantando.

Quinto round

En plena guerra

Después de que se fueron Bodega y Vera, volví a la cama. Lo único que recuerdo del resto de la tarde fue haber despertado con Blanca a mi lado. Había llegado cansada a casa, no se había molestado siquiera en quitarse la ropa, y se dejó caer pesadamente en la cama. Blanca no tiene el sueño ligero, así que me levanté pensando que no tenía que ser muy silencioso.

—¿Qué hace esa botella de champaña en la cocina? —balbuceó ella.

—¿Qué?

—El champaña, ¿qué hace en la cocina?

Se lo dije.

—¿Cuándo llegó? —se lo dije también—. ¿Quién es Izzy? —con mi ayuda, lo recordó—. Oh, el tipo con el que se iba a casar pero no lo hizo.

Su voz denotaba su completo cansancio. Se movió para adoptar una posición más cómoda. Me alegró que a ella realmente no le importara nada, y más aún que no hubiera usado el nombre de Bodega sino su viejo nombre, Izzy, lo cual evitaba que ella hiciera la conexión.

Fui al living, abrí la ventana y saqué de mi bolsillo la sortija que Vera me había dado. Seguía como la recordaba del momento en que la había puesto en mi mano: radiante, dorada, pesada. En el interior estaba grabado *Para mi esposa Verónica*. «Ya no», susurré para mí. Ahora era de mi esposa.

Luego pensé que ninguna mujer querría la sortija de otra mujer. Pero el diamante era enorme, y eso importaba más. Pero luego Blanca leería la inscripción y sabría de quién era. Y eso era un problema. ¿Enviarla a que le borraran la dedicatoria? Blanca me preguntaría igual cómo la había conseguido. ¿Que la había encontrado? No. Me quedaba la verdad. La verdad era lo único que tenía y Blanca creía en la verdad. Para ella, la verdad me haría libre. Rogué que al menos nos hiciera quedarnos con la sortija. Esperé que Blanca se despertara realmente. Cuando abrió sus ojos, le mostré la sortija.

—¡Tenemos que devolverla! —dijo sin vacilaciones.

—Ella no la quiere.

—Estaban borrachos, Julio. Es lo correcto.

—Mira, tu tía nunca quiso casarse con ese tipo —dije mientras Blanca sostenía la sortija contra la luz.

—Ella ama a ese tal Izzy. Siempre lo ha hecho. Debías haberlos visto, parecían niños.

Blanca miró la sortija. Le gustaba, pero su conciencia era un juez severo. Yo quería que se quedara con ella, así que insistí lo más que pude.

—Nadie se enterará.

—Dios lo hará —dijo ella, dejando de mirar la sortija para mirarme a mí, como si yo personalmente la hubiera arrancado del dedo de Dios.

—Sí, pero Él conoce todo, ¿entonces para qué molestarse? No es una falta de respeto, pero ya que conoce todo, incluso el final de nuestras vidas, ¿por qué tenerlo a Él como parte de esta discusión? Mira, ella me la dio. Es como que la hubiera botado y yo la hubiera encontrado. ¿Es eso tan malo?

—Sí, tienes razón, dejemos a Dios fuera de la discusión porque tú no sabes nada de Dios. Y no la encontramos —dijo ella, apretando sus labios con fuerza—. Si mi tía no quiere la sortija, lo correcto es devolvérsela al hombre que se la compró.

—¡Por qué!

—Porque es su sortija.

—No si se la dio a ella. Si se la dio a ella, eso hace que la sortija sea suya, y si es suya, ella tiene derecho a regalársela a quien ella quiera.

—Eso está mal, Julio —Blanca me devolvió la sortija—. Devuélvela.

—¡NO! Me la quedaré. Si no la quieres, entonces la empeñaré. Habrá como para cuatro o cinco meses de alquiler.

—Devuélvela. Él se la dio a ella como parte de una promesa. Ella rompió esa promesa, ¡así que la tiene que devolver!

—Blanca, vamos…

—No seré parte de esto, Julio. El pastor Miguel Vásquez y Claudia vienen el viernes…

Eso era el colmo. Aquel día, dije cosas que nunca debí haber dicho, o al menos no de la forma en que lo hice.

—Sabes, Blanca, realmente me iluminas cuando te pones así. Constantemente me criticas por ser sexista y te quejas de que todos los hombres latinos son algo sexistas y que sientes como que tu inteligencia es ignorada cuando hago ciertas cosas, a pesar de que son por el bien de la familia, puedo añadir…

—Julio…

—No, déjame terminar. Luego apareces con esta mierda del pecado y tu iglesia. Verás, Blanca, no puedes creer tan completamente en ese libro —señalé al estante donde Blanca tenía sus Biblias—, porque es el libro más sexista jamás escrito. Y sin embargo te la agarras conmigo y dices que no te respeto cuando peco, cuando hago cosas que no debería hacer, como fumar un gallo por aquí y por allá, o querer quedarme con una sortija que me regalaron, pero —estaba imparable— cuando vas a la iglesia te faltan el respeto todo el tiempo. A las mujeres las tratan como si estuvieran allí sólo para glorificar a sus esposos, a sus hijos y a su pastor.

Con esa observación, vi a Negra en los ojos de Blanca. Miré en torno a mí en busca de las cosas que me pudiera tirar.

—¡Tú no sabes nada! —Blanca explotó—. Déjame decirte, Julio, que el hecho de creer en Dios no me hace una mujer débil. Mi mamá era fuerte. Ella pagaba las cuentas, tomaba las decisiones, arreglaba la casa y también iba a la iglesia.

—Oh, por favor, Blanca, tu mamá nunca tuvo tu educación. Incluso su hermana Verónica sólo tuvo suerte y se casó bien, me refiero en términos de dinero. Pero si hubieran tenido tu educación quizás habrían hecho otra cosa con su vida. Vas a ser la primera graduada de la universidad en tu familia, y sabes cosas que ellas no saben. Te influyeron ideas que tu mamá nunca supo que existían. Cuando te quejas de que te vas a sentir incómoda graduándote con un gran vientre, sé a lo que realmente te refieres. Tú crees que la gente va a pensar: «Podrá ser inteligente, pero qué monga, se dejó preñar». Cuando vas a la iglesia todo cambia. Les gusta que estés embarazada y te gusta que les guste eso.

Blanca hizo una sonrisa afectada, cruzó los brazos y me miró con la confianza de alguien con muchas municiones para el contraataque.

—Qué bonito, eh. Qué bonito. Tú, dándome un discurso acerca de qué significa ser una mujer tratando de balancear su intelecto y su fe. Cuando lo único que realmente quieres es quedarte con una estúpida sortija, por el dinero.

—No es sólo la sortija, Blanca. Te enojas conmigo por, como tú dices, dejarte en la oscuridad. Pero sabes que leí toda la Biblia y allí rara vez los hombres les decían a sus mujeres lo que iban a hacer, simplemente iban y lo hacían. *Ése* es el libro que guía tu vida. Yo sé que eso está equivocado. Sé que debería contarte las cosas porque sé que me puedes ayudar. Sé que eres buena para mí. Y sé que eres más inteligente que yo.

Blanca alzó una ceja.

—Lo digo en serio, Blanca. Tú eres más inteligente. Pero a veces pienso que las cosas que te voy a decir chocan con ese libro, así que mejor no decírtelas. De una forma u otra, yo soy el que pierdo.

Quería jugármelas y decirle otras cosas. Como, por ejemplo, que sabía quién había matado al periodista. Pero no pude. Ella enviaría a Sapo a la cárcel, y quizás me abandonaría de todos modos.

—Blanca, ¿por qué el convertirme en pentecostal tiene algo que ver con que tú recuperes tus privilegios? ¿Con que toques la pandereta en frente de la congregación? ¿Por qué se fijan en mí y mis errores y no en ti y tus méritos?

—Porque fue mi decisión casarme contigo. Por ello, soy responsable. Tiene sentido. Escucha, si me importara más tocar la pandereta en frente de la congregación que lo que tú me importas, nunca me hubiera casado contigo. Me hubiera casado con un creyente. Pero no lo hice, ¿cierto? Me casé contigo. Sé que el pastor puede equivocarse a veces. El pastor comete errores. Pero Dios no. Y Él sabe que te quiero a ti, y si fue un error haberme casado contigo entonces sólo espero que Su piedad no tenga límite. No hay pecado que no pueda ser perdonado.

—No importa. No quiero hablar contigo cuando te embollas con tu prédica.

Comencé a preparar mis libros para la clase de esa noche. Hubo un breve silencio. Después de preparar mi mochila, Blanca se paró frente a mí. Cruzó de nuevo los brazos.

—Vi hoy a Negra.

—¿Y qué? Mira, ¿no tienes clases esta noche?

—La golpearon duro.

—¿Víctor?

—Sí.

No me sorprendió.

—Mira, Blanca, tengo mis propios problemas maritales…

—¡Basta! ¡Escúchame! Está en el hospital y me dijo que te dijera que te pusieras en contacto con alguien llamado Bodega.

Mi corazón dio un vuelco. Dejé de hacer lo que estaba haciendo y miré a los ojos de Blanca. Me pregunté qué le había contado Blanca.

—Dijo que tú conocías a un tal Bodega. Y que éste se encargaría de Víctor, porque Bodega está en deuda contigo, y tú estás en deuda con Negra.

¿Alguna vez te has sentido como cuando eras niño y cortabas clase la semana entera y pensabas que te habías salido con la tuya, y luego en el momento más inesperado, digamos, cuando te preparas un sándwich de mantequilla de maní y jalea, o miras la tele, tu papá aparecía con una carta de la escuela en una mano y su correa en la otra? Y tu cabeza parece arderte y tu boca está seca como una galleta salada.

—Esto me huele mal, Julio.

Blanca estaba tranquila. Blanca estaba siempre tranquila, especialmente cuando llevaba las de ganar. Sus ojos se mantenían firmes y su cara vacía de gestos. Sólo sus labios se movían cuando necesitaba hablar.

—¿Hay algo que me quieras decir, Julio?

—Los conoces a los dos, Blanca. Son esquizofrénicos. Un día son como Punch y Judy y el otro Romeo y…

Bodega —dijo ella—. Ése era el hombre al que Enrique te llevó a ver esa noche. No me mientas. He escuchado su nombre muchas veces desde entonces. Dicen que es dueño de estos edificios. También dicen otras cosas de él. Algunas buenas, otras malas.

—Sí, yo también las he escuchado, ¿y qué?

Pasé rozando a Blanca para hacerle creer que estaba yendo a sacar algo de la nevera. Ella me siguió.

—¿Qué tienes que ver con él?

—Nada.

Abrí la nevera pero no había nada que quisiera. La cerré; Blanca estaba frente a mí.

—No tengo nada que ver con él.

—¿Estás seguro?

Los brazos cruzados, se me acercó y me puso contra la nevera. Su cara estaba ahí, frente a la mía; debió haber visto que mis pupilas se achicaban.

—Nada. Excepto que tenemos que pagarle el alquiler —dije y aparté mi cuerpo del suyo. Blanca movió levemente su cabeza, registrando cada detalle.

—Julio, dime lo qué estás haciendo, sea lo que fuera.

—¡Negra está loca! ¡Víctor está loco también! —perdí la calma y comencé a gritarle—. ¡Y tú estás también por escucharlos!

—No se trata de Negra, se trata de ti —dijo Blanca, alzando la voz y dándome con la punta del dedo en el pecho después de cada sílaba—. Se trata de ti y de lo que no me estás diciendo.

—¿No estás embarazada? Mi Dios, el pobre niño debe tener dolor de cabeza.

Blanca me siguió por el apartamento.

—Esto no tiene nada que ver con Negra. No quiero que nos metamos en los líos maritales de Negra. Esto no tiene nada que ver con ellos. Tiene que ver contigo y con lo que me ocultas acerca de este tipo, Bodega, quienquiera que sea. Eso es todo, tú ocultando cosas. No se trata ni de Dios ni del sexismo o cualquiera cosa que quieras traer a esta discusión. Se trata de ti —volvió a darme con su dedo en el pecho— ocultándome cosas.

—¡Está bien, tú ganas! Quieres saberlo todo —dije, sosteniendo la sortija—. ¡Tú ganas! Tú ganas, Blanca. Cuando le devuelva esto a tu tía, ven conmigo porque él estará allí.

—¿Quién estará allí?

—Bodega. El mismo. Él es Izzy, el mismo tipo con el que tu tía quería casarse. Y si quieres preguntarle cualquier cosa, cualquier maldita cosa, pues adelante.

Blanca se calló.

Ése fue el día en que descubrí que Blanca se iría si se enteraba de todo lo que estaba ocurriendo. No tuve más remedio que meter a Bodega al baile, sabiendo que él no le diría todo, lo cual me convenía. Estúpidamente, confiaba en que todo me iba a salir a pedir de boca. Como si las cosas, al dejarlas por sí solas, pudieran arreglarse por su cuenta. Deseé que las cosas se enterraran a sí mismas, como evolución a la inversa, creación yendo al revés. Deseé que todo se arreglara espontáneamente, que las cosas dolorosas que Blanca y yo nos habíamos dicho fueran olvidadas para cuando llegara el bebé. El bebé nos uniría de nuevo, porque era más importante que cualquiera de los dos y teníamos que estar juntos para enfrentar todas esas cosas horribles con que el mundo aguardaba a nuestro niño.

Más tarde, después de los gritos, el apartamento tomó un cariz siniestro. Blanca hizo lo que pudo para no hablarme y yo hice lo mismo. Cuando ambos necesitábamos el baño, teníamos que decirnos algunas palabras. Palabras breves y corteses, de las que emplean cuando uno roza a un extraño en la calle y pide disculpas.

Salí del apartamento cansado de todos: Blanca, Negra, Víctor, Bodega, Vera. De todos.

Después de clases decidí deambular por el barrio y buscar el carro de Sapo. No lo vi, y tuve que preguntar. Nadie parecía saber nada. Tuve que dejar de indagar porque era obvio que se estaba encubriendo algo y no quería ser el idiota que no agarra las claves. Así que esa noche caminé y caminé entre el ruido de los carros de bomberos y el olor a humo. Pero el cielo nocturno lucía sereno y el concreto bajo mis pies no era diferente al de antes, cubierto con envoltorios de chicles papel aluminio, bolsas de plástico y alguna otra basura. Era una noche buena para caminar y pensar. La que me preocupaba era Negra. Necesitaba hablar con ella sobre Bodega. Necesitaba enterarme de lo que ella sabía sobre Salazar. Porque si Negra sabía todo, yo no tenía ningún interés en que se lo contara a Blanca. A diferencia de Negra, Blanca iría a la policía, y entonces ellos estarían cerca de atrapar a Sapo.

En realidad, no quería preguntar a Negra por qué le había pegado Víctor; yo no era su consejero matrimonial. Y ni loco le pediría a Bodega que le diera una pela a Víctor. Yo tenía mis problemas, Negra los suyos. Bodega los suyos.

Era muy tarde para horas de visita en el hospital Metropolitan, de modo que mi charla con Negra tendría que esperar hasta otro día.

No quería ir a casa con Blanca todavía furiosa conmigo. Decidí que sólo por esta vez, iría a buscarla a su iglesia. Quizás eso la alegraría, y se reconciliaría conmigo.

Comí una porción de pizza y maté el tiempo leyendo hasta que fuera hora de ir a la iglesia.

La Casa Bethel Pentecostal, la iglesia de Blanca, estaba hasta el tope esa noche. Muchos pentecostales de templos vecinos habían ido a ver y escuchar por sí mismos al ungido de diecisiete años, Roberto Vega. El que supuestamente había sido ungido por Dios y que reinaría con Cristo durante mil años. No podía haber elegido mejor noche para aparecerme y arreglar mis vainas con Blanca. Llegué un poco tarde, pero cuando entré al templo, todos los que me vieron me sonrieron de manera cómplice, como si me estuvieran salvando. Siempre andaban buscando nuevos conversos. Sabiendo que yo era el esposo de Blanca, un hermano me acompañó a la fila donde ella se sentaba. Blanca se había embollado en el sermón, y sólo cuando vio que se trataba de mí sentado junto a ella sonrió y apretó mi mano. Me presentó en silencio a la mujer pequeña y robusta de hermoso pelo negro que estaba sentada al otro lado. Era Claudia, la chica de Colombia que Blanca estaba tratando de ayudar. Después, Blanca sostuvo mi mano y sus ojos volvieron a la figura parada sola detrás de un facistol en el estrado.

—Había una vez una mujer esclava —el alto, guapo y muy joven Roberto Vega dijo calmadamente en español—. Ella fue comprada a un precio alto por un rey que la transformó en princesa, ¿me oyen? Y a ella le dieron leyes y riquezas, ¿me oyen? Y de todas las princesas, ella era la más hermosa porque el príncipe la bendijo, ¿me oyen? Y él la trataba con respeto, bondad y amor.

Alguien gritó ¡Aleluya!

—Él la trataba como si ella fuera su carne. Como si ella fuera oro, plata y joyas. ¿Me oyen? ¿Ustedes me oyen?

—Sí, te oímos —murmuró la congregación al unísono. Blanca y Claudia seguían cada palabra del chiquillo, como si les estuviera contando una historia de amor.

—Y él la amaba. Y ella y ella… no me digan que no saben lo que hizo. No me digan que no saben que ella después lo dejó y se fue a fornicar con otros reyes. No me digan que no saben que dejó a su rey y se fue con otros, y no me digan que no saben que esa princesa se llamaba Israel. Y se fue con otros dioses y durmió con muchos ídolos. ¿Todavía no saben lo que hizo?

—¡Aleluya! Dinos, dinos, sí dinos —le imploraba la congregación. El discurso de Roberto ganaba ímpetu. Hablaba más y más rápido, pero sabía exactamente cuándo frenar y darle a la gente tiempo para contemplar lo que él estaba diciendo.

—Les diré en qué se convirtió. Todos ustedes saben en qué se convirtió, no me digan que no lo saben. ¡Se convirtió en una ramera!

—¡Aleluya!

—¡Una puta!

—¡Aleluya!

—¡Una prostituta!

—¡Aleluya!

—¡De nuevo, una esclava para las naciones! —las palabras de Roberto corrían una tras otra, como cuando los católicos rezan el rosario—. Y saben quién era su rey. No me digan que no saben quién era su rey. ¡Fue el Señor Jehová quien la compró, pagando mucho por ella! Fue una esclava en Egipto. Y rompió sus cadenas, enviándola a Moisés para liberarla. Y el Señor la trató como una reina. La trató como el oro, la plata, las joyas.

Ahora Roberto Vega sacudía su cabeza como si estuvieran tocando jazz en la habitación contigua, y la congregación se enroscaba lentamente como una serpiente, esperando que atacara el Espíritu Santo. Los brazos de Roberto ondulaban en el aire como aspas de molino y su cara ya no era la de un niño sino la de un profeta bautizado a fuego.

—¡Pero ella olvidó quién la había salvado! ¡Quién la había cuidado! Quién la había liberado de su esclavitud. Y para castigarla, para castigarla, ¿saben lo que ocurrió? No me digan que no saben lo que ocurrió. Sé que ustedes saben lo que ocurrió.

Lo saben muy bien, pero imploran por la respuesta. Pueden sentir al Señor entre ellos. Sus almas están colmadas de emoción, sólo esperando el momento de la erupción. Pronto volarán con alas de ángeles y Él limpiará cada lágrima de sus ojos, y no habrá muerte, ni tampoco duelo o conflicto o dolor.

—Para castigarla Él hizo que caminara en la arena durante cuarenta años. ¡Y ella regresó a su rey, el Señor, y Él la amó y le envió a David!

—¡Aleluya!

—¡Pero cuando David murió, ella volvió a su conducta inmoral!

—¡Aleluya! ¡Cristo salva!

—¡Y Él le envió a Isaías!

—¡Aleluya!

—¡Le envió a Jeremías, para hacer que dejara de ser una puta!

—¡Gloria a Dios!

—¡Una prostituta!

—¡Aleluya!

—¡Le envió a Ezequiel! ¡Y ella no se arrepintió!

—¡Cristo salva!

—¡Le envió a Daniel! ¡Y no se arrepintió!

—¡Bendito sea el Señor!

—¡Le envió a Zacarías y a Malaquías, pero no se arrepintió!

La congregación se iba poniendo furiosa porque Roberto los había llenado de indignación. ¿Cuándo atacaría el Espíritu Santo? ¿Cómo era posible que la nación de Israel hubiera tratado así a su Señor, que la había tratado con tanta generosidad?

—¡Y después le envió el máximo profeta! No me digan que no saben quién es. No me digan que olvidaron quién los liberó a ustedes. No me digan que olvidaron quién los sacó de su esclavitud. ¿Quién es su salvador? ¡Cristo! ¡Cristo es su salvador y El llevó sus pecados! ¡Y Él los curó! ¡Y Él…! ¡Y Él…! ¡Y Él…!

—¡Él me salvó! —lloró alguien, saltando de su asiento—. Él me salvó, Él me salvó.

En el estrado, Roberto Vega se limpió la frente, y señaló a la mujer que lloraba.

—Sí, sí. ¡Él te salvó! Y pagó un preció por ti. Dio Su vida por ti. Lo clavaron a la cruz por ti. Se volvió hombre por ti.

—¡Él me liberó! —confesó otra persona, saltando de alegría.

—¡Sí, por ti también! ¡Murió por ti! ¿Por quién más, por quién más?

—¡Gloria a Dios! —alguien gritó desde la parte trasera.

—¡Por quién! ¡Por quién! —había comenzado. El Espíritu Santo los había invadido. Pensaba, por favor, Blanca, no te me vuelvas loca. Por favor, nunca te he visto así, sé que lo haces pero por favor, no delante de mí.

—¡Él me salvó! —gritó Claudia. Su torso grueso y sus generosas caderas se sacudían, tenía los ojos húmedos, y con sus manos pequeñas se golpeaba el corazón. Roberto señaló a Claudia.

—Sí, Él te salvó. Antes, eras una esclava. ¡Una prostituta! ¡Una puta! Una ramera para las mañas del mundo. ¡Pero ahora Él te ha liberado!

Claudia comenzó a lamentarse como si alguien cercano a ella se hubiera muerto.

—¡Él me salvó! ¡Cristo salva! —gritó algún hermano, pinchándose los ojos como si estuviera sufriendo un tormento; como si fuera Edipo a punto de sacarse los ojos. Blanca esbozó una sonrisa iluminada mientras las lágrimas bajaban por su rostro. Sus ojos brillaban como si ella pudiera ver el reino de Dios. Era un brillo extraño, que iluminaba los ojos por todo el recinto. La cara de Blanca no lucía histérica, sólo algo transfigurada. Había estado allí, en el paraíso. Lo había visto por sí misma y era verdad.

—¡Y Él llevó sus enfermedades! ¡Sus pecados! ¡Perdonó sus transgresiones! ¡Sus imperfecciones!

¡Aleluya!

¡Aleluya!

¡Aleluya!

Infectaba todos los rincones, se diseminaba por todas partes, resonaba de pared a pared. Un palacio de vibraciones alabando a Jehová.

En una iglesia llena de latinos con mejillas sur-
cadas por las lágrimas, los jóvenes y los viejos se habían reunido para agarrarse las manos, manos ásperas,
manos blandas, y rezar y extender la mano al Señor.
Habían esperado que el Espíritu Santo llegara y se
apoderara de sus cuerpos. Y ahora, el momento de
gozo estaba ahí a la mano. Me sentí raro y deseé poder creer como ellos. Pero no podía. Sentía la mano
de Blanca, llena de sudor y caliente, en la mía. Su
corazón latía con rapidez. La congregación estaba a
punto de cantar, de hacer ruidos de gozo para el Señor. Roberto Vega los lideraba, les hacía ver la tierra
prometida. A pesar de que vivían aquí, en este desierto de concreto, esta noche irían a casa, camina-
rían las calles de Spanish Harlem sin miedo al mal,
porque el Señor estaba con ellos.

Ahora Roberto les contaba historias de amor.
De Dios y su amor por la humanidad. De Jehová,
que era la personificación del amor. Lo que gritaba
era una canción de amor, aunque sólo yo lo oía gritar, para el resto lo que hacía era susurrar.

—Debido al hecho de que te he encontrado
preciosa a mis ojos —Roberto leía con calma del libro de Isaías—, has sido considerada honorable, y he
llegado a amarte. ¡Y abandonaré a los hombres por ti!
¡Y a las naciones por tu alma!

El Espíritu Santo estaba tranquilo, como un
océano después de la tormenta. Mucha gente había
regresado a sus asientos. Roberto los había calmado,
calmado el Espíritu de Dios. Ahora él hablaba suavemente; podía sentir a las adolescentes empezando a
desmayarse. Las mujeres mayores cerraron los ojos y
regresaron a su pasado; los hombres envidiaron a
Roberto. Blanca, por un momento, estaba enamorada de la figura que estaba de pie en el estrado despro-

visto de adornos, únicamente acompañada de las banderas de Estados Unidos y Puerto Rico.

Era un lugar humilde, que constaba de filas de sillas plegables y paredes cubiertas por revestimientos de madera barata. Una sucia alfombra roja, con círculos grandes manchados de chicle, tan grandes como cerezas, cubría el piso. En el techo faltaban dos paneles de cartón de fibra, lo cual dejaba expuestos los cables de electricidad. No había otro tipo de distracciones en el recinto. Era ideal para aquellos como Roberto Vega, que deseaban tener todos los ojos, oídos y corazones siguiendo sus palabras.

—Mis hermanos y hermanas, nunca abandonen la verdad —Roberto imploró—. Nunca se alejen de la luz. Las tinieblas los esclavizarán, como antes, como antes de que el Señor los salvara. Cristo Nuestro Señor nunca nos dará Su espalda. Incluso si lo abandonamos, Él nunca nos abandonará.

Entonces para qué tanto lío, pensaba. Si Él se quedaba conmigo de todos modos, ¿entonces para qué prestarle tanta atención?

—Él sufrió por nosotros. Él fue crucificado, clavado por nosotros.

Estaba de acuerdo. Clavaron su mano izquierda en Spanish Harlem, la derecha en Watts, los pies en Overtown, Miami. Los barrios bajos estaban llenos de sus seguidores. Sus palabras estaban en todo el barrio, los murales gritándote en la calle, que Él era tu Señor y Salvador. Su espíritu se hallaba por todo El Barrio, pero no lo veía a Él viviendo entre nosotros. Uno no agarraría al Cristo de carne y hueso viviendo en nuestros ruinosos edificios.

—Por favor, ahora —dijo Roberto, alzando de nuevo la voz— acompáñenme con esta canción.

La congregación se levantó. Blanca tomó su pandereta. Alguien puso un disco en un viejo tocadiscos y la música comenzó a retumbar desde los altoparlantes. Cuatro hermanas se unieron a Roberto al frente del estrado, para batir palmas y golpear las panderetas. Era un privilegio alabar al Señor en el estrado, dirigir los cantos de la congregación. Antes de que se casara conmigo, Blanca era de las que subía al estrado, y todavía le dolía haber perdido semejante privilegio. Pero esa noche yo sabía que estaba feliz. Como al resto, las palabras de Roberto Vega la habían exaltado. Todos habían visto la venida del Señor. Vendría pronto, quizás esa misma noche. Roberto Vega les había dicho eso. El reino del Señor llegaría, y todos irían al cielo, al *penthouse* entre las nubes. Hasta entonces, tendrían que volver a casa, a las ratas y las cucarachas.

—Arrepiéntete, arrepiéntete. ¡Cristo salva! Arrepiéntete, arrepiéntete, Cristo salva —cantaron. Blanca, su pesado cuerpo, bebé y todo, se unió a la canción. Llenaba el recinto el ruido de pies golpeando el suelo, manos dando palmadas, panderetas agitándose, y el sollozo de hombres y mujeres. Familias enteras adoraban al Señor: pasillos llenos de esposos; esposas cerca del piano roto, bebés dormidos en sus brazos, como si los ángeles se hallaran cubriendo sus pequeñas orejas para que no se despertaran mientras todos alababan al Señor a todo volumen. «¡Hoy se ven todas las señales! ¡El fin está cerca, arrepiéntete, arrepiéntete, arrepiéntete, Cristo salva!»

Después, Roberto elevó una plegaria, y cuando terminó todos murmuraron «Amén». La iglesia ahora tenía los pies en el suelo. Todos habían vuelto a tierra, el Espíritu Santo había abandonado el lugar, y comenzaron conversaciones casuales. Blanca me abrazó.

—Me alegra tanto que hayas venido —dijo.

—Me alegra que estés alegre —repliqué. Por el rabillo del ojo vi a Roberto Vega unirse a sus padres y abrazarlos. Otros se acercaron a darle la mano, felicitándolo por sermón tan brillante.

—Así que tú eres Claudia. He oído cosas muy buenas de ti —dije en español a la hermana de fe de Blanca, pero ella no se dio cuenta de mi presencia. Sus ojos se hallaban todavía en Roberto Vega.

—Está enamorada de él —susurró Blanca mientras Claudia se dirigía hacia donde estaba Roberto. Él era el semental del Señor, rodeado por un enjambre de hermanas en Cristo; cada una de ellas deseaba ser su elegida.

—Vamos allá —Blanca tomó mi mano y me llevó hacia él. Yo estaba feliz de que nuestra pelea anterior pareciera haber sido olvidada.

—Fue hermoso. Como si el paraíso estuviera enfrente de mí —una adolescente le dijo a Roberto con excesiva efusión.

—Todos los elogios son para mi Señor, Jesucristo. Nosotros no somos más que un instrumento en sus manos —dijo Roberto modestamente. El sudor le chorreaba por la cara y su camisa estaba empapada. Su madre le agarraba la mano, su padre lucía orgulloso porque su familia había sido tocada por Dios.

—Cuando él sólo tenía nueve años —dijo su madre a los hermanos y hermanas que los rodeaban, Blanca y yo entre ellos—, recuerdo que estaba cocinando. Estaba preparando pasteles y Robertito entró a la cocina. Tenía la expresión más hermosa que se puedan imaginar. Su cara siempre fue linda, pero ese día era tan hermosa que supe que algo había ocurrido. Así que le pregunté…

—Mami, por favor, no otra vez… —protestó Robertito, medio en broma.

—Sólo una vez más, Robertito… Entró a la cocina —continuó ella—, y su cara ardía como fuego. Y dijo: «Mami, quiero ser bautizado». Yo le dije: «Eres muy joven para eso. Tienes que estudiar más la Biblia antes de que puedas tener un compromiso como ése». Pero su cara todavía ardía, y fue ahí que me dijo: «Mami, ayer por la noche, Él vino y me habló, Cristo me habló». Fue su cara la que me hizo creerle.

—Así que se puso a estudiar la Biblia —interrumpió su padre, para molestia de la mamá—, y fue bautizado cuando tenía nueve años.

—Y después —la mamá volvió a la carga—, después nos dijo que el Espíritu Santo le había dicho a su alma que había sido ungido.

Nadie lo puso en tela de juicio. Nadie dudó de ellos. ¿Quién lo haría, después de ese sermón? Yo no lo haría. Si el chico estaba yendo al cielo para reinar con Cristo, sólo esperaba que no olvidara a la gente común e intercediera por Blanca y por mí.

Claudia le extendió una mano nerviosa y se presentó. Él sonrió y le preguntó de dónde era. Blanca se entrometió e invitó a Roberto, a su familia y a Claudia a casa, para cenar. Yo sabía detrás de qué andaba. Por suerte, rechazaron cortésmente la oferta. Fue ahí que el Pastor Miguel Vásquez se nos acercó.

El pastor Vásquez tendría cerca de los sesenta años. Siempre llevaba trajes de poliéster, incluso en el verano. Era de Ponce pero había crecido en el barrio, y cuando daba sus sermones hacía hincapié en cómo Cristo lo había salvado de una vida de crímenes menores. Lo había visto en acción un par de veces, cuando su iglesia escogía una esquina y, usando la electricidad del poste de luz, conectaba un micrófono y algunas guitarras eléctricas y predicaba en el barrio hasta cansarse. Uno podía oírlos varias cuadras a la redonda. «¡Cristo salva! ¡Aleluya! ¡Ven regresa al Señor!» Repartían folletos y luego tocaban su salsa religiosa, con guitarras y panderetas y un equipo de tambores. Toda esa música de iglesia rebotaba en las paredes de nuestro edificio, dando vueltas por todo el barrio. Había visto a Blanca unirse a esas sesiones, pero yo siempre había evitado las esquinas elegidas.

—¡Julio, qué bueno verte, muchacho! —exclamó el pastor Vásquez. Siempre hablaba en español, aunque entendía y podía hablar en inglés cuando quería o lo necesitaba. Mis papás hacen lo mismo.

—Estoy tan ansioso de cenar con ustedes este viernes.

Apenas escuchó que el pastor Vásquez venía el viernes a cenar, la mamá de Roberto cambió de parecer y le dijo a Blanca:

—Por supuesto que cenaremos con ustedes, hermana Mercado —la cara de Claudia se iluminó.

Después, Blanca se aprovisionó de las tarjetas religiosas, folletos y volantes que distribuye cada sábado por la mañana. Luego se despidió con besos de la mitad de las mujeres de la congregación, de paso charlando un poco en el camino. Esperé con paciencia porque sabía lo mucho que esto significaba para ella. Finalmente, después de muchos adioses y de efusiones excesivas acerca de cuán brillante orador era el ungido de Dios, Blanca y yo salimos y caminamos a casa.

—Así que ése es Roberto Vega. Impresionante. Me pareció muy convincente.

—Deberías ver, a veces los hermanos vienen a oírlo hablar desde sitios tan lejanos como Nueva Jersey.

—Blanca —dije—, si sabes que Claudia está enamorada de Roberto, ¿por qué lo invitaste a la cena? Sólo tiene diecisiete, y Claudia aparenta de treinta, por lo menos.

—Veintisiete.

—Para una latina que no está casada, veintisiete es viejísima. Nadie querrá casarse con ella.

Okey, podía haberlo dicho de mejor manera. Esperé que apareciera la ira de Blanca. Acababa de hacer las paces con ella y ya comenzaba un nuevo lío. Pero Blanca no se enojó; de hecho, estuvo de acuerdo.

—Sí, ¿no es terrible, Julio? —me sorprendió su reacción— No es de nuestras mejores cualidades.

No estaba seguro si Blanca se refería a los latinos o a su iglesia.

—Es terrible que pensemos que una mujer soltera a los veintisiete ya está pasada. Deberías escuchar cómo la molestan algunas hermanas en la congregación. «¿Cuándo te casas, Claudia? ¿Cuándo tienes hijos? Ya no eres tan joven, Claudia, te vas a quedar jamona.» Tanta presión para la pobre chica. Mientras tanto, los hermanos solteros, jóvenes o viejos, quieren vírgenes de diecinueve. Es impresionante.

Comencé a reírme. Me gustaba que hablara mal de ellos.

—No te rías, Julio. Roberto Vega es diferente. Es verdad, todavía es joven, pero es tan maduro como un hombre de treinta. Y Claudia es la chica más espiritual de la congregación. Una vez que él vea eso, podría querer casarse con ella.

Me reía con más fuerza aún.

—¿Así que piensas, Blanca, que Roberto Vega va a renunciar a su status de celebridad en tu religión para ayudar a esta chica colombiana? Blanca, no seas monga…

Ella sabía que yo bromeaba a medias.

—¿Y? Podría ocurrir. Podría ocurrir. Si es la voluntad de Dios, ocurrirá —insistió, riendo a pesar de sí misma.

—Por supuesto que es la voluntad de Dios. Conozco a Dios. De mucho tiempo atrás—dije.

Blanca volvió los ojos hacia mí, me golpeó levemente en el estómago, y dijo: «estúpido». Luego dijo con firmeza:

—Bien, si Cristo quiere que ocurra, entonces ocurrirá.

Ella sabía que parte del atractivo de Roberto era que no sólo era joven y Elegido, sino también soltero. Si se casaba a los dieciocho, arruinaría todo. Pero no perdía las esperanzas.

Le di un beso fugaz en la frente. Me alegraba haber ido a la iglesia, porque la había hecho feliz. Esa noche, caminando a casa junto a Blanca, las calles me parecieron más limpias, el barrio más tranquilo, más gentil. Vimos a un chamaco pateando un zafacón más grande que él, gritando que era el Amo del Universo. ¿Qué hacía afuera tan tarde? Si hubiera sido una nena, apuesto que sus papás habrían estado más preocupados. Cuando hizo caer el zafacón y la basura se derramó sobre la calle, su mamá le gritó desde una ventana: «Mira, Junito, sube de inmediato, o te doy una pela». Nos reventamos de risa, luego comenzamos a hablar del bebé. De nombres de nuevo, y de la educación. Hablamos en un lenguaje afectado y ridículo muy nuestro. Pero todo eso se rompió cuando llegamos a la 109 y Tercera, a tres cuadras de casa.

—¡Chino! ¡Chino! ¡Blanca!

Un hombre que conocíamos vino corriendo hacia nosotros. Era Georgie *Vato*. Lo llamábamos así porque su nombre era George y era mexicano. Cuando éramos chamacos, la obra *Zoot Suit* era muy popular, y los personajes se llamaban «vato» entre ellos. El apodo se le quedó. Además, era un chamaco gordito, y lo molestábamos, burlándonos: «Georgie *Vato* comió sus tacos y luego a su gato». Él protestaba: «¡Man, no tengo gato!». Lo cual era lo más tonto que podía decir porque entonces nosotros respondíamos: «Exacto, porque te lo comiste».

Pero esa noche, su rostro estaba serio.

—¡Chino! ¡Blanca! ¡Su casa se está incendiando! —exclamó con urgencia— Los carros bomberos están allí todavía.

Blanca y yo nos miramos. En El Barrio uno siempre piensa que los carros bomberos se dirigen a la casa de los demás. Uno nunca piensa que es su propia casa la que se está incendiando, pero cuando eso ocurre, toda la dureza, la insensible tranquilidad ante los incendios y las sirenas desaparece. Uno pierde su inmunidad; la próxima vez que escuches una sirena en la noche, toca madera y comienza a rezar.

Corrimos a casa. A una cuadra de distancia, parecía como si estuvieran filmando una película. Las luces rojas destellaban. El resplandor entre rojo y naranja que rodeaba al edificio era surreal. La gente parecía como extras en escena cinematográfica, mirando en un grupo muy compacto desde el otro lado de la calle. Cada vez que el fuego consumía una nueva ventana, y el viento creaba bolas de fuego que volaban por el aire y se disolvían a medio camino, la gente que no vivía en el edificio gritaba «¡Olé! ¡Olé!». Vi a una mujer bajando por la escalera de escape de incendios con un balde de agua. Cuando llegó al piso del incendio, tiró el contenido por la ventana. Todos se rieron. «Oh, sí, seguro que eso ayudará.» Alguien dijo que el bombero que la estaba acompañando por la escalera de escape la había dejado hacer, porque de otro modo ella no iría con él. Cuando llegamos a nuestro lado de la calle, Blanca se me acercó y, temblando, ocultó su cara entre mis brazos. Cuando se alejó un poco de mí, vio a uno de nuestros vecinos.

—¿Estás bien? —preguntó Blanca.

—Estoy bien, todos salieron. Y tampoco teníamos mucho —respondió ella con algo de lágrimas, mientras sus niños se colgaban de sus piernas. No debió ser mucho, pensé, pero era de ella. Blanca, nerviosa, puso su mano en su estómago. Sabía que estaba agradeciendo al Señor que el incendio hubiera ocurrido mientras ella, el bebé y yo estábamos en la iglesia.

—Cristo salva, gracias al Señor. No es el fin del mundo.

Mientras veíamos que el fuego parecía no dejarse vencer por los bomberos y sus mangueras, nuestras caras carecían de expresión alguna. Sabía que Blanca sentía lo que sentíamos todos los que residíamos en ese edificio. Desplazados. Desorientados. Sin seguro, sin un lugar donde vivir, todo perdido.

Entonces algo ocurrió.

Alguien apareció. Alguien que parecía como salido del mismo incendio. Lentamente, como un espejismo de una tormenta de arena en el desierto, una figura emergió caminando hacia la gente. Fuimos distinguiendo a un hombre alto y elegante con sus brazos extendidos y un rostro de pura comprensión. Era Nazario. Cuando la gente lo vio, corrió hacia él. Todos querían tocarlo como si ello pudiera hacer que los ciegos vieran, los sordos escucharan y los mudos hablaran. Blanca y yo nos quedamos donde estábamos.

—¿Quién es? —preguntó Blanca.

—No lo sé —dije automáticamente, porque cuando nuestros ojos se encontraron, incluso a algunos pies a la distancia, los ojos de Nazario me dijeron todo lo que necesitaba saber.

Fischman era el responsable. El incendio era una venganza por lo de Salazar. La guerra se hallaba en plena marcha.

Sexto round

Después del incendio

Después de que el incendio fuera apagado, los inquilinos pudimos entrar a sacar lo que quedaba de nuestras pertenencias. El edificio estaba completamente empapado y las escaleras se habían convertido en pequeñas cascadas. Vidrios, muebles rotos, tazas, esmalte para uñas, ollas, cepillos, espejos, botellas, platos, alfombras, ropa —casi todo lo que se podía imaginar— flotaban en corrientes de agua de apartamentos que parecían como sótanos inundados. El ascensor no funcionaba y todas las ventanas estaban rotas. Los bomberos se habían abierto paso a hachazos, parecía que por todas las paredes y puertas, dejando el lugar como si una bomba hubiera explotado. El incendio había dejado el desagradable olor del humo estampado y sellado en todas las piezas de ropa que habían sobrevivido a las llamas.

Pronto, por el edificio corrió el rumor de que alguien había vertido gasolina por el conducto para la basura. Se había dejado caer un fósforo, y el fuego se había disparado directo al techo. Entre el daño causado por el fuego y el agua, no quedaba apartamento habitable. Nadie en su sano juicio podía haber pasado la noche en ese edificio.

Blanca y yo tratamos de rescatar lo que pudimos. Necesitábamos la sortija de Vera más que nunca. Y también necesitaba encontrar la caja de Apple Jacks con lo dejado por Sapo.

Mientras tanto, Nazario cumplía con su papel de manera maravillosa. Su rostro te hacía creer que su lugar era entre las ruinas. Nazario iba de apartamento en apartamento, reconfortando a los inquilinos: tendrían un lugar donde quedarse en el plazo de un mes. Yo le creía; Bodega tenía tres edificios en la 119 y Lexington, casi listos para ser habitados.

Siempre ataco a la gente de la iglesia de Blanca, pero muchos de ellos estuvieron allí esa noche, ayudándonos a trasladar nuestras cosas, todos chapoteando con el agua hasta el tobillo. Sin los hermanos y hermanas espirituales de Blanca, hubiéramos estado trasladando cosas toda la noche.

Había dejado la sortija en la parte superior del tocador, pero no estaba ahí. No había duda de que había caído como todo lo demás. Me incliné en busca de un reflejo de luz en el agua, y entonces la vi destellando como un pez dorado. Alargué la mano a través del agua, la agarré, y la puse en mi bolsillo. La caja de Apple Jacks era un problema, y comencé a asustarme un poco al ver que no la encontraba, pero luego la vi flotando, la caja de papel se disolvía como una galleta wafer. Saqué lo de Sapo y lo oculté en mi camisa.

Un poco después, en el vestíbulo, que parecía un escenario del purgatorio, Nazario reunió a la mayoría de los inquilinos. Habló con elocuencia acerca del orgullo latino, del sentido de comunidad y de la confianza. Comparó el incendio con una tragedia de esas que habían ocurrido en la Isla Madre o en otro de nuestros países latinos, en la que la más importante forma de ayuda la obtenía uno del vecino, no del gobierno.

—Tienen que aguantar. Ayudarse entre ustedes. ¡Somos boricuas, somos latinos! ¿De dónde tú eres? —preguntó a uno de los residentes.

—Mayagüez —respondió la mujer.

—Tengo una tía en Mayagüez. Ella me crió —continuó Nazario—. Éramos pobres, muy pobres. Lo único que tenía para jugar era un gato que se llamaba *Guayo*. Un gato decidido llamado *Guayo*, que se zambullía en el lago como un oso y emergía con un pescado en la boca.

La gente rió un poco.

—Odiaba meterse al lago, pero tenía que comer —la gente comprendió—. ¡Ustedes tienen que aguantar! Somos un pueblo, una isla, un continente latino.

Levantó su dedo índice en el aire.

—¡Un pueblo! ¡Un mes! ¡Aguanten por un mes!

Los inquilinos comenzaron a murmurar mostrando su acuerdo.

—Recuerden que fue Willie Bodega quien los protegió.

Blanca me miró como una estudiante que quiere hacerle una pregunta al profesor pero que sabe que la clase está a punto de terminar y la pregunta no será apreciada por sus compañeros, que se mueren por irse a casa. Nazario continuó:

—Y será Willie Bodega quien los proteja de nuevo. Cualquier hombre o mujer que crea en la comunidad y el orgullo será incluido en su amor por este barrio. Quédense con sus madres, sus hermanos, hermanas, amigos, curas, con cualquiera por un mes. Denle un mes a Bodega y él los protegerá.

Entonces, Nazario miró a Blanca, y dijo a los inquilinos que ella estaba embarazada y no podía esperar un mes. Le preguntó a Blanca si yo, parado detrás de ella, era su esposo. Blanca dijo que sí, casi en un susurro. Yo le seguí la corriente y le tomé los hombros. Blanca sabía que se trataba de una farsa. Ya sabía, podía verlo, que todo lo relacionado con Bodega traía problemas. Todavía no la habían convencido mis afirmaciones de ignorancia acerca de la muerte del periodista, y tan pronto como oyó a Nazario mencionar a Bodega sentí que ella estaba segura de que yo era una de las fichas de Bodega. Pero en ese momento no había tiempo para hacer preguntas. Ahora había cosas más importantes que hacer. Las preguntas vendrían después, y supe que tendría que tener unas respuestas del carajo.

En ese momento, la tragedia del incendio nos miraba a la cara. Nazario anunció que Bodega se haría cargo primero de las mujeres embarazadas y familias con sólo el padre o la madre, y que Blanca y yo seríamos relocalizados al día siguiente. Nadie pareció hacerse de problemas. Los otros inquilinos incluso dijeron que Blanca y yo nos lo merecíamos porque éramos buenos chicos. Pero yo sabía que Bodega no podía dejar sin casa a la sobrina de Vera, ni siquiera temporalmente.

Nazario entonces comenzó a circular, moviéndose de un lugar a otro como una pantera, asegurándose de que los inquilinos lo hubieran visto, mientras a la vez buscaba una oportunidad para hablar conmigo. El momento llegó cuando la mayoría de los inquilinos, pentecostales, católicos o lo que fuera, se juntaron para rezar en el vestíbulo. Nadie se dio cuenta de que no me uní a ellos. Quizás Blanca sí, pero ella ya sabía cuál era mi opinión al respecto.

—¿Fischman? —pregunté a Nazario cuando nos encontramos en el apartamento inundado de alguien que probablemente estaba rezando con los demás inquilinos.

—Tengo que pedirte algo —dijo Nazario.

—Dilo.

Yo mismo quería agarrar a Fischman. El cabrón pudo haber matado a mi esposa, que no tenía nada que ver con él o con Bodega. Me había empujado a un punto en el que yo podía alejarme por completo de la situación, o sumergirme en ella por completo. Decidí sumergirme.

—Quiero que mañana vengas conmigo a Queens.

—¿Qué hay en Queens?

—Tenemos que hablar con alguien. Y si algo me ocurre, quiero que esta persona que vamos a ver se familiarice con tu rostro para futura referencia. ¿Entiendes?

No entendí, pero de todos modos asentí.

Todo lo que entendí era que Bodega estaba en problemas. No con el departamento contra incendios, que sabría inmediatamente que se trataba de un incendio premeditado y lo desestimaría como otro caso más de piromanía en un barrio que hervía de pirómanos. Tampoco con los medios, que necesitaban del sensacionalismo, y como no habían ocurrido muertes sólo lo mencionaría al pasar, como una nota al pie de página en un libro de mil páginas. La Agencia Harry Goldstein recibiría escasa atención; era la única cosa, además de que no había habido muertos, que Bodega tenía a su favor. De lo que Bodega tenía que preocuparse era de que el Pez de Loisiada provocara una marejada.

—¿Dónde está Bodega? —pregunté a Nazario.

—Vera —fue lo único que dijo.

Iba a preguntar algo más cuando escuchamos a los inquilinos decir amén en un coro de esperanza, y luego comenzar a dispersarse.

—Le pediré a alguien que te recoja mañana, después de que te hayas mudado —dijo Nazario y se fue.

Esa noche Blanca y yo dormimos en casa de su mamá. Blanca estaba demasiado cansada como para hacer preguntas y se fue directo a la cama, sabiendo que necesitaríamos descansar, pues al día siguiente nos mudaríamos de nuevo.

Séptimo round

Regando su árbol de durazno

Blanca y yo faltamos al trabajo para poder mudarnos. Bodega nos envió a alguien con el contrato de arriendo. Quizás era la inmediatez de la situación o quizás ella estaba muy cansada, lo cierto es que Blanca no hizo preguntas. Firmamos el contrato, después conseguimos que familiares y amigos nos ayudaran a empacar y a mudarnos a un apartamento de dos habitaciones, a dos edificios del anterior, en la misma cuadra. Bodega tenía una hermosa hilera de cinco edificios recién restaurados, y ahora el del medio lucía como un diente que faltaba en la sonrisa de una mujer bonita.

Mientras iba hacia la U-Haul a sacar una alfombra y llevarla arriba, escuché una voz familiar.

—¡Oye, nene sin casa! Espero que te hayas metido entre las llamas para rescatar lo mío.

Era Sapo en su familiar BMW negro, yendo de un lado a otro, recaudando dinero de los lugares de apuestas y las *crack houses* de Bodega.

—¿Dónde has estado, bro? Con tanta paz por aquí, pensé que te habías muerto.

Estaba feliz de verlo. Sea lo que fuera, Sapo nunca me había hecho daño. Más bien, siempre había estado cerca cuando necesitaba alguien que me cubriera las espaldas.

—Entra —Me abrió la puerta con su sonrisa de Sapo.

—No puedo. Estoy a media mudanza, bro.

—Qué pena. Nazario me envió por ti.

—No puedo irme así nomás. Tengo cosas que trasladar, bro —dije. Sapo agarró el teléfono del carro. Esperé. Sapo discó, y después de unos cuantos ajás y sis colgó.

—Tienes dos minutos para excusarte con tu aleluya mujercita y tus amigos aleluyas, porque tú te vienes conmigo, bro —dijo.

—No puedo ir contigo, bro. Tengo que terminar algunas cosas.

—Tú te vienes, Chino. He hecho un montón de cosas, pero nunca he secuestrado a nadie. Pero lo haré si tengo que hacerlo, porque era Nazario al teléfono.

Tenía que ir. Así que le dije a uno de los amigos de la iglesia de Blanca, Wilfredo Reyes, que había olvidado algo importante en otro rumbo de la ciudad y que tenía que recogerlo. Él sólo sonrió y me dijo que no me preocupara, pero me sentí muy mal porque no estaba dando una mano mientras ellos se partían la espalda cargando mis cosas. Pero tenía que ir, así que partí con Sapo.

—¿Adónde vamos?

—*Pa* viejo.

—Man, eso no es original. Nunca te repitas.

—Te escucho. Bueno, ésta es la vaina. Nazario y tú van a hablar con italianos en Queens.

—¿De qué?

—¿Qué, crees que soy Walter Mercado? Yo no sé *fucken* nada de nada.

—Oye, Sapo —dije a media voz—, ¿mataste tú a Salazar? ¿Mataste tú a ese periodista?

—No.

—Vete al carajo. ¿Por qué me mientes, bro?

—Está bien, te lo diré. Yo no maté al hijo de puta.

—Sí, ¿entonces cómo diablos explicas tú que le faltara un pedazo de su hombro?

—No dije que no lo mordí. Yo los muerdo pero no los mato.

—¿Entonces quién lo hizo?

—¿Tengo bigotes? ¿Cola? ¿Me ves que coma queso o que tenga cara de rata?

—Está bien. Pero estuviste allí, bro, eres culpable por asociación. Te pueden agarrar por eso.

—No agarrarán a nadie —dijo, apretando los frenos de repente. Mi cuerpo se inclinó hacia adelante. Sabía que a Sapo no le gustaba que le hiciera preguntas respecto a ese tema. Me estaba diciendo que retrocediera. No lo hice.

—Man, le pregunté al mismo Bodega. Me dijo que tú mataste a Salazar.

—Bodega no estaba allí, ¿cómo podría saberlo? —movió la palanca de cambios con violencia y apretó los dientes.

—Pero él te envió, ¿cierto?

—Fue Nazario. Pero Bodega dio el visto bueno. Y yo no maté al cabrón.

—¿Entonces dónde estabas, bro?

—Sabes, Chino, nunca se me ocurrió que estuvieras sentado en un fracatán de información. No es un buen lugar para sentarse, ¿entiendes a lo que me refiero, papi? Si yo fuera tú, me sentaría en algún otro sitio.

Ahora él estaba hablando muy en serio, y retrocedí.

Habíamos llegado a la 116 y Primera. Sapo estacionó en doble fila.

—Ven conmigo, bro. Sólo tomará un minuto.

Salimos del carro y entramos a un edificio abandonado, propiedad del ayuntamiento. Esos edificios eran perfectos para *crack houses* y lugares de apuesta. La electricidad se la sacaba fácilmente de un enchufe en el poste de luz del edificio más cercano (por el techo). Las ventanas que daban a la calle estaban cubiertas con madera terciada y sólo el primer piso estaba restaurado, como si el incendio que había vaciado el edificio no hubiera tocado ese piso. Se establecía un negocio falso, una dulcería, una revistería o una floristería. Cuando los policías hacían la redada, ya Bodega había hecho un buen dinero y no se le podía seguir el rastro porque nunca había sido dueño del edificio, el propietario era el ayuntamiento de Nueva York. Todos los que eran arrestados y que trabajaban para Bodega tenían a Nazario y su grupo cubriéndoles las espaldas en la corte.

Este lugar de apuestas se hacía pasar por una dulcería. Había algunos paquines, algunos chupetes, chicle, frascos de dulces y una máquina para jugar Pac-Man. Cuando Sapo entró, el tipo sentado detrás del mostrador se levantó rápidamente, como si estuviera en las fuerzas armadas o algo así. Luego se relajó cuando Sapo chocó sus cinco y ambos se rieron. Fueron a la parte trasera y me dejaron con dos tipos que jugaban Pac-Man y hablaban de otro tipo de la época de oro.

Uno de ellos golpeó a la máquina como si fuera su culpa que hubiera perdido su turno. «¡Ese *fucken* fantasma rojo me agarró! Frankie, tu turno.» Le dio campo para que Frankie tuviera su turno con la palanca de mando. La música de los pequeños puntos al ser comidos y los fantasmas que perseguían al sonriente dibujo animado amarillo era el único ruido en la dulcería. Los niños no iban allí a comprar dulces,

ellos sabían perfectamente que no era una dulcería.
Y los números para el día ya habían salido, así que ya
no era hora de apuestas. Era una tienda fea y desola-
da, con pósters de superhéroes de Marvel pegados en
las paredes, donde lo único que uno escuchaba eran
relatos de cosas que podían haber ocurrido.

—Entonces, Ángel, ¿qué pasó con el comemierda ese? —preguntó Frankie mientras jugaba.

—Muerto —dijo Ángel.

—¿Cómo murió?

—Esa vaina fue una vergüenza.

Pero antes de que pudiera enterarme de los de-
talles del destino de Ángel, Sapo regresó con una bolsa
de papel en la mano, y partimos. Ya en el carro, sacó
una mochila que había ocultado bajo el asiento. Metió la bolsa dentro de la mochila, que estaba llena de
otras bolsas de papel arrugadas. Partimos.

—Pensé que me llevabas donde Nazario. ¿Qué
es esto de recaudar?

—Era el último, no te me rayes.

Giró por la Primera Avenida y nos dirigimos
hacia el norte.

—Estaba con esta chica blanca anoche, y sí son
buenas en la cama pero dicen cosas estúpidas. Las
chicas hispanas gimen «Ayy papi, ayy papi». Eso me
gusta. Pero las blancas dicen cosas como «Oh, God,
oh God», o mierda como «Oh yes, oh yes». Prefiero
que en la cama me digan papi no Dios.

—Dicho como un verdadero existencialista
—dije.

—Está bien, bro, usa tus palabras aprendidas
en la universidad, llámame un *fucken* extraterrestre,
pero sé que me entiendes. Me refiero a que, sé que te
gustan las blanquitas. Siempre te gustaron. Odias
admitirlo, pero siempre supe que te gustaron.

—Blanca es latina, bro.

—Sí, es verdad, pero la llaman Blanca. ¿Por qué? Porque si bien podría ser hispana, es una hispana blanca…

—¿Qué estás queriendo decir, Sapo, que no me gustan nuestras mujeres?

No, sólo te estoy diciendo que no te gustan nuestras mujeres. Al carajo, al que le caiga el guante que se lo aguante…

—¿Por qué vienes a decirme eso? ¿Tienes algo contra mi preferencia de color de piel?

—Lo único que digo es que si Blanca no fuera blanca, nunca te habrías casado con ella.

—Bro, ¿te has quedado despierto toda la noche para llegar a esa conclusión? O como Bodega, has estado viendo en la tele *fucken* shows de psicología. Qué mierdas.

—Admítelo, Chino, tú tienes complejos. Los tienes con gente de tu clase en la cama.

—Por favor, no tengo complejos con mujeres latinas.

—Hey, hombre, no estoy tratando de enfurecerte. Tu problema, Chino, es que eres como una afeitadora Schick, eres ultrasensible. Pero tú eres mi pana, y desde hace mucho.

Sapo dejó de hablar cuando llegamos a la 125. Estacionó contra un Mercedes negro,

—¿Ves ese carro? —señaló Sapo—. Nazario está en él. Te veré después. Y quiero la vaina que me guardaste. Todavía la tienes, ¿no?

—Sí, la tengo —salí del carro —. Feliz de verte, bro.

—Ajá, ajá, mejor que tengas mi mierda —dijo, y partió de prisa.

Caminé hacia el Mercedes y el chofer me abrió la puerta. Entré. El aire acondicionado estaba a toda potencia y el carro se congelaba. Estábamos en primavera y el día estaba fresco. No había razón para el aire acondicionado. Nazario tenía algunas notas sobre las piernas y un traje colgaba a su lado.

—Me alegra verte.

Me apretó la mano. La suya estaba tibia, no sabía cómo. Me dio el traje.

—Entra a ese edificio —dijo señalándomelo—. Toca en el 1B. Una anciana llamada doña Flores abrirá la puerta. Te dejará tomar un baño y cambiarte la ropa. Y no te olvides de afeitarte. Por favor, Julio, no te demores.

Lo dijo de manera agradable.

—Cinco minutos —dije, e hice lo que me había dicho que hiciera.

Mientras cruzábamos el puente Triborough rumbo a Queens, Nazario se mantuvo en silencio, estudiando su agenda y a ratos tomando notas en ésta. Yo no hablé y no le hice saber que tenía frío. Me dediqué a mirar por la ventana.

Cuando llegamos a Queens me sentí más alto. Manhattan te vuelve humilde. Cuando camino por Manhattan, muchas veces me siento como que estoy entre las gigantescas secuoyas en los Redwoods de California. Todo está tan sobre ti, es tan grande e intimidatorio. Pero en Queens los edificios son hogares pequeños, la mayoría privados, y los que no lo son tienen apenas unos cuantos pisos. En Queens uno es Gulliver entre los liliputienses.

Cuando llegamos a Rego Park, el chofer se detuvo y estacionó frente a una casa de dos pisos. Nazario cerró su agenda y por fin me habló.

—Tú tranquilo y deja que yo hable. La vaina es sencilla, sólo tienes que hacerme parecer más importante de lo que soy.

Salimos. Fue bueno sentir algo de calor.

Un robusto italiano abrió la puerta y nos condujo adentro. Después de sentarnos, dijo que un tal señor Cavalleri estaría en un minuto con nosotros, que él se encontraba en el jardín. La casa era fea y estaba llena de muebles baratos y cuadros aún más baratos de caballos y santos. Esperamos y esperamos. Nazario no me dijo nada, ni yo a él. Esperamos durante casi dos horas. No dije ni pregunté nada. Nazario simplemente miró hacia adelante como si estuviera manejando en la quinta hora de un viaje de doce. La casa se hallaba en silencio, como si Nazario y yo fuéramos los únicos en ella. Finalmente, el mismo hombre regresó y pidió disculpas por la espera.

—Lo siento, amigos. ¿Se les hizo larga la espera?

—Para nada —dijo Nazario con calma.

El hombre nos condujo por la casa hacia el jardín. Allí, se sentó en una silla en la sombra, sus ojos puestos en un anciano con suéter que estaba regando un árbol de durazno. Nazario no se movió hasta que el anciano lo llamó, y entonces dio los dos pasos hacia él.

—Señor Cavalleri, fue muy generoso de su parte, usted que es un hombre tan ocupado, hacerse tiempo para vernos cuando se lo pedimos con tan poca anticipación. No lo insultaré resumiendo lo que usted ya sabe. Mi socio, William Irizarry, nos pidió que lo viéramos.

Nazario se detuvo como si hubiera hablado demasiado. Esperó. El anciano continuó regando el árbol. Luego apagó el agua y levantó su mano para acariciar las hojas húmedas. Movió levemente sus ojos y la cabeza hacia Nazario, que comenzó de nuevo a hablar.

—Sabemos que usted ha trabajado muy bien con Aaron Fischman en el pasado. Sabemos que él ha hecho mucho dinero para usted. Que mi socio y yo actuemos sin consultar con usted sería una tontería.

Se detuvo. Cavalleri movió su cabeza levemente, esta vez con un poco más de energía, un movimiento de conformidad. Entonces Nazario comenzó a hablar de nuevo.

—Lo que ha ocurrido entre William Irizarry y Aaron Fischman no debería tener nada que ver con usted o con su muy respetado nombre. Esto es estrictamente entre mi socio y Aaron Fischman. Estoy aquí para cerciorarme de que usted, señor Cavalleri, y Aaron Fischman no tienen futuros planes juntos que puedan dañarlo a usted o a su nombre si es que algo le ocurriera a Aaron Fischman.

Nazario se detuvo y espero el movimiento de conformidad para continuar.

—Pero si usted tiene negocios planeados con Aaron Fischman, mi socio lo compensará por cualquier pérdida.

Nazario y yo esperamos al viejo italiano.

—Dile a este… —dijo Cavalleri finalmente, en voz baja y grave.

—Señor William Irizarry —respondió Nazario.

—¿Qué es lo que tiene en caso de que yo tenga algo planeado con Aaron Fischman en el futuro?

—El señor Irizarry sabe que usted es uno de los últimos de los grandes de la vieja guardia. Sabe que usted cree en las leyes y que recuerda con cariño sus días de juventud en el viejo barrio.

Cavalleri hizo un leve movimiento con sus dedos, un gesto para que Nazario se le acercara más. Yo me quedé en mi lugar. Nazario comenzó a hablar de nuevo.

—Cuando usted era joven, East Harlem le pertenecía. De hecho, había dos *little* Italias, una en el bajo Manhattan y otra en East Harlem. Cuando sus huesos tenían calcio a montones, señor Cavalleri, recuerde que la 116 y Primera era llamada Esquina de la Suerte porque era la última parada de todos los políticos antes de una elección. Sabían quién tenía poder en la ciudad y quién los había financiado. Gente como Vito Marcantonio y Fiorello La Guardia venían a presentar sus respetos a los hombres que los habían puesto en sus cargos antes de que los votos hubieran sido contados siquiera. Hombres como usted, señor Cavalleri.

El anciano miró al suelo que alimentaba a su árbol de durazno. Miró los charcos que había hecho y pensó en lo que decía Nazario.

—Y a lo largo de los años todo eso se ha perdido. El único bastión que le queda es alrededor de la avenida Pleasant. Lo que William Irizarry le puede ofrecer es su amistad y la promesa de que nada le ocurrirá a ese último remanente del East Harlem italiano. Será sagrado. Tiene su palabra de que nadie lo dañará.

Al escuchar eso, Cavalleri miró a otro lado. Nazario había cometido un error.

—Dile a tu…

—William Irizarry.

—Dile que no necesitamos su protección en la avenida Pleasant. Dile que fue muy presuntuoso de su parte pensar que sí.

Nazario esperó unos segundos, y justo cuando estaba a punto de disculparse el anciano levantó su mano para indicar que todavía no había terminado.

—La vieja época se terminó; lo entiendo. Ya no somos dueños de lo que solíamos ser. Hay tantos grupos ahora. Como las Naciones Unidas —hizo una pausa, luego miró de nuevo a Nazario—. He oído acerca de lo que está ocurriendo en mi viejo barrio. Sólo he oído cosas buenas de este, este…

—William Irizarry.

—He oído que no le vende a los niños y he oído que está reconstruyendo todo el lugar. He oído que tiene ideas locas para pagar por la educación de la gente. Todo un personaje. Maneja programas de desintoxicación en los sótanos de sus edificios, y al mismo tiempo vende drogas en la calle.

—Mi socio piensa que todo el que le hace debería tener una chance para librarse de ella. Pero todos son libres para decidir…

Cavalleri levantó de nuevo la mano. Había escuchado lo suficiente. Nazario se calló.

—Soy un hombre viejo, sé de qué se trata. No necesito discursos —su cara era un nudo apretado de irritación—. Personalmente, odio las drogas. Demasiado riesgo, pero más riesgo significa más dinero. Dile a este…

—William Irizarry.

—Dile que he cortado todos mis lazos con ese judío. Dile que estoy viejo y ya no me importa quién termina ganando.

El anciano giró hacia su árbol de durazno. Nazario inclinó levemente la cabeza, y justo cuando estábamos a punto de virarnos e irnos, Cavalleri habló de nuevo.

—Pero dile a este…

—William Irizarry —Nazario lo repitió sin muestra alguna de irritación.

—Dile que si termina ganando, podría trabajar con un *spic* como él. Uno que cree en la vieja época y respeta las reglas. Fue inteligente de su parte verme antes de cualquier reacción. Demuestra que es capaz de pensar. Dile a este…

Justo cuando Nazario iba a repetir el nombre de Bodega, el anciano levantó su mano para detenerlo.

—Dile a este William Irizarry que si termina ganando, de ahora en adelante recordaré su nombre.

Octavo round

**Mientras nos matemos entre
latinos, seremos gente menuda**

De regreso a Manhattan, Nazario hizo una llamada.

—Asegúrate de tener todos los logos —dijo—.
No importa. Simplemente consíguelos y después llámame. Consigue las esquinas también.

Hizo una pausa y frunció el entrecejo, como si
la persona con la que hablaba estuviera frente a él.

—¿Alguna novedad sobre el edificio? ¿No?
Muy bien —marcó otro número—. Localiza a Nene
y llámame.

Luego le dijo al chofer que apagara el aire acondicionado. Imagino que después de la entrevista ya
no necesitaba estar tan fresco, podía sudar si quería.
Volvió a marcar.

—Viene pasado mañana, por la tarde. ¿Tienes
el número de vuelo? Bien. Enviaré a alguien para que
lo recoja.

Era una victoria para Nazario y Bodega que
ese capo italiano les hubiera dicho que no se metería con ellos, pero para Nazario eso era sólo uno de
los muchos obstáculos que él y Bodega tenían que
superar.

No hubo respuesta del último número que
marcó. Me di cuenta que estaba llamando a Bodega.
Debe haber estado muy ocupado con Vera como para
responder. Pero Nazario no maldijo por lo bajo, simplemente cerró los ojos y suspiró.

—Las buenas noticias —dije alegremente a Nazario— pueden esperar.

—¿Crees que éstas son buenas noticias, Julio? —dijo, los ojos aún cerrados. Me quedé en silencio— ¿No viste cómo carajos fuimos humillados?

Nunca había visto realmente furioso a Nazario. Sus emociones estaban siempre bajo control. Verlo enojado ahora me indicaba que las cosas no andaban del todo bien.

—¿No viste cómo nos hizo esperar? ¿Cómo controló todo?

—¿Necesitabas un favor de él, verdad? —dije después de unos segundos de silencio. Nazario miraba por la ventana.

—Es malo tener que eliminar a alguien. Especialmente si es de los tuyos —supuse que se refería a Salazar.

—Salazar jugaba sucio, ¿no?

—Sí, pero —sus ojos abandonaron la ventana y me miraron fijamente— mientras nos matemos entre latinos —suspiró—, seremos gente menuda.

De nuevo hubo silencio. Los ojos de Nazario regresaron a la ventana.

—Nazario, tengo algo que preguntarte —dije, rompiendo el silencio—. ¿Prometes no actuar como abogado y responderme con franqueza?

—No te prometo nada —sonrió ligeramente—, pero no tengas miedo de preguntar. —¿Por qué estoy aquí? Aquí, contigo, hoy. No represento ninguna ventaja sobre nada ni nadie…

Me paró en seco.

—¿Quién dice eso? Ésa es la mentalidad que estoy tratando de cambiar, Julio. Me di cuenta de ti desde lejos. Sé lo que puedes llegar a ser. Lo que podrías traernos a nosotros.

—¿Nosotros? ¿Quién carajos es nosotros?

—Nosotros, hombre —dijo, algo molesto—. Nosotros, latinos, el barrio, ¿quién más? Queremos que entres al programa, dejes ese trabajo tuyo en el supermercado y te concentres en los estudios.

Yo estaba seguro que nunca haría eso. Si iba a terminar mis estudios, sería por mi propio esfuerzo.

—Estamos tratando de hacer una obra.

—¿Por medio del crimen?

—Haciendo uso de todos los recursos a nuestra disposición —se enderezó en su asiento. Cuando habló, su voz era fría—. Detrás de cualquier gran riqueza, Julio, hay un gran crimen. ¿Sabes quién dijo eso?

No lo sabía.

—Balzac.

—¿Balzac? ¿El escritor?

—Mira a tu alrededor, Julio. Cada vez que alguien logra un millón de dólares, aniquila una parte del mundo. Esa parte hemos sido nosotros desde hace mucho tiempo, y lo seguiremos siendo a menos que demos batalla. Llegará el día en que, tal como los blancos, nosotros también robemos con sólo firmar los papeles indicados.

—¿Y todo será legal?

—Correcto. Pero al principio, uno tiene que hacer ciertas cosas. ¿O piensas que todo nace de la nada? América es una gran nación, no tengo dudas de eso, pero en su infancia tuvo que dar ciertos pasos sospechosos para convertirse en algo grande. El Destino Manifiesto es, simplemente, otro nombre del genocidio. Pero ahora, Julio, cuando vas hacia el oeste… —Nazario miró hacia mi lado e hizo una pausa, sus ojos enfocados en ninguna parte —. ¿Alguna vez has estado allá, Julio?

—No, nunca en el oeste —él debía saber eso.

—Es hermoso, Julio. El desierto rojo y anaranjado, las colinas, todo ese espacio, las Rocallosas, la fauna. Cuando veas eso, entonces comprenderás por qué los americanos lo querían y lo llamaron Destino Manifiesto en vez de lo que realmente fue, un robo.

Volvió a mirar por las ventanas. No había dicho nada nuevo para mí, pero aun así me sentí como un actor que olvida sus líneas porque está preocupado por el público. Ése fue siempre mi problema; quería estar en el escenario, cerca de la acción, pero sin tener que decir ninguna línea. A diferencia de Bodega y el resto, nunca tuve los cojones para mantenerme en una gran escena, mucho menos un show entero.

Pero me había comenzado a preguntar si Nazario y Bodega estaban en lo cierto todo el tiempo. Me refiero a que, en los buenos momentos, lo que estaba aprendido en la universidad me entusiasmaba de un modo en que no lo hacía la calle con sus reglas erráticas y mezquinas. Quería pensar que era mi familia la que me había alejado de ese mundo de la calle en torno al cual Sapo había hecho su vida, pero no era así. Me había registrado en la universidad pensando en otras formas de ascender, formas que no hacían daño a nadie y no eran tan peligrosas. Graduarme, conseguir un buen trabajo, ahorrar, comprar una casa —pero todas esas formas eran lentas. Y, como las de Nazario y Bodega, no tenían garantías de éxito sólo porque fueran legales. También representaban apuestas, golpes de dados.

Nazario y Bodega se referían a otra cosa. A cómo la vida nace del caos y las explosiones. Al Big Bang. Ellos hablaban de comenzar como una basura de lo más bajo y transformarse en oro. Nazario y Bodega lo veían como un todo o nada. Uno no podía tener cambio sin evolución, y algunas personas podrían salir lastimadas y se extinguirían en el proceso, debido a que no se podrían adaptar. El estilo de Nazario y Bodega tenía sentido para mí. Pero también lo tenía el mío y el de Blanca, y en momentos tensos no sabía quién tenía más razón o dónde debía poner mis lealtades.

—Mañana —Nazario tragó saliva—. Mañana aparecerá en *El Diario* que Salazar era un periodista comprado —tomó aire profundamente y se aflojó la corbata—. Una vez que se sepa que Salazar era de los sucios, esperemos que nadie más se preocupe del tema.

Eso ya había comenzado. *El Diario* era el único periódico que todavía seguía cubriendo la investigación del asesinato.

Nazario sacó su agenda y comenzó a anotar algunos números. Parecía bueno para sumar y restar con rapidez y sin una calculadora. Sólo se movían sus labios, como si estuviera rezando. Lo dejé solo. Iba oscureciendo y el puente de la calle 59 se hallaba adelante. Manhattan, de noche, vista desde los puentes que la rodean, es Oz, Camelot, o El Dorado, llena de color y magia. Lo que los edificios y luces no dejan ver es que allí yace oculto el Spanish Harlem, un barrio bajo que ha ido pasando de inmigrante a inmigrante, como la ropa vieja que se usa una y otra vez, cosida y recosida por diferentes grupos étnicos que continúan pasándola. Una paradoja de crimen y bondad. Se había desarrollado en la isla espontáneamente, accesible para todos. East Harlem no tenía qué hacer en esta ciudad rica, pero allí estaba, lleno de promesas rotas de una vida mejor, que databan de décadas atrás cuando muchos puertorriqueños y latinos reunían sus bolsas y llevaban sus sueños en las espaldas y llegaban a América, el país de Dios. Pero ellos nunca verían el rostro de Dios. Como todos los dueños de los barrios bajos, Dios vivía en los suburbios.

Mientras el carro aceleraba sobre el puente, miraba hacia abajo en el East River. Me imaginé a los exploradores arribando a las costas en sus barcos y haciendo tratos con los verdaderos nativos de Nueva York, los indios. Un robo de veinticuatro dólares, me dije a mí mismo. Bodega y Nazario estaban simplemente invirtiendo los roles. Estaban comprando de nuevo la isla al mismo precio de ganga. Lo estaban haciendo mientras seguía barata. El Barrio, decrépito y abandonado, sólo esperaba que ellos se lo llevaran. East Harlem era una pieza fea de bienes raíces que nadie quería. Nadie, excepto Bodega y Nazario, que amaban ese cansado pedazo de tierra cerca del East River. Ellos lo reconstruirían, volverían a pintar y mirarían mientras otros daban un paso atrás, lo miraban y se mesaban los pelos, consternados. «Éste fue siempre un lugar hermoso. ¿Por qué no pudimos ver eso antes?»

Cuando estábamos de vuelta en el barrio, Nazario dijo que hablaría conmigo otro rato y que me quedara con el traje, y con los ojos, oídos y la mente abiertos. Estaba feliz, pero preocupado por Blanca. Debe estar que echa humo, pensé. Blanca haría un millón de preguntas; subí preparado para otro enfrentamiento.

Cuando llegué a nuestro piso y entré a nuestro nuevo hogar, el segundo en un mes, me bajoneó verlo lleno de cajas. Todas nuestras cosas estaban muy desordenadas, fuera de lugar, aunque el teléfono estaba conectado. Caminé hacia la habitación. Podía oír risas y pequeños gritos de «Gloria a Dios». Cuando entré, Blanca estaba sentada en la cama. Roberto Vega y Claudia estaban parados, agarrándose las manos. Cerca a ellos había valijas y bolsones. Cuando me vieron, se hizo el silencio en la habitación. Blanca sonrió y se levantó cuidadosamente, y yo la abracé, sin saber qué hacían allí Roberto y Claudia. En cierto modo me alegraba que estuvieran, porque sabía que Blanca nunca discutiría o me llenaría de preguntas frente a ellos.

—¿Comiste, Julio? —preguntó.

—No, sólo estoy cansado —dije.

—¿Adónde tú fuiste? —preguntó—. Todavía teníamos que trasladar un par de cosas.

—Como le dije a Wilfredo Reyes, tenía que recoger algo que había olvidado.

—Oh —dijo, frunciendo el ceño—. El hermano Reyes debió haber olvidado decírmelo.

Blanca luego miró a Roberto y a Claudia.

—¡Puedes tú creer esto, Julio, que se han estado viendo en secreto todo este tiempo y ahora quieren fugarse!

Los felicité, dándoles la mano y diciéndoles que era excelente. Roberto y Claudia parecían felices pero también algo aturdidos.

—Gracias —dijo Roberto—. La hermana Mercado ha sido siempre una buena amiga de Claudia y queríamos saber si ustedes nos podían prestar algo de dinero.

—Seguro —tenía en mente la sortija de diamantes de Vera. Podían llegar lejos con él.

—Me alegro por ellos —interrumpió Blanca—, pero no deberían casarse sin más.

—Blanca, déjalos hacer lo que quieran —dije. Miré a Roberto y de la manera más casual posible le pregunté—. Has terminado la escuela, ¿verdad?

—Sí, cuando tenía dieciséis —debió haberse saltado un curso.

—Bien, y tienes un lugar donde vivir, ¿verdad?

—Sí, tengo un hermano en Chicago. Nos casaremos y nos quedaremos con él hasta que consiga un trabajo y Claudia consiga sus papeles y pueda también buscar trabajo.

—Mira, Blanca, démosles lo que podamos —diamante incluido— y déjalos ir a Chicago.

Creía que Roberto era un chico inteligente. Aparte, si él era realmente un ungido por Dios, entonces Dios lo protegía, y si no lo era, aún así sus planes eran muy razonables. Él no hablaba de que el amor lo conquistaba todo. De que el amor era todo lo que uno necesitaba. Roberto hablaba de pagar el alquiler. Eso me hizo saber que era, como Blanca me lo había dicho, un adulto. Roberto y Claudia probablemente tenían ahorrado algo de dinero y ahora hacían lo correcto, tratar de conseguir más. No tenía ningún problema al respecto.

Blanca estaba encantada: la chica con menos probabilidades de ser elegida lo había sido. Era de nuevo como la historia de Esther. Lo que molestaba a Blanca era la perturbación que traería a la paz espiritual de la congregación. El chisme y la confusión que crearían al hacer esto en secreto.

—Claudia —dijo Blanca—, sabes que tus hermanas te odiarán. Te acusarán de corrupción. La mamá de Roberto te odiará.

—Ella ya me odia. Pero no hice nada malo, Roberto está enamorado de mí, y yo lo amo.

No había lágrimas en Claudia. Estaba preocupada pero feliz.

—Claudia no hizo nada malo —intervino Roberto.

—Roberto, se supone que tú tienes que ser un ejemplo. Más que un ejemplo, ¿y qué con tu mamá? —le dijo Blanca—. Tu fuga la matará. Anda y dile que te enamoraste de Claudia y que quieres casarte con ella. Deja que todos conozcan la verdad. Si la oyen de boca de otro, entonces se harán la burla de ti.

Eso me puso incómodo. Sin saberlo, Blanca me estaba hablando de Bodega. De las cosas que no le había dicho a ella. Cosas que esperaba no oyera de la boca de otro, de la de Negra o de la de cualquiera.

—Roberto, tienes que decirle a tu mamá. Esto de fugarse está mal.

—Mi mamá no lo entenderá —dijo Roberto. Claudia sostuvo su mano y asintió mostrando su acuerdo.

—Blanca —dije, algo molesto—, deja que se vayan. Podemos prestarles al menos trescien…

—No, Julio, es un error —me dijo bruscamente. Luego miró a Roberto—. Es un error, Roberto, anda donde tu mamá y dile, por favor.

—Blanca, deja que se vayan.

Suspiré. Estaba listo para asaltar un cajero automático. Pensaba que era excelente. Y estaba feliz de que en algún lugar de este barrio la gente joven todavía fuera capaz de enamorarse. Por supuesto que eran capaces. La gente siempre se está enamorando, pero a veces era fácil olvidarme de eso porque a pesar de que todavía amaba a Blanca, no era lo mismo que antes de casarnos, cuando nada parecía imposible e incluso su religión no era un obstáculo.

—Gracias, hermano Mercado.

—Está bien, está bien —dijo Blanca—. Por favor, dile a tu mamá que te vas a casar con Claudia. Si lo desaprueba, entonces te puedes ir.

—Blanca, déjalos irse —dije —. Tienes donde quedarte en Chicago, ¿verdad, Roberto?

Se lo volví a preguntar. Blanca saltó:

—¿Sabes tú quién es este hermano mayor en Chicago, Julio?

Me encogí de hombros.

—Un hermano es un hermano, ¿cierto?

—Bien, eso es lo que tú piensas. ¿Te acuerdas de Googie Vega? —Blanca frunció los labios y movió su cabeza de un lado a otro—. Roberto es su hermano menor.

Todos habían llegado a conocer a Googie Vega. Alguna vez había sido un buen pentecostal. Se lo veía por todo el barrio predicando y jugando *handball*. Ésas eran sus pasiones, Cristo y una rosada Spalding de goma. Era un tipo alto y buen mozo y, como su hermano menor, muy popular. Googie era algo mayor que nosotros. Había ido al colegio con Negra, y ella siempre estaba hablando de tirárselo y cosas por el estilo. Le gustaba a muchas chicas. Era común escucharlas decir, cuando veían a Googie predicando con sus hermanos en una esquina: «Qué desperdicio, meterse de monaguillo». Y aceptaban los volantes que él repartía, y accedían ir a sus estudios de Biblia.

Nadie supo qué le ocurrió. Ni siquiera Negra. Los pentecostales dijeron que el diablo debió haber entrado en su cuerpo. Que los demonios invadieron sus pensamientos. Que cometió el error de considerar un deseo maligno, y que el deseo hizo nacer el pecado. No sólo se convirtió en un pecado, sino que lo destruyó. Cuando era obvio a qué se dedicaba, la iglesia lo expulsó y los chicos del barrio comenzaron a llamarlo el Cristo Tecato. Él empañaba cualquier cosa y sus ojos eran como cenizas. Las mismas mujeres que alguna vez habían perdido la chaveta por él susurraban cuando pasaba: «Ese tipo fue alguna vez un monaguillo y ahora le roba los chavos a su madre».

—¿Por qué no me lo dijiste antes, Blanca? —giré hacia Roberto—. Sabes, Roberto, Blanca tiene razón. Anda y díselo a tu mamá.

—La matarás, Roberto. Primero Googie, luego tú —imploró Blanca.

Roberto se quedó en silencio.

—Claudia —Blanca la agarró de los hombros y la miró fijamente a los ojos—. Tienes que hacer que Roberto se lo diga a su mamá —luego giró hacia Roberto y le dijo—: Sabes que perderás todos tus privilegios.

—Hemos hablado de eso —dijo Roberto—. No me importa si me quitan mis privilegios. Puedo servir a Cristo como un hermano regular. No tengo que tener este status.

Me caía bien. Su modestia y humildad me hicieron querer creer que después de todo podía ser un ungido.

—¿Hay algo que no me has contado? —le preguntó Claudia a Roberto —. Porque siento que Blanca no quiere ser la que me lo tenga que decir. Quedas tú.

—Mi hermano en Chicago, Dios lo bendiga, tuvo un grave problema con las drogas. Eso fue hace algunos años. Yo era un chiquillo, el Señor no me había hablado todavía. Pero cuando lo hizo, mi mamá envió a mi hermano a vivir a Chicago con una tía, para que él no me hiciera quedar mal.

Hubo silencio en la habitación.

Claudia comprendió todo. A Roberto lo habían protegido toda su vida. Su mamá estaba decidida a no cometer dos veces el mismo error. Iba a proteger de todo a su hijo menor. Especialmente desde que era uno de los elegidos, uno de los 144,000 de los que habla el libro de la Revelación. Los que reinarán con Cristo durante mil años. La mamá de Roberto había enviado al mayor al exilio y puesto todas sus esperanzas en el menor. Era un gran orador. Eso era un hecho. Pero en la orden religiosa a la que Blanca y su iglesia suscribían, Roberto era mucho más que eso. Era un príncipe celestial que Cristo mismo había escogido para sentarse con Él a Su mesa.

—Vamos a decirle a tu mamá —dijo Claudia suavemente a Roberto, cuyos ojos comenzaban a humedecerse. Nos dijeron adiós a Blanca y a mí y se fueron.

Blanca y yo nos quedamos en silencio por un momento. Ella estaba triste. Su amiga había logrado el precio mayor de su religión, un ungido, pero de algún modo se sentía como si estuviera arruinando la vida de alguien.

Blanca sonrió levemente y luego suspiró.

—Necesito estudiar y este lugar es un desorden. Estaré donde mi mamá.

Blanca estaba cansada. Recogió sus asignaciones, me dio un beso de despedida, y antes de salir me volvió a preguntar si había comido. Estaba feliz porque sabía que tan pronto como Blanca terminara de estudiar, hablaría un rato con su mamá, quizás tomaría café, y luego volvería a casa demasiado cansada como para charlar. Perfecto para mí. Me dio un beso de despedida de nuevo y dijo que yo también debería estudiar. Se acercaban los finales. Dije que lo haría.

No estudié. Incluso con el apartamento vacío excepto por las cajas, me sentí muy bien estando solo. Los pisos de madera brillaban. El lugar parecía enor-

me. Fui a la habitación y conseguí una almohada.
Me estiré en el living y me sentí como que estaba
nadando. Tanto espacio y libertad.

Entonces, sonó el teléfono.

—¿Tienes lo mío, bro?

—Hola a ti también.

—A la mierda con eso, sabes que soy yo. Escucha, necesito lo mío. Tengo que hacer un trabajo.

—Ajá, lo tengo.

—Voy por allá y, Chino, Bodega quiere verte
ahora mismo.

Lo esperé abajo con su sobre. Vi su carro do-
blar la esquina y caminé hacia la acera. Me abrió la
puerta. Estaba a la mitas de una entera pizza Domino's
grande. Le di el sobre y movió la cabeza afirmativa-
mente, lo puso en la guantera, y volvió a su porción
de pizza.

—Oye, Sapo —dije—, ¿sabes que Domino's
dona dinero a esa gente que ataca las clínicas donde
se practican abortos? Estás ayudando a esa mierda.

—No, te vas al carajo. Estás mintiendo, Chino.

Parecía que se estaba divirtiendo. Terminó su
porción, estiró su mano hacia el asiento trasero, abrió
la caja de pizza, y sacó otra porción.

—Coño, ¿vas a seguir comiendo esa mierda?

—No me interesa a quién financian. Su pizza
es buena.

—¿Dónde está tu conciencia social?

—¿Mi qué?

—Algo que tú defiendes.

—Te diré algo, Chino, ya que tienes complejos
con la pizza. Prometo tirar la caja en el basurero.
Ahora, ¿en cuanto a lo que yo defiendo? Sólo a mí
mismo. Un hombre. Sobre Dios. Con libertad y la
suficiente paciencia con tu *fucken* mierda de concien-

cia social como para sacarte a patadas de mi carro.
Estoy cansado de llevarte por todas partes. Bodega
debe creer que mi carro es amarillo con una gran
fucken bandera a cuadros a un lado.

Esa noche Sapo me dejó en uno de los nuevos
edificios viejos que Bodega había restaurado en la 119
y Lexington. Esos edificios habían sido condenados
durante años. El ayuntamiento de Nueva York se toma
tanto tiempo para restaurar o demoler un edificio
condenado que es como esos tipos sentenciados a
muerte que se mueren de viejos antes de ser ejecuta-
dos. Bodega le había comprado la fila entera al ayuntamiento y había restaurado lentamente tres de ellos.
Había mejorado la cuadra. Mejorado el barrio. Dado
a la gente un lugar donde vivir.

Después de dejarme, sapo se fue apurado, como
si tuviera mucho trabajo. Nene me esperaba abajo.

—¿Qué nuevas, Chino?

—¿Qué nuevas, Nene?

Esa noche, no tenía energías para enfrentarme
a su entusiasta bembeteo.

Al subir, las escaleras no crujieron y las paredes
acababan de ser pintadas. Las puertas eran nuevas y
el aire olía a limpieza y humedad, como si acabara de
llover dentro del edificio. Bodega había elegido un
pulcramente adornado apartamento de tres habitaciones para él. Cuando entré, se llevó rápidamente
su dedo índice a los labios.

—Shhh —susurró—, Vera está durmiendo.

—Tendrás problemas —susurré.

—Todo se arreglará mañana.

Me acompañó a la cocina, el cuarto más alejado de la habitación donde Vera debía estar durmiendo. Nene estaba en el living mirando VH1 a
bajo volumen, casi sin sonido, como si fueran las imá-

genes las que le importaran. No quería preguntarle a Bodega cómo iba a arreglar las cosas. Pero de todos modos me lo dijo.

—Veré a su esposo mañana por la tarde.

—¿De qué me hablas, bro?

—El esposo de Vera llega mañana.

—Espera, espera —no lo podía creer—. Nazario acaba de reunirse con este italiano en relación a Fisch…

—Oye, mira, ése es mi problema. ¿Estás aquí por algo más?

—¿Tu problema? ¿Entonces, en primer lugar por qué me hiciste ir con Nazario?

Estaba molesto. No estábamos en la misma frecuencia.

—Porque él te escogió para ir. No fue por mí.

Recordé lo que Sapo me había dicho, que estaba sentado sobre un montón de información y que ése no era un buen lugar para descansar.

—Así que, Chino, llega mañana.

—¿Quién?

Estaba distraído pensando en Nazario escogiéndome, arrastrándome a Queens. ¿Por qué yo? ¿Por qué no alguien más? Tenía toneladas de candidatos más adecuados. Bodega me quería cerca porque Vera era de la familia; no importaba cuán alejadas habían estado, ella era todavía la tía de Blanca. ¿Pero qué era lo que necesitaba Nazario? Era de esos que necesitan muy poco de los demás y si alguna vez necesitaba algo, podía conseguirlo de uno sin que uno se enterara que se lo había dado a él.

—El esposo de Vera. Ese mismo.

—Ajá, cierto, me lo habías dicho.

—¿Tú estás bien, Chino?

—Sí, estoy bien.

Estaba pensando todavía en Nazario, pero tenía que cambiar de onda. En otro momento se lo preguntaría a Sapo o quizás a Bodega. Nunca se lo podría preguntar a Nazario.

Así que traté de cambiar de onda.

—Bodega, ¿estás feliz de que llegue este tipo?

—Ajá, y quiero que estés aquí, con tu mujer, tú sabes. Para dar apoyo, tú sabes.

Su cara era la de un niño en vísperas de la Navidad, incapaz de esperar hasta la medianoche para abrir sus regalos.

—¿Quién mierdas lo invitó a Nueva York?

—Yo —lo dijo como si fuera obvio.

—¿Por? —pensé que la idea era estúpida, pero no le podía decir eso.

—Porque Vera necesita decirle —encendió un cigarrillo— que nunca lo amó.

—Espera, espera, ¿cómo se siente Vera al respecto?

Me desvió la mirada. Miró al piso y luego, dando una pitada al cigarrillo, miró a izquierda y derecha antes de exhalar.

—Está confundida —dijo con tristeza—. Mira, Chino, está algo agitada porque ha pasado los últimos veinte años con ese tipo. Sabes que tiene que sentir algo por él, pero todavía me ama y siempre lo ha hecho.

Sus ojos lucían húmedos, su cara tensa. Debía haber estado discutiendo de esto con ella todo el día.

—Sé lo que estás pensando, Chino. Pero Vera no es así. Es sólo que ya no quería seguir hablando del tema, estaba bien cansada, eso es todo.

Parecía que necesitaba desesperadamente escuchar a Vera decir que nunca había amado a su esposo. Necesitaba escucharlo y quería que otros estuvieran allí de testigos. Era como si hubiera olvidado dónde se hallaba en el universo y como si sólo esas palabras de Vera pudieran reorientarlo a su lugar en el cosmos. Necesitaba escucharlo y quería que fuera dicho en su patio trasero, en East Harlem y no en Miami o en algún otro lugar.

—Mira, Willie, tienes a Fischman que quiere matarte. Tienes a la policía buscando en el barrio pistas sobre quién mató a Salazar. Tienes al barrio pensando que eres una suerte de bolsa de regalos. Hombre, ¿para que complicar las cosas invitando a este tipo?

Ignoró mi pregunta.

—Pienso que ayudaría tenerte a ti y quizás a tu esposa, y también su hermana, cerca de Verónica.

Comenzó a caminar de un lado a otro y luego se dio cuenta que uno de los paneles de parqué en el piso crujía. Caminó de nuevo sobre éste para asegurarse de cuál era el culpable, y me dijo que lo evitara para que Vera no despertara. Luego continuó.

—Vera necesita apoyo, y mientras más familia esté allí, mejor.

—Si Vera necesita a la familia para apoyarla, entonces lo siento, pero simplemente tienes que aceptar que ella no puede decirlo…

—¡Ha estado años con este tipo! —siseó ruidosamente— ¿Crees que eso es fácil de olvidar? ¿Qué quieres, que ella diga las palabras mági…

—Si te quisiera realmente, Willie, no necesitaría ayuda tuya o de nadie más — respondí con idéntico siseo.

—*Come on people now, smile on your brother* —Nene se deslizó en la cocina con una enorme sonrisa.

—*Ta* todo bien —le aseguró Bodega a Nene.

—¿Todo bien, entonces? —le preguntó a Bodega, no a mí—. Porque Chino me cae bien y no me gustaría tener que lastimarlo.

—No te preocupes. Nadie está haciendo daño a nadie —dijo Bodega, y Nene me palmeó la espalda.

—Descubrí que tu verdadero nombre es Julio —dijo mientras se dirigía al living y a la tele—. Ese nombre es de onda, Julio. *Meet me and Julio down by the schoolyard.*

—¿Por qué no desapareces? —le dije a Bodega—. Tienes a Vera, tienes dinero. Simplemente, esfúmate. Cómprate algo por la playa en San Juan y tú y Vera pueden tirarse en la arena y ver al mundo irse al infierno.

No pensé que me hubiera escuchado. Su rostro carecía de expresión. Sus ojos estaban enfocados en la puerta cerrada de la habitación al fondo del pasillo.

—¿Viste ese especial en la tele sobre la inmigración judía? —los ojos de Bodega seguían clavados en la puerta de la habitación.

—No, me lo perdí —era inútil.

—Ajá, bueno, estaba pensando que cuando todo esto termine, debería abrir una escuela. Tú sabes, como hicieron los judíos porque sus hijos eran siempre discriminados y entonces dieron un montón de dinero a escuelas privadas que no tenían lazos ni con grupos religiosos ni con nadie, y así sus hijos podían ir a esas escuelas sin miedo. ¿Sabes lo que te digo?

—Sé lo que dices.

—Así que, estás en la universidad y odias derecho, y cuando te gradúes, ¿quieres estar en esto?

—¿En qué?

—En mi escuela, para nuestros hijos. Ser un maestro, ya que odias a los abogados.

—Quizás —dije, para salir del paso.

—¿Has visto esa vieja escuela en la 100 y Primera? Esa mierda ha estado abandonada por años. Pero Nazario nos la consiguió del ayuntamiento. La estoy restaurando.

—Suena bien —dije. Saqué la sortija de mi bolsillo.

—Mira, si Vera la quiere de nuevo —dije—, sabrás la verdad.

Su mirada se posó en la sortija en mi palma. Lo tomó nerviosamente y leyó la inscripción. No dijo nada. Estaba a punto de despedirme.

—Si necesitas algo, Chino, ven a verme. Pregúntale a Sapo y ven a verme.

Metió la sortija a su bolsillo. Sonrió y luego miró a la habitación donde Vera dormía.

Cuando salía, escuché cantar a Nene: «*Mama, I just killed a man*». Su voz era extraña, tensa y apretada. Giré hacia donde estaba él, vi la imagen en la televisión, vi que no tenía nada que ver con la canción. Era un comercial de zapatos. Miré a Nene por un rato, perdido. Pensé en Sapo. No, Sapo no había matado a Salazar. No había sido Sapo.

Nene me vio mirándolo y sonrió. Asentí con la cabeza y me fui. Tomé un atajo por un enorme lote baldío. Me detuve por un minuto y a pesar de que estaba oscuro analicé los escombros de un edificio que alguna vez estuvo ahí. Ladrillos quemados y yerba creciendo por todo el lote. Había una taza de inodoro echada de lado, un fregadero y también una tina. Los cucubanos relampagueaban, iluminando el lote. Alguna vez hubo gente que vivió allí, pensé. Y un incendió los desplazó. El gobierno municipal no hizo nada, como si el problema fuera a desaparecer por su cuenta. Con el tiempo, los edificios se fueron deteriorando. Después, la pelota de demolición del ayuntamiento los tiró al piso.

Bodega, pensé, al menos estaba haciendo lo opuesto. Estaba restaurándolos. Y cuando Alberto Salazar descubrió quién —y qué—se hallaba detrás de toda la restauración, Bodega envió a Nene a matar a Salazar. Era difícil creer que Nene fuera un asesino. Pero Nene podía ser tan imponente como un bloque de granito. No importaba que fuera lento, matar a alguien no requiere de mucha inteligencia. Nene debió haber ido con Sapo para liquidar juntos a Salazar. Con Nene y Sapo, uno tiene mucha fuerza bruta a su lado. Bodega lo hizo para proteger lo suyo. Lo hizo para parar la multiplicación de los lotes baldíos. ¿O no? Era cierto, Vera era su razón para soñar todo esto, pero por más que se hubiera recurrido a medidas nefastas, lo cierto era que algo bueno estaba saliendo de ello. Miré en torno al lote cubierto de escombros y supe que alguien tenía que hacer algo al respecto. Alguien tenía que dar un paso al frente y hacer algo. Bodega lo había dado, porque nadie, excepto uno de sus propios residentes, iba a mejorar Spanish Harlem. Nadie.

Noveno round

Me gustó la manera en que
diste la cara por nosotros

Al día siguiente, cuando llegué del trabajo, nuestro apartamento estaba todavía en completo desorden. Estaríamos viviendo entre cajas por al menos una o dos semanas. De alguna forma, sin embargo, un sofá había sido instalado en una esquina y allí se encontraban Blanca y el pastor Miguel Vásquez, tomando café. Después de saludarme en español, el pastor Vásquez sugirió que acompañara a Blanca a oír el sermón de Roberto esa misma semana. Decliné cortésmente, diciendo que tenía otras cosas que hacer.

Blanca saltó al oír eso.

—¿Con tus amigos? Tiene malas compañías, hermano Vásquez. No me dice qué hace con ellos, pero sé que son cosas que los cristianos no hacen.

Me alivió cuando el pastor explicó educadamente que ya que yo no estaba bautizado en la Verdad, no iba a imponerme la ética cristiana. Por supuesto, si quería alguna guía de la Biblia, eso era completamente otro tema.

—La necesita, hermano Vásquez —imploró Blanca—. Se junta con ese individuo, Bodega.

Los ojos del pastor se agrandaron, y rió con nerviosismo. Trató de cambiar el tema, me dijo cómo el Señor lo había salvado en un momento en que era uno de los más grandes tecatos del barrio, inyectándose de todo, incluso, bromeó, gasolina. Estaba disfrutando al escuchar su saga de haber sido echado de su casa, haber vivido en la calle y haber estado cortas temporadas en la cárcel por robos menores. Pero cuando el Señor se le apareció, perdí interés. Sí, me informó, era una oveja descarriada y el Señor lo había salvado, gracias a Dios, y quién lo sabía, acaso yo también era una oveja descarriada. Blanca seguía cada una de sus palabras, asintiendo con la cabeza y echándome miradas furtivas, como diciendo: «Escucha, esto es para ti».

Buscaba en su gordo portafolios su Biblia para leerme un texto cuando sonó el timbre de la puerta. Me disculpé para atender el timbre, respirando aliviado.

—¿Quién?

—La policía.

Cuando abrí la puerta dos detectives se hallaban parados mostrándome sus placas de identificación.

—¿Vive aquí un tal Julio Mercado? —preguntó uno de ellos.

—¿Julio? —Blanca se levantó y caminó hacia la puerta— ¿Para qué quieren verte estos señores? —preguntó con formalidad artificial. El pastor Vásquez estaba detrás de ella.

—Soy el detective DeJesús y éste es el detective Ortiz. Nos gustaría hacerle unas cuantas preguntas.

Ambos eran altos y gruesos, tan gruesos que si cualquiera de ellos fuera dos pulgadas más bajo, sería considerado gordo.

—¿En referencia a? —dije, un nudo en mi estómago.

—¿Podemos pasar?

Ahora, sé que a los policías les encanta que uno los invite a entrar porque así no necesitarán una orden judicial y lo pueden arrestar a uno por cualquier cosa que sea ilegal y esté a la vista. Les gusta hacer ese truco cuando sospechan de alguien pero no tienen la evidencia suficiente. Se invitan ellos mismos y luego miran a su alrededor. Si uno tiene algo, como un moto fumado a medias en un cenicero, será llevado a que lo registren. Nunca dejes que los policías entren a tu casa a menos que tengan una orden judicial, ésa es mi filosofía.

—¡Por supuesto! —dijo Blanca, porque no sabía qué más decir. Para ella, las figuras de la autoridad eran siempre buenas. Pero yo sabía que no importaba que esos policías fueran hispanos, los policías son una raza aparte. El azul va primero; el café, después.

—¿Quieren café? —les preguntó Blanca.

Declinaron, y luego me miraron. «¿Es usted Julio Mercado?» Era más una afirmación que una pregunta.

—Ése soy yo —dije.

—Parece como si se acabara de mudar aquí —dijo DeJesús, pisando una caja pequeña.

—Así fue —dije.

—¿Conoce a un tal Enrique Guzmán, apodado Sapo?

Eso me dijo inmediatamente que si bien eran hispanos, no eran de la zona. Sabían tanto de East Harlem como Oscar Lewis. Sólo Blanca llamaba Enrique a Sapo. Sapo era siempre Sapo. Sólo Sapo. Nada más.

—Fuimos a la escuela juntos.

El detective que no hacía las preguntas comenzó a curiosear. Su cabeza rotaba como la de una lechuza. Blanca y el pastor Vásquez susurraban entre ellos con nerviosismo. En ese momento lo único que deseaba era que Blanca no estuviera allí. Si pudiera enviarla a comprar comestibles o algo por el estilo, porque pretendía decir lo menos posible para evitar cavarme la tumba.

—¿Todavía se ven?

—Éste es un barrio pequeño —dije. Mi desconfianza era palpable.

—Señor Mercado, estamos aquí sólo para hacer algunas preguntas relacionadas con la muerte de Alberto Salazar. ¿Escuchó de ello?

Otra pregunta disfrazada de afirmación. Como trabajadores del bienestar social, de esos que te miran y miran a tus hijos y saben muy bien las respuestas y aún así preguntan: «¿Cuál es tu sexo? ¿Tienes hijos?».

—Estaba en *El Diario* —respondí, mirando de reojo a Blanca, las ventanas de su nariz ampliándose.

—Cualquier cosa que nos diga puede ser beneficiosa.

—Aparte de lo que he leído, no sé nada.

—La mujer de la botánica, doña Ramonita, dijo que usted era el mejor amigo de Enrique Guzmán.

Incluso cuando estás sangrando debes cubrir tus heridas. Los detectives son buenos para sacarte información. Como un machete amistoso, te abren un camino por la pradera y luego te llevan a un pozo.

—Exacto, lo era. En la escuela —vi lágrimas de furia en los ojos de Blanca.

—Tenemos informes que dicen haberlo visto en el carro de Enrique Guzmán.

—Me dio pon a la escuela una o dos veces.

—¿A cuál va?

—Hunter.

—¿Es ella su novia? —movió la cabeza hacia Blanca.

—No —dije, alzando mi mano como un puño y mostrándoles mi anillo de casamiento—. Es mi esposa.

Pude ver que eso molestó algo a DeJesús, así que en mi voz más respetuosa dije:

—Mire, detective, es mi mujer y él es el pastor Miguel Vásquez. Estamos estudiando la Biblia. Así que al menos que necesite algo de mí, ¿podría disculparnos?

Se miraron entre ellos por un segundo.

—¿Le molestaría venir con nosotros? Tenemos algunas fotos y documentos en la estación que nos gustaría mostrarle. Tómese su tiempo. Esperaremos en el carro hasta que termine su reunión con el pastor. Usted no está bajo arresto o algo por el estilo.

Por supuesto que querían que fuera a la estación; podían haber traído esas fotos y documentos. Pero no les podía indicar eso. En vez de eso, dije:

—Seguro, cualquier cosa para ayudarlos.

—Un placer.

Ambos le hicieron una seña de asentimiento a Blanca y el pastor mientras se dirigían hacia la puerta. Ahora tenía que mirar a Blanca en su cara y darle explicaciones. No estaba listo. No tenía idea de qué decirle. De hecho, temblaba de nervios. Le había prometido hacerle saber la verdad, pero le había ocultado cosas.

—Estaré donde mi mamá —dijo ella, levantándose—. Necesito estudiar. Tengo un examen mañana y creo que me quedaré donde mi mamá. Por favor, discúlpeme, pastor.

Estaba llorando, y moviéndose por la habitación juntando sus libros con una gracia pesada. La seguí por el living mientras ella ponía los libros en su bolso.

—No es nada. Los escuchaste, no están arrestando a nadie.

—Eso es bueno, porque cuando te vea mañana, tendremos que hablar.

—Blanca, no es nada.

—¡Nada! Podrá ser nada para ti, ¿pero te das cuenta de lo que acaba de ocurrir? ¡La policía estuvo en mi casa! ¿En qué líos andas?

Se dio la vuelta y se dirigió a la habitación. La escuché abrir cajas de un tirón. Juntó sus vitaminas, sus libros y algunas ropas. Volvió al living con una bolsa de lona. Obviamente, el pastor Vásquez se sentía incómodo. No dijo nada, simplemente miró al piso como si hubiera abierto por equivocación la puerta de un baño de mujeres cuando alguien se hallaba en la taza.

Blanca también estaba avergonzada. Sabía que la congregación se enteraría de esto. «Bueno. Que Cristo te proteja», me dijo el pastor Vásquez mientras tomaba la bolsa de Blanca. Blanca no dijo nada. Simplemente salieron. Hablarían de mí mientras caminaban hacia la casa de la mamá de Blanca.

No sabía qué me asustaba más, tratar con Blanca más tarde o con la policía ahora. Esperé un minuto antes de bajar a encontrarme con los detectives.

No me esperaban en su carro como me habían dicho. DeJesús estaba en el vestíbulo, pero faltaba el otro.

—¿Tu compañero?

—Fue por café —dijo DeJesús. Nos dirigimos al carro.

Un minuto después, Ortiz salió del edificio y se nos unió. Debía haber estado en el techo, mirando hacia abajo. Se habían asegurado que no me escaparía saliendo por la ventana y la escalera de incendios.

Lo último que quería era hacerles ver que los había agarrado en una mentira, así que no le pregunté a Ortiz qué había pasado con su café.

—Esto no tomará mucho, señor Mercado —Ortiz partió.

—¿De dónde son? —les pregunté, pero ninguno respondió. No me molesté en volver a preguntarles, y el resto del camino permanecimos en silencio.

Al llegar al Distrito 23 en la 102, entre Lexington y Tercera, me condujeron adentro. El lugar era caliente y poco iluminado. Colgaban del techo esos focos amarillos para ahorrar energía en los setenta. También olía a cerrado, como papeles y libros y periódicos viejos con bordes cafés e insectos arrastrándose por todas partes.

Me sentaron en un banco y me dijeron que esperara. DeJesús y Ortiz fueron a una mesa al otro lado del pasillo y comenzaron a bromear con el policía sentado allí. Todos estaban atareados, policías escribiendo reportes a máquina, anotando quejas, hablando por teléfono, y yo me senté allí sin que nadie se anoticiara de mí hasta que DeJesús y Ortiz volvieron y esperaron conmigo.

—El capitán tiene que hablar algunas cosas contigo.

—¿Cuál es su nombre? —pregunté. No me respondieron.

Después de unos diez minutos de estar rodeado por ambos, pregunté: «¿Tardará mucho?». Una vez más, no me respondieron.

—Miren —dije, poniéndome de pie—. Estoy aquí por mi propia voluntad. Si quieren que coopere con ustedes, respondan a mi pregunta. Sólo por cortesía común y corriente, de un latino a otro.

DeJesús, el más pequeño y por ello el más gordo de los dos, mostró sus garras.

—Tú y yo no tenemos nada en común —hizo un gesto de desprecio—. Yo soy cubano, tú eres puertorriqueño.

Decidí no señalarles que yo sólo era mitad puertorriqueño.

—Calma —le dijo Ortiz a su compañero.

—Bien, esto no es Miami —dije—. Están en mi patio trasero, así que no me falten al respeto.

—Mejor que te cuides las espaldas, Mercado —murmuró DeJesús, con un nuevo gesto de desprecio.

—Cálmate, DeJesús —repitió Ortiz.

—¡Estás tan metido en él que hueles como un boricua! —DeJesús parecía no haber oído a su compañero—. Si dependiera de mí, los enviaría a todos ustedes de regreso a su isla de monos.

Eso me colmó, tenía que decir algo.

—Tú eres el de la isla de monos. Al menos los puertorriqueños se van por su propia voluntad. ¡Castro los expulsó a patadas a ustedes!

—¡Qué dijiste! —DeJesús se levantó y acercó, amenazante, su cara a la mía.

Ortiz se metió entre los dos y me sentó. No le dijo nada a su compañero. Justo entonces se abrió una puerta a unos pies al frente del banco, y DeJesús cerró la boca.

Los detectives me llevaron a la oficina, donde se sentaba el capitán detrás de un escritorio. Me senté frente a él y los dos detectives se sentaron en un pequeño sofá junto a la ventana. Pensé en la primera vez que había conocido a Bodega. Había sido algo similar, Bodega sentado detrás de un escritorio y yo al frente en una silla barata. De algún modo incluso entonces sabía que ese encuentro me traería aquí, a las oficinas distritales. Pero el daño ya estaba hecho. Yo estaba aquí y lo único que podía hacer ahora era tratar de no volver más. La parte difícil era lograr eso sin dar nombres.

—Señor *Mercaydo*, soy el capitán Leary —dijo, pronunciando mal mi nombre. Era un hombre alto con pelo blanco y de complexión rubicunda. Lucía como que había estado mucho tiempo en esto preparándose para jubilarse.

—¿Necesita algo de mí, capitán?

—Divertido, ¿no? —dijo, deslizando por la mesa la foto de la escena de un crimen —. Un pedazo de su hombro simplemente se lo sacaron a mordiscos.

—Bien, estoy seguro que usted ha visto cosas más divertidas —dije con calma, aunque por dentro ardía. En ese momento, estaba furioso. Furioso conmigo mismo por meterme en esto y furioso con el detective cubano porque era un cerdo. Y estaba sobre todo furioso por el hecho de que no podía hacer nada al respecto.

—Oh sí, he visto cosas mucho más divertidas.

Hablaba como si estuviera aburrido; era una formalidad, algo que había hecho muchas veces y que podía hacer de dormido. Luego, abrió un sobre y me dio unos documentos.

La Agencia Inmobiliaria Harry Goldstein. Había copias de todos los contratos de arriendo del edificio, mostrando que eran propiedad de la agencia.

—¿Reconoce esa agencia?

—Seguro. Mi esposa y yo les enviamos un cheque por el alquiler cada mes.

Vi por el rabillo del ojo a DeJesús retorcerse en el sofá, mientras Ortiz permanecía en silencio.

—¿Te suena el nombre William Irizarry?

—No.

—El nombre Willie Bodega. ¿Te suena?

—No.

Estaba en América y en América uno puede decir que la lluvia cae seca y luego dejar que el jurado decida si es cierto o no.

—Mira, hijo —plegó sus manos y dijo en un tono paternal—. Sé que eres un buen chico. Vas a la universidad y trabajas duro. Tu esposa está esperando familia, vas a ser padre. Excelente. Revisamos tu vida, estás limpio. Te saltaste algunos torniquetes a los quince, pero eso es todo.

Se reclinó en la silla.

—No tienes nada de qué preocuparte. Pero a veces a la gente buena la descarría. Creen que ciertas personas son sus amigos, no saben bien de qué se trata. Si Bodega tiene algo sobre ti, nos lo puedes decir.

En ese momento me di cuenta que ellos podían saber mucho de Bodega, pero tenían muy poco para echarle el guante. Necesitaban evidencia, testimonio, algo concreto.

—No tengo idea de ese Bodega, señor. Y no soy su hijo —y luego, en tono más respetuoso—, señor.

El capitán se inclinó hacia adelante, sonriendo levemente.

—Déjeme darle este panorama. Tienes un periodista que se cree más de lo que es. Lo asesina, y luego descubres que era un periodista sucio. Que pertenecía a otro capo de la droga. Fue asesinado por el rival de ese capo. Es sólo cuestión de tiempo antes de que el otro se vengue, ¿y qué tenemos?

Quería que dijera una «guerra».

—Suena como todo un lío.

—Este tipo piensa que somos estúpidos —dijo DeJesús —. Lo han visto con Enrique Guzmán. Si conoces a Enrique Guzmán, conoces a Willie Bodega.

—Hey —miré a DeJesús —. Cuando Frank Sinatra vivía, cenaba con un montón de mafiosos cada noche, pero ustedes nunca lo trajeron aquí para interrogarlo.

—Siéntese, por favor siéntese —me dijo Leary con calma. Ortiz palmeó el aire cerca de su amigo, pidiéndole que se calmara.

—Mire —dije—, tengo cosas que hacer. Ahora, ya le dije lo que sé y, como usted, tengo un trabajo que hacer. Así que si me va a arrestar por algo, dígame por qué y déjeme llamar a un abogado. De otro modo, no picrda mi ticmpo y el suyo.

Esto fue una fanfarronada, porque si me iban a detener, el único abogado que conocía era Nazario, lo cual llevaría directo a Bodega.

—Mierda —escupió DeJesús. Leary suspiró. Ortiz sólo movió la cabeza.

—Estás libre, puedes irte —dijo Leary. Aquello me sonó como la salsa a un cocolo.

—¡Qué! ¡Vamos, Leary! —dijo DeJesús, levantándose del sofá.

—Lo acompañaré afuera, señor Mercado —me dijo Ortiz. Les agradecí a él y al capitán. No tenía nada que decirle a DeJesús.

—Una cosa más, *hijo* —está vez Leary enfatizó la palabra, con condescendencia—. Si te veo hacer algo tan simple como cruzar la calle cuando no deberías, te haré traer de vuelta aquí, y la próxima no seré tan comprensivo.

Como si lo hubiera sido. Pero no importaba. Él no tenía nada y sólo trataba de asustarme.

Ortiz estaba en silencio mientras salíamos del lugar y nos dirigíamos a la calle. Estaba listo para irme, pero Ortiz no había terminado.

—Mira, Mercado, yo crecí en Jersey, pero soy de San Juan. Espero que entiendas —dijo— que

DeJesús es mi compañero. No me gustó lo que dijo sobre nosotros. Pero, equivocado o no, tengo que defender a mi compañero.

—Seguro —lo entendía.

—Bien, ahora, deseo realmente que hayas dicho la verdad. Deseo realmente que estés limpio, Mercado —dijo Ortiz—. Porque me gustó la forma en que diste la cara por nosotros.

Décimo round

Lo más triste es apagar las luces

Aún temblaba cuando llegué a casa alrededor de las ocho y media. Me pregunté si estaba realmente limpio, o si de algún modo estaba metido en esto más de lo que pensaba. Pero lo que me preocupaba más era que Blanca no volviera. Debía de haber comprado un contestador para revisar mensajes, pero nunca lo había hecho. Así que inmediatamente llamé a su mamá.

—¿Nancy?

—Sí, soy yo —ella sabía que llamaría.

—Todo está bien, ¿ves? Estoy en casa.

—Ojalá fuera como esas personas a quienes no les pasa el enojo fácilmente, Julio. Alguien que odian para siempre; te lo mereces. Me has estado mintiendo todo este tiempo...

—Lo siento, Nancy...

—Podías haberme dicho la verdad desde el principio, y aún contar conmigo.

—Nancy, de ahora en adelante, te juro que nunca más te ocultaré algo. Te diré toda la verdad...

—No quiero saber la verdad —dijo ella—. Es muy tarde para eso y no quiero escucharla. No digamos nada por ahora, ¿okey? Estaré donde mi mamá por un tiempo. Por lo menos hasta que nazca el bebé. Creo que es lo mejor. Lo mejor para ambos.

—Está bien —dije con tristeza—. Sólo prométeme que volverás.

—Volveré —susurró. Luego, después de una pausa—: Pero no, no por ahora.

—Está bien. Pero sabes que te amo.

—¡Por favor! —su voz subió de tono— Déjame estar con mi mami por un tiempo, ¿okey?

—Está bien. Lo que tú quieras.

—Pasaré por allí con la hermana Santiago para recoger algunas cosas. Y, Julio… —hizo una pausa— no sé cómo decirte esto, pero espero que no estés en casa cuando vayamos por allá.

—Okey, entiendo.

No estaba en situación de negociar. Cuando tu mujer te dice que te está dejando, sea por unos días o meses o por siempre, no puedes objetarlo. Simplemente, la dejas ir. Podrías preguntarle si necesitará dinero, pero en nuestro caso Blanca siempre tenía más que yo.

—¿Necesitas dinero? —pregunté de todos modos.

—¿Necesitas tú dinero? —respondió rápidamente.

—No… estoy okey —dije, sabiendo que estaba fundido—. Llámame cuando puedas.

—Cuídate.

Colgó. Miré en torno al apartamento. Todo estaba en desorden, tantas cosas fuera de lugar. De repente, me pareció vacío y oscuro. Las cajas amontonadas contra la pared permanecerían sin abrir. No había necesidad de hacer que el lugar pareciera un hogar.

Sonó el teléfono. Salté a contestarlo.

—¡Nancy!

—No, soy Negra.

—Negra, no tengo tiempo para ti, ¿okey?

—Bien, mejor que te hagas tiempo, Chino…

—Blanca me acaba de dejar —de repente, quería la comprensión de todos.

—¿En serio? No juegues conmigo, juega al Lotto. ¿En serio?

—Se fue.

—Qué jodido.

—Así que escucha, ella podría llamarme. ¿Podemos colgar, por favor?

—Está bien. Lamento escuchar eso, pero estás en deuda conmigo, Chino. Sólo recuérdalo.

—¡Negra! ¡Cuelga! —grité.

—No es mi culpa si mi hermana te dejó…

Colgué y me fui a lavar la cara. El teléfono volvió a sonar.

—¡Nancy!

—Chino, estás en deuda conmigo.

Era Negra de nuevo. Suspiré y la dejé hablar.

—Me debes una buena.

Creo que sabía qué era lo que quería. Blanca me lo había dicho.

—Negra, ¿qué te hace pensar que puedo hacer que le den una pela a tu esposo?

—No soy tonta. Sé quiénes son tus amigos.

—Incluso si pudiera, Negra, no haré que le den una paliza a Víctor, ¿okey? Eso es todo.

—Vamos, Chino. Ni siquiera sabrá que tú tuviste algo que ver.

—Resuelve tus propios problemas maritales, Negra.

—Chino, sólo un poquito. Haz que Nene le dé una pela o que Sapo lo muerda. Como lo hicieron con ese periodista.

Me quedé en silencio. ¿Cómo sabía ella?

—¿De qué hablas…?

—Vamos, Julio, no soy monga.

—Está bien, está bien. La policía estuvo aquí, por eso se fue Blanca.

—Mierda. Han estado hablando con un montón de gente. Pero nadie ha abierto la boca.

—¿Han hablado contigo?

—No. Pero no te escapas de ésta. Víctor, ¿qué vas a hacer con respecto a Víctor? Quiero que le duela. Me la debes.

—Está bien. Veré lo que puedo hacer —dije para sacármela de encima. Sólo quería que colgara.

—¿En serio, Chino?

—Ajá —suspiré.

—Ahora, no lo quiero muerto —dijo con cuidado—. O destrozado, sabes, porque lo quiero de vuelta. Sólo quiero darle una lección, eso es todo.

—Por supuesto.

—Me gusta su nariz. No dejes que nadie rompa su nariz.

—¿Eso es todo?

—En realidad, deja su cara como está, siempre me pareció bonita. Dale al cuerpo.

—Por supuesto. Mira, me tengo que ir.

—Que no le toquen los cojones, ¿okey?. Como te dije, lo quiero de vuelta.

—¡Negra, me tengo que ir! —grité.

—Está bien, está bien —entonces, Negra se permitió volver a ser algo humana—. Chino, lo siento por lo de Blanca. Sé que ustedes dos arreglarán sus cosas.

—Gracias —susurré, y Negra colgó.

Me había metido a la cama deseando que Blanca llamara, pero después de dos horas de dar vueltas, perdí la esperanza. Lo más difícil fue dormirme. Era como si hubiera aspirado toda la coca del mundo y los ojos me dolieran pero mi mente no pudiera dejar de funcionar. Pensamientos acerca de Blanca, el pastor, los policías volaban por mi mente como la Wonder

Wheel en Coney Island. Comencé a pensar en qué momento pude haber hecho las cosas de manera diferente. ¿Dónde estaban esas líneas interesantes que podía haber evitado?

Traté de vaciar mi mente, pero todavía no podía dormir. La nevera zumbaba ruidosamente, como un budista en crack. Podía oír todos los ruidos del edificio. Una olla se cayó en el 4F, un bebé lloraba en el 3B, miraban televisión en el 2A. Todos los sonidos se hallaban magnificados. Me di cuenta que hacía más de un mes que no le había hecho el amor a Blanca.

Me levanté. Encendí la televisión pero la recepción no era buena. Me preparé un sándwich. Abrí una caja donde estaban mis libros y encontré *El extranjero*. Quizás podía perderme por un rato en los infortunios de otra persona. Arreglé mi almohada y comencé a leer. Era un libro que alguna vez había amado y llevaba conmigo a todas partes, pero sabía que la verdadera razón por la que lo estaba leyendo no era porque quería regresar al pasado. Era más simple que eso. Tenía miedo y extrañaba a Blanca. Y cuando has vivido con alguien durante mucho tiempo y ese alguien te deja, lo más triste es apagar las luces.

Undécimo round

Vale como todas las almas
en el infierno

Al día siguiente fui a trabajar. Me sentí bien al hacerlo, porque mi mente se ocupó de otras cosas. Me sentí bien al estar ocupado y no tener que pensar en mis propios problemas. Quería ver a Bodega tanto como a un leproso, así que evité los lugares en los que sabía que Sapo podía estar dando vueltas, recolectando dinero. Además, me preocupaban los detectives DeJesús y Ortiz. En cuanto a Blanca, no quería pensar mucho en ella, porque podía terminar llorando en público, lo cual hubiera sido muy vergonzoso para mí. Me repetí que ella estaba segura y que volvería apenas tuviera el bebé, quizás antes de eso. Me repetí que Blanca creía firmemente que todos los niños debían tener papá y mamá. Con eso en mente, traté de olvidar el tema.

Después del trabajo, tenía clases, así que fui a casa a recoger mis libros. En el momento que entré, supe que Blanca había estado allí. Vi que algunas de las cajas en las que había empacado su ropa habían sido vaciadas, e incluso faltaban algunas. Todo eso me entristeció. Junté los libros que necesitaba y salí del apartamento lo más rápido que pude.

Unas cuadras después, compré una piragua de un anciano vestido como marinero que caminaba por el barrio empujando su carrito de piraguas, que tenía velas falsas. A un costado del carrito se leía *Aquí me quedo*. Preparaba las mejores piraguas del barrio. Terminaba de pedirle una de tamarindo cuando alguien me llamó.

—Chino. ¿Escuché que te invitaron a cenar?

Era Sapo. Su carro estaba al lado de la acera.

—Mira, hombre —dije, cerciorándome de que DeJesús y Ortiz no anduvieran por ahí, por si acaso —, quieren a tu jefe. No les dije nada, pero de ahora en adelante que se las arregle por su cuenta.

—Está bien. Escuché que te portaste como una *fucken* roca. Que trajeron hasta a las monjas y que incluso esas perras no te pudieron hacer hablar.

—Tengo clases —dije, cansado de Sapo y el resto.

—Entendido. Mira, Chino, sé que tu esposa te dejó aleluya…

—¿Qué mierdas? ¿Quién mierdas te dijo eso?

—Negra, ella. ¿Algo acerca de darle una pela a Víctor? Pero no te preocupes de Negra, porque…

—Mira, me tengo que ir. Si quieres una piragua, dímelo ahora —le dije.

—Te quiero a ti, bro. Me enviaron a buscarte, chico.

—No iré a ninguna parte contigo.

—Sí lo harás, porque el esposo de Vera te está esperando en el restaurante Ponce de León. ¿Conoces ese restaurante, no? ¿Por la 116 y Lex?

—No iré.

—Le dijiste a Bodega que irías.

—Ya me arrepentí.

—Bien, esto podría hacerte cambiar de opinión. Después de eso, Bodega y Vera visitarán a su hermana. Exacto, la mamá de tu aleluya esposa. Pensé que eso te pondría caliente.

Sapo sonrió con su sonrisa de Sapo y el anciano terminó de raspar su gran bolsa de hielo y comprimió los pedacitos en un vaso de papel.

—Verás, Chino, esto te pondrá loco de alegría. Bodega y Vera planean salir en tu defensa. Vera planea convencer a su hermana de que convenza a su hija de que vuelva contigo. No es como si te hubieras estado tirando a otras mujeres. Ése es todo el bochinche que tengo para ti por ahora. ¿Todavía piensas ir a clases?

El anciano coloreó los pedacitos de hielo con un tono anaranjado-café claro; lo hizo agregando a gotas un jarabe de tamarindo de confección casera sobre mi piragua. Envolvió una servilleta sobre el vaso de papel y me la ofreció. Pagué, le agradecí y subí al carro de Sapo.

—¿Conoces a esos detectives, Ortiz y DeJesús? —pregunté a Sapo.

—Ajá, los comemierda esos.

—Esto es serio, bro.

—Lo sé. Desde siempre que han estado husmeando a Bodega. Han estado haciendo preguntas a los inquilinos de Bodega. Así es como llegaron a ti, alguna *fucken* persona del edificio te señaló a ti. Descubriremos quién fue el hijo de puta y lo dejaremos en la calle.

—Sapo —dije—, sé que tú no mataste a Salazar.

No me respondió y no insistí. Sapo giró a la izquierda y nos hallamos en la 116 y Tercera.

—¿Recuerdas que el Cosmo se hallaba aquí? —Sapo señaló hacia una gran tienda que alguna vez fue un teatro.

—Ajá, ponían las peores películas de los nueve planetas.

—Tú conseguías buen pasto, sin embargo, y las películas eran baratísimas.

Llegamos al restaurante, que estaba al final de la cuadra, frente a donde había estado el Cosmo. Salí del carro. Terminé mi piragua y tiré el vaso de papel al zafacón.

—Adentro, anda a la parte trasera, Chino. Hasta el fondo. Detrás de la cocina. Lo verás allí. Lo reconocerás de inmediato, está más viejo que Matusalén. No sé dónde mierdas Bodega desenterró a ese fósil.

Sapo partió.

Entré. Los olores eran excelentes. Arroz asopao, pasteles, lechón asado, empanadas, camarones fritos. Un mozo me vio y pareció reconocer inmediatamente que no había ido allí a comer. Me acompañó a la parte trasera del restaurante, a un pequeño salón detrás de la cocina. Podía oír el ruido de los platos entrechocándose mientras los lavaban manualmente.

Había una mesita con una vela y un anciano sentado con una maleta a sus pies. Estaba bien vestido. Su traje lucía raro y llevaba yuntas. Olía a buena loción de afeitarse y sus zapatos habían sido lustrados hasta brillar. Su reloj también era caro. Pero su rostro estaba gastado, como si sus mejores años hubieran transcurrido trabajando en una mina de carbón. Me hizo querer que devolviera el reloj y el traje y a cambio no hubiera tenido que trabajar tan duro como claramente lo había hecho para lograr esas cosas. Me acerqué a él y me presenté.

—Hola, soy Julio Mercado.

Extendí la mano y él se levantó de la silla para estrecharla.

—John Vidal —dijo en una voz vieja y cansada—. ¿Podría por favor decirme de qué trata todo esto?

No dije nada.

—Mi esposa me llamó ayer llorando histéricamente, y me pidió que viniera a Nueva York —sonaba preocupado—. Le pregunté el porqué, que por qué simplemente no se regresaba. Continuó llorando, así que acepté venir. En el teléfono me dio esta dirección. Pensé que era un hotel.

Se sentó. Me sentí algo mal por él; estaba perdido y Miami quedaba muy lejos.

—Conocí a su mujer, es la tía de mi mujer.

No sé me ocurría qué más decir. Volvió a levantarse de un salto.

—Entonces debe saber dónde está mi mujer. Vera no es así para nada. Ella se pierde… pero siempre regresa a mí.

—Ella vendrá aquí —dije.

—El mozo me dijo lo mismo. Pero he estado esperando horas.

—¿Ya comió? —estaba desesperado por decir algo.

—No, no tengo hambre. Sólo quiero a mi mujer —se sentó con aire desafiante—. Tengo cosas, importantes cosas que hacer en Miami. Vera, espero que tengas una buena razón para hacer lo que estás haciendo —lo dijo pese a que ella no estaba allí. Cuando apareció el mozo y nos trajo café, poniendo con cuidado las tazas en la mesa, como si fueran granadas, Vidal ni siquiera se molestó en mirar.

—¿Quién es usted? —preguntó él.

—Soy el esposo de la sobrina de Vera. Mi esposa, Nancy, es su…

—Sí, sí, sí —dijo, desinteresado en el resto de mi respuesta—. Sí, sí, me lo dijo. Ahora, míreme, jovencito.

Nunca hubiera adivinado que era latino. Era más americano que Mickey Mouse, e igual de viejo.

—Voy a ir a la policía. Tengo la sensación de que a mi esposa la están reteniendo en contra de su voluntad.

—Su mujer vendrá aquí —Bodega lo estaba castigando. Estaba muy cansando para sentirme mal por Vidal o por cualquiera; tenía mis propios problemas. Comencé a tener hambre. Los olores me vencían. Volví a preguntarle si tenía hambre, pero no me respondió. Me sentí incómodo estando en ese salón con él, pero tenía que hacerlo. Si lo que Sapo me había dicho era correcto, sabía que la charla de Vera con su hermana influiría en Blanca. Necesitaba aliados para lograr que Blanca regresara. ¿Qué mejor aliada que la mamá de Blanca?

El tiempo se arrastró lentamente. Me puse a pensar en Blanca y en los primeros días. Todos los lugares a los que habíamos ido, las cosas que habíamos hecho. Como el día en que me dijo que estaba embarazada. Cómo había envuelto un regalo para mí y, sonriendo, me había dicho feliz cumpleaños. Le dije que no era mi cumpleaños y me golpeó en el hombro y me dijo que lo sabía. Cuando lo desenvolví, me encontré con un sonajero. Me abrazó, y me dijo que los bebés no planeados eran los más queridos. Me puse nervioso porque estábamos todavía en la universidad y no teníamos trabajos de verdad, pero estaba feliz. Dios, eso había ocurrido apenas un par de meses atrás. ¿Cuándo habían comenzado a ir mal las cosas? Necesitaba arreglarlo todo. Quería a mi mujer de regreso.

Finalmente, Bodega y Vera entraron. Bodega llevaba un nuevo traje. No era todo blanco como el último que le había visto llevar. Era un fino traje azul oscuro, probablemente italiano, con un pañuelo rojo de satín saliendo del bolsillo del pecho. Su camisa, corbata y zapatos estaban coordinados en colores, prueba de que Vera lo había vestido para la ocasión.

Cuando Vidal vio a Vera, saltó de su silla y se dirigió hacia ella, pero Bodega lo detuvo. Podía ver que no quería que el anciano la tocara. Vera estaba en silencio, la cabeza caída. Parecía haber estado llorando.

—Vera, ¿está todo bien? —preguntó Vidal.

—Todo está bien —le respondió Bodega.

—¿Puedo preguntar quién es usted? —inquirió educadamente.

—William Irizarry —Bodega ladró. Vidal lo miró por un segundo. Trataba de entenderlo todo pero no podía. No tenía ninguna pista para ello. Luego volvió a mirar a su esposa.

—¿Debes algo a este caballero? —le preguntó con gentileza— ¿Dinero? ¿Otra cosa? Vera, por favor, háblame.

Iba a tocar su cabellera, consolarla, pero Bodega apartó su mano. Vera estaba en silencio.

—Escuche, señor Irizarry, no estoy seguro de qué trata todo esto…

—¡Basta! ¡Basta! —gritó Vera— John, estoy… estoy… te estoy dejando.

Tuvo que esforzarse para decirlo.

—¿De qué estás hablando?

—Su esposa nunca lo amó — dijo Bodega impulsivamente mientras Vera enterraba su rostro en el hombro de Bodega—. Ella siempre me amó a mí.

Tenía el pecho inflado. Vidal se quedó en silencio por unos segundos. Bodega lo miró como una cobra a punto de atacar. Vidal miró a Bodega por un momento antes de que sus ojos volvieran hacia su esposa.

—Vera, por favor, déjame ayudarte. Dime de qué se trata.

Como ella, él estaba a punto de llorar. Lucía cansado y dolido. Bodega luego acunó la cara de ella entre sus manos.

—Dile —Bodega casi susurró—. Dile que nunca lo amaste. Dile que te quedarás conmigo.

Vera miró a Bodega como si su sugerencia no fuera apropiada. Como si estuviera bien tener una aventura mientras se la mantuviera oculta.

—William —gritó ella—. Lo estoy dejando, ¿no es eso suficiente?

—Sí, pero dile que nunca lo amaste —lo dijo gentilmente, soltando su rostro. Ella luego miró a su esposo, que movía la cabeza incrédulo.

—John —ella resolló—. John, una vez te quise porque...

—Está bien, Vera —dijo él con ternura—. Sólo regresa.

—¿Es que no se da cuenta? —Bodega se acercó al anciano— Ella lo está dejando.

El esposo de Vera parecía intimidado. Bodega era el malo de la cuadra. Bodega retrocedió un paso y se paró al lado de Vera, poniendo sus manos en sus hombros. Ella miró al piso. Sus lágrimas cayeron sobre la madera, dejando pequeños puntos claros en el piso.

—Lo siento, John. Pero todavía me siento joven —dijo, alzando la cabeza y limpiándose las lágrimas.

—Cuando te conocí yo era apenas una adolescente y tú representabas un mundo que me era extraño —ella tragó duro y Bodega apretó sus hombros, urgiéndola a seguir—. Me gustó tu vida. Mis papás sabían, y yo también, que tenía que salir de este lugar.

—Está bien, Vera. Eso ya es pasado —dijo Vidal—. De ahora en adelante, haremos cosas...

—¿Es que no lo ves, John? Ya no te necesito. ¡Eres un anciano! —él retrocedió tambaleándose. Las palabras de ella eran como cuchillos— No sirves para nada. Ya ni siquiera puedes hacer el amor.

—Ya veo —dijo él con calma. Pero Vera no paraba.

—Eres un anciano que sólo encuentra consuelo en el dinero que obtiene.

Bodega parecía orgulloso de ella. La miraba con el aplomo de un papá que está entre el público viendo actuar a su hija. Podía darme cuenta, por la vacilación de Vera para decirle a su esposo todas esas cosas horribles, que en realidad era Bodega el que hablaba a través de ella. Quizás lo había practicado con ella, le había hecho recitarlo todo hasta que le salió bien. Vera podía haber estado enamorada de Bodega todo el tiempo, pero yo no creía que ella hubiera querido decirle a su esposo todas esas cosas crueles.

—Ya veo —repitió Vidal. Luego cobró fuerzas, ajustó su corbata y se cepilló el saco. Se aclaró la garganta —. ¿Y te puedo preguntar quién estaba allí cuando necesitabas dinero? ¿Para tu peluquería? ¿Tu ropa nueva que permanece sin ser tocada en tus closets? ¿Tus alimentos saludables y tus clases de yoga?

Hizo una pausa cuando Bodega soltó el hombro de Vera y apretó los puños.

—El día que te llevé al Met. ¿Recuerdas? Habías estado viviendo en la ciudad toda tu vida y nunca habías estado allí. ¿Recuerdas ese día…?

—¡Basta! ¡Basta!

—Querías ver y conocer todo.

Bodega buscó en sus bolsillos. Tomó la sortija y lo alzó frente a la cara del anciano. Luego la dejó caer lentamente de su mano, como una gota de agua. Vidal reconoció la sortija. Se arrodilló y la levantó en silencio, luego la vio por un momento antes de meterla a su bolsillo. Su cara estaba serena.

Sus ojos abandonaron a Vera y miraron a Bodega.

—¿La quieres? Entonces debo decirte algunas cosas sobre mi mujer.

—No necesito escuchar nada. Sé todo de Verónica...

—¿Verónica? —Vidal rió, sus ojos burlándose de Vera—. Verónica. No he escuchado que te llamaran así desde el día de la boda.

—Cállate, John —ella parecía desesperada por hacerlo callar. Los ojos del anciano regresaron a Bodega.

—Pero, verás, debo prevenirte acerca de ella. Acerca de sus aventuras. Han sido tantas. Personalmente, nunca me importó. Ella siempre volvía a mí. Verás, su cuerpo es como un hotel internacional, ha recibido a hombres de todas partes del mundo.

—Di una *fucken* palabra más y te romperé la cara.

—Ah —dijo el anciano, mirando más de cerca a Bodega—, ahora sé quién eres, eres su antiguo novio.

Comenzó a reír.

—Ahora sé de qué se trata —sus ojos abandonaron a Bodega y volvieron a Vera—. ¿Cuánto tiempo lleva esto, Vera?

—¡Ya cállate! ¡Cállate!

—¿Te cansaste de los de Miami? ¿Viniste aquí en busca de este ex matón que...

Bodega perdió la compostura. Sujetó al anciano del saco y lo tiró contra la pared. Traté de separar a Bodega. Bodega lo soltó. Vidal se rió con más ganas.

—¿Qué vas a hacer, matarme? ¡Bah!

Bodega apretó los dientes.

—No soy un don nadie.

—Me di cuenta de tu tipo apenas entraste con mi mujer. Eres uno de esos tipos metido en la droga que no vale un quilo. Se entiende, eso es todo lo que la gente en este barrio puede hacer. No podrías lograr un dólar honesto ni aunque te dieran un trabajo. Mi mujer no irá a ningún lado contigo y esta estupidez se acaba aquí.

Agarró a Vera de la mano y la trajo hacia él. Bodega lo abofeteó y le arrebató a Vera. Cuando el anciano recuperó el equilibrio, sacó de su saco un celular.

Pero antes de que pudiera terminar de marcar, Vera le disparó.

Le disparó sólo una vez, pero fue suficiente. El sonido de la bala no molestó a nadie. Fue un disparo sordo, un sonido ahogado por los platos que se lavaban al lado. Por un segundo, Vidal miró con ojos vacíos a Vera, perdido en una bruma de shock e incredulidad. Escupió, tosió y luego cayó redondo al piso, su mano todavía aferrada al celular. Bodega se acercó rápidamente a Vidal, le alzó la cabeza y le buscó el pulso. Miró fijo a los ojos del anciano, como si quisiera que ellos lo miraran y compartiera su fuerza y volviera a la vida. Pero la sangre del anciano corría al revés en sus venas y Dios no lo reconsideraría.

Miré a Vera, que había dejado caer el arma y retrocedía contra la pared. Se deslizó al piso hasta que sus piernas se doblaron y sus rodillas apretaron su pecho. Escondió su cara entre sus manos.

Yo no había hecho más que mirar angustiado.

—¡Cierra la puerta, Chino! —me dijo Bodega, mientras sacaba el mantel de la mesa. Todo lo que estaba sobre el mantel cayó al suelo, como en el viejo truco de magia mal hecho.

—No dejes que nadie entre.

Puso el mantel en el piso y envolvió al anciano con él. No sabía qué más hacer, así que hice lo que me dijeron que hiciera. Entonces Bodega comenzó a maldecir.

—¡Coño! ¡Puta! Carajo, ¿para qué diablos fue esa mierda? —se acercó violentamente a Vera y gritó—: Mierda, Vera, ¿quién putas te dijo que lo mataras?

—¡Lo siento! —ella también gritó, todavía con la cara escondida entre las manos.

—¡Ave María, coño, me cago en la madre!

—Lo siento, William —dijo ella, todavía agachada en el suelo—. Lo siento.

Bodega entonces se arrodilló a su lado.

—¿Vera?

—Oh, Dios, lo he matado. Oh Dios, lo siento, William. No puedes dejar que vaya a la cárcel, por favor, William.

Bodega apartó sus manos y le descubrió el rostro.

—Está bien, mami, no irás a la cárcel —lo dijo suavemente.

—Lo siento.

—Chino, ayúdame a levantarla.

Las piernas de Vera estaban débiles; como un ternero que está aprendiendo a caminar, ella estaba bamboleante y desorientada. La sentamos y ella puso su cabeza en la mesa, ocultando de nuevo la cara entre las manos. Bodega se arrodilló al lado del anciano, ahora envuelto con el mantel. Sacó el celular de las garras de Vidal. Hizo una llamada rápida. Habló en voz queda, asegurándose de que yo no lo escuchara. No que importara. Sabía que Nazario estaba al otro lado de la línea. Luego colgó.

—Escucha —puso su mano en mi hombro—. Tú fuiste el único que estaba aquí—me miró fijo a los ojos y susurró—. Tú fuiste el único que me vio dispararle.

Me quedé helado.

—¿Qué?

—Yo le disparé —dijo Bodega, asegurándose de que Vera no escuchara nada—. ¿Me entiendes, Chino?

Asentí, pero en ese mismo momento supe que Bodega estaba perdido. Sus sueños acerca del barrio habían estado muy cerca a su amor por Vera, primos incestuosos que no tenían derecho a involucrarse entre ellos. Cuando me miró esa noche, su cara todavía tenía esa mirada radiante, ese bien enfocado haz de luz que no podía fallar en el blanco. Pero fallaría.

—Era mi arma.

—¿Qué hacía ella con tu arma?

—Habíamos ido a disparar por el East River —dijo él.

Hasta hoy, pienso que de una forma extraña Bodega estaba en realidad feliz de que el marido de Vera hubiera muerto. Su traje manchado de sangre no apagaba esa chispa en su conciencia que le decía que Vera era toda suya. Sus votos matrimoniales habían sido cortados, eso seguro. Ahora, como en el pasado, él y Nazario limpiarían el desorden y él podría continuar soñando. Sólo que esta vez Vera estaría a su lado.

—¿Entiendes?

—Te entiendo.

No entendía y no tenía nada que añadir.

—Lo siento por tu mujer —dijo con tristeza, y luego miró a Vera, que había encendido un cigarrillo y lo fumaba con nerviosismo.

—Me las arreglaré —dije, mirando a Vera.

—Te ayudaré —dijo Bodega, como si yo fuera el que necesitara ayuda. Como si no hubiera un muerto en el piso.

—No te apures, haremos que regrese —sonrió—. Te veo mañana. Veremos qué podemos hacer al respecto.

—Seguro.

¿Qué más podía decir? Bodega regresó donde Vera, se sentó a su lado, puso sus brazos en torno a ella. Su cara estaba ausente, como si se estuviera volviendo loca lentamente.

—Hey, Willie —dije cuando estaba a punto de salir—. Creo que vales como todas las almas en el infierno. Allá hay miles más de almas de las que hay en el cielo. Así que vales mucho, pana.

Se rió brevemente; sus ojos se encontraron con los míos en una mirada profunda; luego se apartaron. Y se quedó ahí sentado junto a Vera mientras esperaba a Nazario.

Los dejé solos con ese tipo muerto en el suelo, que no significaba nada para mí. No era de la familia o algo por el estilo. Los dejé allí en ese salón, sentados uno junto al otro como dos pájaros en una rama.

Cuando llegué a casa, me di cuenta que decirle a Bodega que valía como todas las almas en el infierno era el único cumplido, si se le consideraba como tal, que le había hecho o que le haría. Al día siguiente, Bodega estaba muerto.

Duodécimo round: Knockout

*«The Way a Hero Sandwich Dies in
the Garment District at Twelve
O'Clock in the Afternoon»*

Al día siguiente, El Barrio parecía un país bajo ley marcial. Era un campo de batalla lleno de carros de policía, periodistas, equipos de camarógrafos.

Temprano en la mañana me había despertado un ruidoso golpe en la puerta.

—¿Quién es?

—¿Señor Mercado? Abra, necesitamos que venga con nosotros.

Eran Ortiz y DeJesús. Abrí la puerta.

—¿Estoy arrestado? —pregunté.

—No. Para nada —Ortiz había decidido ser directo conmigo.

—Entonces no puedo ir. Tengo que ir a...

—William Irizarry está muerto —dijo Ortiz. Mi estómago vacío comenzó a hacer sonidos de animal agonizante.

—¿Cuándo?

—Anoche. Le dispararon.

—¿Quién? —pregunté.

—Venga con nosotros —DeJesús gruñó. No me importaba. Era muy temprano como para preocuparme de este malencarado policía.

Me vestí y salí con ellos. Afuera, las calles tenían un color azul oscuro en la luz de la mañana temprana. Había muchos oficiales comandando a un montón de policías; enviándolos en grupos de a cuatro y a veces de seis, todos ellos peinando el barrio en busca de algo o quizás para mostrar su fuerza. Se trataba de una aritmética cruel. Cuatro hombres armados enviados a una sola esquina. Aparte de los policías, las calles estaban vacías. Sólo los policías vagaban por las calles, si no a pie, en sus carros de patrullaje, yendo por las avenidas de arriba abajo, de la Primera a la Quinta, de la 125 a la 95, dando vueltas en torno a Spanish Harlem como tiburones. En vez de música salsa, los *walkie-talkies* de los policías estaban a todo volumen, bombardeando las calles con lo que parecía un nido de víboras siseantes.

Pero yo no pensaba más que en Bodega. Bodega estaba muerto. La última vez que lo había visto, iba a cargar con la culpa de su amada. En mi imaginación quedó su imagen reconfortando a Vera con la promesa de que todo saldría bien. Reanimándola tantas veces y de manera tan sentida que ella probablemente le creía. Me pregunté si Vera también estaba muerta.

Al entrar a las oficinas del Distrito 23, con Ortiz y DeJesús, vi a Nazario. Al principio pensé que estaba bajo arresto, pero cuando vi a Vera sentada a su lado en el banco de madera, sabía que me estaba esperando.

—Este hombre es también mi cliente —dijo a DeJesús y Ortiz. Vera estaba muy viva y parecía más sosegada que la última vez que la había visto. Pero también parecía agotada. Su maquillaje estaba corrido y sus ropas arrugadas. Me recordó al día en que ella y Bodega llegaron a mi apartamento, tan borrachos y felices.

—Él no está bajo arresto —dijo Ortiz.

—Entonces déjenlo que se vaya a casa.

—El capitán quiere hablar con él…

—Pero si ya todo está dicho —dijo Nazario con calma—. Todos los informes han sido firmados. Todas las cuentas tomadas, todos los testigos interrogados. Está todo allí.

Nazario debía haber estado en el lugar mucho más tiempo del que pensé. Estaba seguro que sabía todo: quién había matado a Bodega y por qué. Me pregunté cuánto de toda la verdad le había contado Nazario a la policía, si es que le había contado algo de la verdad. ¿Y cuánto de la verdad me contaría a mí?

—¡No! No todo está allí —ladró DeJesús—. Tenemos informes de que Mercado fue testigo.

Me quedé en silencio. Nazario miró fríamente a DeJesús, como una víbora estudiando a un ratón.

—¿Me permite un minuto a solas con mi cliente?

—Seguro. No está bajo arresto —dijo Ortiz. Luego retrocedió unos cuantos pasos y Nazario y yo les dimos la espalda. Vera permaneció sentada.

—Sólo di que no estabas allí cuando le dispararon a John Vidal —fue todo lo que él dijo.

—¿Qué le pasó a Willie? —susurré, pero él ignoró la pregunta.

—No te preocupes —Nazario frotó sus ojos como si necesitara dormir—. Sólo di que no estabas en el restaurante, y todos nos iremos a casa.

Emitió un suspiro largo y cansado.

Enfrentamos a Ortiz y DeJesús. Nazario fue donde Vera estaba sentada, y le dijo que regresaría. Ella asintió y buscó su polvera en la cartera. Había llorado mucho y necesitaba revisar el daño. DeJesús y Ortiz nos llevaron a la abarrotada oficina de Leary. Leary estaba asediado por gente que no parecía de la policía, pero no me importó nada. Cuando vio a DeJesús, Ortiz, Nazario y a mí, Leary se excusó y fue a reunirse con nosotros fuera de la oficina. Leary me miró. Apretó los labios y movió la cabeza. Sus ojos estaban tan cansados como los de Nazario.

—Bueno, no nos compliquemos. Señor *Mercaydo*, ¿estuvo en algún momento ayer en el restaurante Ponce de León?

—No.

—Bien —hizo un gesto a Ortiz y a DeJesús para que nos llevaran. Para él, todo esto era una formalidad, como si supiera lo que iba a decir de antemano, como si lo alegrara que dijera eso porque eliminaría a la mitad todo el papeleo y él podría cerrar el caso.

—¿Capitán, no debería él firmar una declaración? —protestó DeJesús.

—Mi cliente no tiene que firmar nada —intervino Nazario.

Leary estuvo de acuerdo. Tenía todo lo que quería. No importaba que hubiera algunos cabos sueltos aquí y allá. Lo más importante, dos de los tres homicidios —Alberto Salazar, John Vidal y William Irizarry— habían sido resueltos en un día. Willian Irizarry era responsable de las muertes de Alberto Salazar y John Vidal. No estaba todavía seguro de quién había matado a Bodega, pero al igual que Leary, tenía una idea.

Sin decir nada a Leary, Nazario y yo salimos. Leary regresó a su oficina y se preparó para enfrentar a la turba adentro. Nazario y yo fuimos a buscar a Vera, que esperaba en silencio sentada en el banco. Los tres salimos del lugar, los tacos de Vera como castañuelas al rayar el alba.

Afuera, un carro esperaba a Nazario. Él le abrió la puerta a Vera. Ella no me había dirigido la palabra y, realmente, no me importaba. No tenía nada que decirle. Nada.

Vera entró al carro. Nazario le dijo al chofer que esperara un momento.

—Willie está muerto —miró al suelo de concreto—. Fue Fischman.

—¿Cómo?

—Le disparó. Escucha —dijo con frialdad—, tuvimos que echarle toda la culpa a Willie, porque Willie ya estaba muerto. ¿Entiendes?

—Entiendo. ¿Cuándo le dispararon?

—Cuando iba a entregarse.

—¿Por Vera?

—Sí.

—Entonces sabes que fue Vera quien le disparó a John Vidal —dije.

No me respondió.

—¿Por qué ni Nene ni tú lo acompañaron cuando iba a entregarse?

—Quería ir solo.

—¿Y lo dejaste?

—Es tarde.

Eso fue todo lo que dijo. Sus ojos se cerraron con tanta firmeza como los de una iguana. No me molesté en insistir porque Nazario nunca me contaría todo. Tendría que preguntarle a Sapo. Nazario entró al carro.

Entendía a Nazario. Bodega ya estaba muerto. ¿Para qué hacer encerrar a otra persona? Nazario estaba dejando todo suelto, incluso si eso significaba dejar que los policías se la arreglaran con Fischman. Había mucha gente muerta ya, ¿y para qué hacer que otros murieran al intentar atrapar a Fischman? Sin Bodega, no había razón para continuar. Nazario era demasiado práctico como para vengarse. Había evitado las pérdidas de todos y sólo quería ir a casa con todo lo que pudiera rescatar. Era lo único que podía hacer porque todo había terminado. Los sueños de Bodega habían muerto. Habían muerto muy rápido, «the way a hero sandwich dies in the garment district at twelve o'clock in the afternoon», en las palabras del poeta Piñero. Lo único que podía hacer ahora era proteger a los amigos de Bodega, a Sapo, a mí, a Nene y, por supuesto, a Vera. Era lo que Bodega hubiera querido que Nazario hiciera.

Así es como encajan todas las piezas. Todo había terminado.

Entonces, más tarde ese mismo día, Negra me visitó.

Ella golpeaba la puerta, cada vez más fuerte, y decía: «Sé que estas ahí, Chino, ¡abre!». Yo estaba echado en el sofá con las cajas sin abrir alrededor de mí, mirando al techo. No tenía ganas de verla. Había demasiada tristeza en mi vida como para hablar con alguien. «¡Chino! ¡Sé que estás ahí!» Blanca se había ido y Bodega estaba muerto. El barrio estaba lleno de azules. Los policías estaban por todas partes y yo no quería ir a trabajar porque no quería volver a salir y encontrar las calles de esa manera.

Negra siguió golpeando la puerta, pero no había forma de que me levantara. Yo estaba vencido y me regodeaba en la autocompasión. Luego los golpes cesaron. Pensé que Negra se había ido a casa. Quizás ahora podría dormir un poco. Quizás despertaría sintiéndome algo mejor. Quizás incluso visitaría a Blanca después de que saliera del trabajo. Si es que ella quería verme. ¿Me vería? Sí, quizás.

Me quedé pensando en todas esas cosas inútiles y cuando me di cuenta que la ventana que daba a la salida de incendios estaba abierta, era demasiado tarde. Salté del sofá y me dirigí a la habitación, donde se hallaba la salida de incendios, pero cuando llegué allí Negra ya estaba escalando por la ventana e ingresando a mi hogar.

—¡Sabía que estabas aquí! —me gritó.

—Contra, Negra, ¿qué quieres? —dije, y regresé al living y me tumbé en el sofá.

Ella estaba parada frente a mí.

—Chino, Víctor todavía está bien.

—Increíble —dije—, las calles están hirviendo de policías, y tú irrumpes en mi casa. Increíble. Lo Mejor de Nueva York.

Suspiré, pensando que mi salida de incendios daba a la calle y sin embargo nadie la había visto. O quizás a nadie le importaba.

—Me importa un carajo lo que haya ocurrido. Lo que quiero es que le den una pela a Víctor.

—Pensé que lo habías aceptado en casa de nuevo. ¿Por qué quieres todavía que le metan caña? Además —dije, levantando un poco la cabeza para mirarla—, ¿cómo supones que voy a hacer eso ahora que Bodega está muerto?

Sólo decir su nombre en voz alta me hizo sentir tristeza. Estaba de algún modo también relacionado con la partida de Blanca. De golpe había mucha ausencia en mi vida. Los hechos eran palabras compuestas que no podían separarse.

—Conoces a Sapo.

—Sí, pero Sapo no hará nada por ti, Negra.

—Sí, pero lo haría por ti. Él debe de estar en deuda contigo. Pídele un favor de los buenos.

—Negra, no tengo tiempo para esto, ¿okey? ¿Sabes qué es lo que acaba de ocurrir? ¿Sabes o no?

—Sí, lo sé, y qué. Bodega fue asesinado por un tipo de Loisaida —sacó un cigarrillo—. Él nunca hizo nada por mí. El barrio hablaba de él como si fuera Dios, pero él nunca hizo un carajo por mí.

Sonó el timbre pero no me molesté en levantarme.

—¡Váyanse! —grité, pero la curiosa de Negra fue a abrir la puerta.

Era Blanca.

Me levanté, susurré «hola», sorprendido y feliz de verla.

—¿No vas a besar a tu esposa, Chino? Vaya —dijo Negra, pero me sentí tan inútil y estúpido que no quería perturbar más al universo o a Blanca. Quizás ella retrocedería, lo cual me dolería mucho. Pero Blanca se me acercó y puso sus manos en mi rostro.

—¿Estás bien? —preguntó.

—Ajá, estoy bien —dije imperturbable, como si fuera *Mister Cool*, porque no quería que Blanca se sintiera mal por mí.

—Tu amigo está muerto —dijo ella, la voz triste. Triste por mí, porque ella no lo había conocido realmente—. Vine a ver si estabas bien.

—Nunca fue mi amigo —le dije, pero me di cuenta rápidamente que no debía mentirle más a Blanca. Dije—: No, era un buen amigo. Creo que hubiera reconstruido el barrio. No sé si lo puedes entender.

—Entiendo —dijo Blanca—. Por mí, siempre creíste que yo no entendería.

—¿Estás bien, el bebé está bien?

—Sí, estamos bien…

—¡Por cuánto tiempo me van a torturar los dos! —Negra aparentó náuseas— Blanca, dile lo que viniste a decirle.

Blanca me soltó. Se sentó en el sofá, y yo me senté a su lado. Ella comenzó.

—Me dijiste que mi tía Verónica estaba enamorada de tu amigo.

Me miró a los ojos.

—¿Tía Verónica? ¿Tía Verónica? —Negra rió y encendió otro cigarrillo— Tía Verónica estaba enamorada de la mitad de El Barrio. Era más puta que las gallinas, nos contó mi mamá. Deberían tener una placa en su nombre en el *Boys Club* de la 112 y Segunda.

Ahí fue cuando me di cuenta de todo. Mi sangre se enfrió de sólo pensar en lo que realmente había ocurrido. Y mientras Negra seguía hablando, sin dejar que Blanca dijera algo, todo fue cayendo en su lugar. ¿Podía haber sido así de verdad? Parecía muy triste y cruel. Tan cruel que uno jamás pensaría que la gente sería capaz de hacer tamaña cosa.

—Esa mujer es como un carro *rentao*. Si tú tienes el dinero te da las llaves. Dios santo, mami dice que, cuando crecía, Verónica se colgaba de la pinga de cualquiera que le presentara una tarjeta de crédito.

—¡Cállate, Negra! —dijo Blanca bruscamente, y Negra le dio una fuerte pitada a su cigarrillo—. Mi madre me dijo que años atrás su hermana salió con un montón de tipos, pero que el tipo del que supuestamente estaba enamorada, Julio… su nombre no era William Irizarry.

Lo peor había sido confirmado. Cerré mis ojos, incrédulo, reclinándome contra el sofá. No quería oírlo, pero de todos modos Blanca me lo dijo.

—El tipo al que realmente amaba, su nombre era Edwin Nazario. Julio —dijo ella, hablando como su hermana—, se han aprovechado de ti.

Libro III

Nace una nueva lengua

dreamt i was this poeta
words glitterin' brite & bold
in las bodegas
where our poets' words & songs
are sung

MIGUEL PIÑERO
«La Bodega Sold Dreams»

Panegírico

Pa lante, siempre *pa lante*

Su madre no sabía con seguridad cuándo o dónde se habían conocido Nazario y Vera, pero Bodega nunca lo supo. Ahora todas las piezas encajan: Nazario y Vera habían estado planeando esto desde hace tiempo. Me imagino que Bodega no lo supo hasta el mismo instante en que Nazario sacó su arma para dispararle. Sus ojos debieron haber saltado de dolor, la mente le debió haber dado vueltas de incredulidad. En esos pocos segundos, su corazón se le debió haber partido. De nuevo. Yo no estaba allí, pero a veces uno sabe.

Vera sólo quería a su esposo muerto. Por eso es que el día en que llegaron a mi puerta, borrachos y haciendo bobadas, ella le pidió a Bodega que le enseñara a disparar. Había planeado matar a su esposo con el arma de Bodega. Sabía que Bodega haría cualquier cosa por ella, incluso cargar con la culpa de esa muerte.

Y Bodega lo haría, confiado en que Nazario lo sacaría libre o al menos con una leve condena. Bodega estaba más que listo para ir a la cárcel por Vera. Vera y Nazario sabían que Bodega todavía podía dirigir las cosas desde su celda. Por eso es que tenía que morir.

El día en que lo conocí, Bodega había dicho: «Si algo me ocurre a mí, la gente saldrá a las calles».

Pero eso nunca ocurrió. Cuando lo mataron, ningún carro fue volcado. No hubo incendio alguno. Ningún policía fue asesinado. Nada. La gente de Spanish Harlem tenía que ir a su trabajo. Tenían familias que alimentar, escuelas a las que asistir de noche, negocios que atender, y otras cosas que hacer para mejorar sus vidas y las de ellos mismos. No, nadie salió a la calle.

El día del funeral de Bodega, que ocurrió un día después de que Negra y Blanca me visitaron, fui a buscar a Sapo. Fue fácil encontrarlo. No por su grande y reluciente BMW, sino por el cielo. Verán, cuando algo realmente malo ocurre, a Sapo todavía le gusta volar chiringas. Así que me levanté temprano esa mañana, salí de la casa, y miré al cielo. Vi una chiringa volando cerca y le seguí la pista. Tomé el ascensor, sucio y apestoso a orines, hacia el piso catorce, luego subí al techo por las escaleras, sin preocuparme por la alarma porque sabía que no funcionaba desde que éramos niños. Salí al techo y di vueltas en busca de Sapo. Entonces lo vi, mirándome, la cuerda de su chiringa atada a un poste.

—Sabía que vendrías.

—¿Te llamó Negra? —pregunté.

—Ajá, esa perra me llamó.

—Entonces ya lo sabes.

—Lo sé.

—¿Qué hacemos entonces?

—No puedo hacer ni mierda. Hombre, tengo mi carro escondido en el Bronx. Por ahora, no debo llamar la atención. Tengo que caminar por las calles como si fuera un ciudadano de segunda. Tengo que salir y conseguir comestibles y volver directo a casa. Ahora mismo, no puedo hacer ni mierda.

—¿Y más tarde?

—Más tarde, Chino, cuando esta mierda se calme, tampoco podré hacer ni mierda. Porque Bodega podrá estar muerto, pero su imperio está allí, para que alguien se apodere de él. Y esta vez yo planeo ser el Hombre. Quizás, más tarde, iré tras ese hijo de puta.

Sapo desató la cuerda y comenzó de nuevo a hacer volar su chiringa.

—¿Por lo menos vas a ir a su funeral?

—¿Estás loco? Tengo que pasar desapercibido.

—Buena suerte, bro.

Estaba a punto de irme.

—¡Oye, Chino, *pera,* no *corra!*

—¿Qué quieres?

—¿Por qué ya no pintas? ¿Recuerdas que en la escuela te la pasabas pintando? Buenos cuadros, además. Pintaste un fracatán de buenos RIP, y en la escuela todos los profesores te pedían algo.

—No lo sé, es una de esas cosas que se termina.

—¿Volverás algún día a pintar?

—Seguro —contesté, por decir algo.

—Qué bien. Deberías pintar al menos un RIP más. Por Bodega, ¿sabes?

—Después, bro.

Comencé a alejarme, intrigado por el interés de sapo en saber por qué yo ya no pintaba.

—¿Por qué tanto ajoro, bro? ¿Recuerdas que jugábamos a los Kid Comets en este techo? ¿Te acuerdas?

—Ajá. Cruel, pero divertido.

Kid Comets consistía en capturar una paloma, rociarla de gasolina, luego encenderla con un fósforo, justo en el momento en que la dejabas libre. El ave volaba por unos segundos y luego se convertía en una bola de fuego y se estrellaba contra el suelo. Lo hacíamos por las noches. En el techo. Veíamos al ave freírse extra crujiente en el aire, y nos reíamos.

—De todos modos, son sólo ratas con alas. Y hay muchísimas —dijo Sapo.

—Me tengo que ir, hombre.

Él no quería que me fuera, y yo quería quedarme recordando cosas y riéndome con Sapo, pero tenía cosas que hacer.

—Chino —dijo cuando me vio dirigirme de nuevo hacia la puerta del techo—. Sólo quería saber si lo recordabas, porque eres mi único amigo.

A su manera, Sapo me decía que los recuerdos de su infancia eran importantes para él. Y·yo estaba en gran parte de ellos.

—Lo recuerdo —dije. Lo dejé en el techo, bajé y tomé el ascensor hacia el vestíbulo.

Como muchos otros, Sapo no quería ser visto en el funeral. Sapo estaba en lo cierto, Bodega se había ido y sus sueños se habían disuelto como barquillos en el agua; sus edificios serían reclamados por el ayuntamiento, el cual elevaría nuestros alquileres. Pero su imperio subterráneo estaba todavía allí para que alguien se apoderara de él. Era un juego de gallinas, y cuando se aclararan las cosas, todos los gallos se iban a pelear por el botín de Bodega. Yo apostaba por Sapo. Porque Sapo era diferente.

Regresé a casa, me preparé algo para desayunar y leí un poco. No iba a ir al trabajo porque planeaba asistir más tarde al funeral de Bodega. Lo que más temía era tener que hacer una llamada. Yo no soy de los que delatan a la gente. Pero el barrio había sido traicionado. Conociendo bien a Nazario, sabía que era sólo cuestión de tiempo antes de que Nazario me borrara del mapa. Yo era el único que había estado allí, yo conocía la verdad. No tenía miedo; estaba furioso. Sólo que odiaba tener que recurrir a la policía. Hubiera preferido que fuera gente del barrio la que los castigara a él y a Vera. Que los colgara de un poste de luz como viejos zapatos de tenis.

Pero no tenía otra opción, así que llamé a Ortiz y a DeJesús, me reuní con ellos en las oficinas distritales, y después fui al funeral.

La gente del barrio quizás no haya salido a las calles como Bodega pensaba que lo haría, pero eso no significaba que lo hubieran olvidado. Todo el barrio estaba en el funeral. Parecía como si todos hubieran dejado las cosas a un lado y hubieran ido a darle a Bodega sus humildes respetos y a mostrarle su aprecio. El servicio religioso se llevó a cabo en la iglesia metodista de la 111 y Lexington —la misma iglesia de ladrillos rojos que los Young Lords habían asaltado y tomado, y desde la cual habían lanzado su gran ataque: campañas para recolectar ropa, desayuno gratis, clínicas de puerta en puerta, almuerzos gratis; incluso recogían la basura que el Departamento de Sanidad siempre descuidaba. La iglesia estaba llena y afuera la gente se apiñaba en las calles como si se tratara de un desfile.

Después del servicio, la hermana de Bodega había pedido a los gerentes de un minimercado en la esquina de la 109 y Madison que dejaran que la gente viera allí el cuerpo de Bodega. Los tres dominicanos, una pareja de esposos y su socio, aceptaron porque Bodega los había ayudado un par de veces a pagar el alquiler. El lugar fue despejado para el velorio.

Todos sabían que Bodega le tenía cariño a ese minimercado porque allí quedaba antes la Casa Funeraria González. Allí se había llevado a cabo el velorio del Young Lord Julio Roldán, arrestado y asesinado por la policía, que luego dijo que se había ahorcado en su celda. Bodega había asistido a ese funeral, décadas atrás, cuando era un adolescente y la muerte era algo muy lejano como para asustarlo. Cuando en la calle todavía se lo conocía como Izzy. En esos días, era un ladrón de poca monta cuyo corazón había sido robado por Verónica Saldivia. Él creía que Verónica estaba tan locamente enamorada de él como él lo estaba de ella, y dispuesta a defender con su mismo fervor la causa del status de los puertorriqueños. Bodega había asistido al funeral de Roldán con Verónica a su lado, antes de que Vera Vidal y Willie Bodega hubieran sido inventados. El joven Izzy había hecho la guardia bajo el reloj de la casa funeraria, que daba gratis la hora a la avenida Madison, junto a sus camaradas Lords, con sus boinas y rifles descargados. Protegían las espaldas del barrio. Era una época en que las esperanzas por El Barrio parecían fértiles, y el amor parecía al fin alcanzable.

Así que el velorio se llevó a cabo en ese mismo lugar. Puertorriqueños y latinos de los cinco municipios vinieron a mostrar sus respetos. La fila serpenteaba a través de la 109 hasta la Quinta, donde doblaba hacia el centro, pasando por El Museo del Barrio, el Centro Internacional de Fotografía, el Museo Judío y el Cooper-Hewitt, y terminaba por el Guggenheim. Durante tres días, la Quinta Avenida estuvo coloreada como un loro. La raza del arco iris, latinos desde lo más negro de lo negro hasta los ojos más azules y el pelo más rubio, todos haciendo salpicar su complexión multicolor en la ribera de Central Park. Todo el continente latino estaba representado, incluyendo la pequeña cintura de América Central y todas las islas que la decoraban como un collar de perlas. Todos estaban allí, como si se tratara de un desfile en honor a un monarca agonizante. Y para pasar las horas en la fila, historias acerca de Bodega comenzaron a circular a lo largo de la avenida. Casi todos tenían una, y los que no, añadían algo a las historias al volverlas a contar.

«Una vez me ayudó con mi alquiler.»

«Me ayudó a mantener a mi hija en la escuela.»

«Nos ayudó a conseguir trabajo a mi hermana y a mí.»

«Una vez me regaló una caja de Miller.»

Después del velorio de tres días, una carroza, larga, negra, reluciente y elegante como anteojos Ray-Ban Wayfarers, llevó el cuerpo de Bodega al cementerio de Queens. Filas de carros con las luces encendidas atascaban la Tercera Avenida. Atascaban la 125. Atascaban FDR Drive. Y a lo largo del infinito convoy que hacía la ruta del barrio hacia la autopista, se escuchaba a los transeúntes preguntar: «¿A quién están enterrando?»

—A Bodega —respondía alguien.

—¿Quién era el tal Bodega?

—Un Young Lord. William Carlos Irizarry. Hombre, ¿dónde has estado? Estaba por todos lados en *El Diario*.

Como siempre, fue el único periódico que cubrió la historia.

Los transeúntes se santiguaban: «Bendito, que Dios lo cuide».

Los que no salieron a la calle miraban desde las ventanas. Mujeres jóvenes gritaban y chillaban. Mujeres mayores golpeaban en ollas y cacerolas con cucharas de palo. Era para hacerle saber al mundo que no se trataba sólo de un cuerpo hueco dentro de esa carroza. Ese cuerpo *había* contenido alguna vez el alma de Willie Bodega. Así que la gente había salido a las calles, pero no con furia sino para rendir honores.

En el cementerio, la multitud se reunió como el moho en torno al terreno, en el que un jesuita de San Cecilia hacía el signo de la cruz y rociaba tierra sobre el ataúd. Había mucha gente joven, demasiados como para que yo pudiera contarlos. Sabían que eran los estudiantes cuyas matrículas pagaba Bodega. Su «gran sociedad», como lo explicó el día en que lo conocí. Se agarraron de las manos y comenzaron a cantar una canción que no pude reconocer. Estaba demasiado ocupado observando a Vera. Su elegante vestido negro y postura perfecta; para las lágrimas, el pañuelo negro que hacía juego; sus zapatos con tacos que hacían huecos en el pasto. Era, en su plenitud, Verónica Saldivia-transformada-en-Vera.

Minutos después, Nazario ayudó a bajar el ataúd con Nene. Nene permaneció allí, digno, pero sin dejar de llorar y llorar, inconsolable. Los demás portadores del ataúd eran ex Young Lords: Pablo Guzmán, Juan González, Felipe Luciano, Denise Oliver, Iris Morales. Parados junto a ellos estaban algunos artistas del Taller Boricua: Fernando Salicrup, Marcos Dimas, Irma Ayala, Jorge Soto, Gilbert Hernández y Sandra María Estévez, junto a algunos ex convictos y poetas. Miguel Algarin, el reverendo Pedro Pietri, Martín Espada, Lucky Cienfuegos, e incluso a Miguel Piñero se le aguaron los ojos junto a Piri Thomas, Edward Rivera y Jack Agueros. Casi toda la aristocracia de East Harlem.

Después, todos bajaron la cabeza por un interminable minuto de silencio. Cuando el silencio fue roto, la gente se dispersó como cuervos. Todos se dirigieron a las guagas que los llevarían al *subway*. Los que tenían carro llevaban a los que no tenían, y un gruñido de motores ahogó el gorjeo de los pájaros.

Mientras se vaciaba el cementerio, esperé hasta que Nazario y Vera abrazaran al jesuita y a cualquier otro que siguieran engañando. Luego me encaminé hacia Nazario. Vera lo esperaba en el carro junto a Nene.

—Lo sé todo —le dije a Nazario. Sus ojos se cerraron. Se me acercó, dándole la espalda al carro donde estaba Vera—. Tú mataste a Willie.

Se acercó aún más, su cara casi junto a la mía.

—Esto funciona para todos. Para toda la gente. Teníamos que limpiarnos de todo. Sólo al matar a Bodega y echarle toda la culpa podía lograrse eso. Todos están limpios ahora, Julio. El barrio está en mejor estado.

Siempre práctico. Para Nazario, se justificaba lo que él y Vera habían hecho.

—No, él único que está mejor eres tú. Te quedas con Vera, con el dinero de su esposo y con el poder de Willie.

—Vete a casa, Julio.

Nazario era un reptil, sus venas tan frías como una navaja en la mañana.

—Traicionaste todas esas cosas tan hermosas.

Me miró como si quisiera matarme. No se dio cuenta de que Ortiz y DeJesús estaban detrás de él hasta que le tocaron el hombro y lo arrestaron. Nazario se fue pacíficamente. Hizo una sonrisa falsa, como avergonzado de haber sido atrapado, y luego sonrió levemente a los detectives mientras les daba sus manos para que fueran esposadas. Vera y Nene ya habían sido sacados del carro, esposados y distribuidos en diferentes carros de policía. Vi resistir a Vera, pateando la puerta del carro desde adentro, gritando y maldiciendo como Negra.

Otro carro de policía esperaba a Nazario. Ortiz y DeJesús lo condujeron hacia él. Mientras Nazario caminaba, hecho un sándwich por los detectives, se detuvo un segundo, se dio la vuelta, y gritó: «Dile a Sapo que cuando lo tenga todo, me necesitará».

No respondí. Sólo Nene me daba pena. Él seguía llorando la muerte de su primo. Me sentí triste por él y supe que no tenía idea de lo que había ocurrido. Nene sólo había hecho lo que se le había pedido. Él sólo quería a su primo de regreso. Me prometí visitarlo en la cárcel y llevarle un ghetto blaster y unos CD *oldies*. Como todos nosotros, no había tenido idea. Nazario había mantenido a todos en la oscuridad.

En el cementerio, después de que los policías se llevaran a Vera, Nazario y Nene, me senté cerca de la tumba de Bodega. Deseé ser un fumador, así tendría algo que hacer. Dejé de pensar y miré a mí alrededor. El cementerio no era un mal lugar. Era la primavera y el sol era generoso, y el pasto estaba verde y recién cortado. Había sauces llorones e hileras de manzanos hacia la colina. Se respiraba aire limpio y un águila planeaba en el cielo. Había pequeños ruidos de insectos. Un par de cuervos pasó volando y aterrizó en una tumba cercana. Había mucha vida en el cementerio. Me quedé hasta que la última guagua estuvo a punto de partir.

De regreso a Spanish Harlem, conjeturé que no había sido Fischman quien había incendiado el edificio en venganza por la muerte de Salazar. El mismo Nazario debió haberlo hecho. Por eso había llegado tan rápido al lugar, presentándose a los inquilinos como si fuera Cristo. Me di cuenta de que los italianos en Queens no eran como él los había pintado. Todo había sido una farsa. Supe que algo andaba mal cuando Bodega me dijo que Nazario me había escogido para acompañarlo. Era porque Nazario sabía que podía engañarme, y así también engañar a Bodega. Nazario podía informar luego a Bodega que se había encontrado con el capo italiano y que éste le había dado luz verde para matar a Fischman. Nazario me había llevado con él como evidencia de que el encuentro había ocurrido.

Así que Vera había matado a su esposo con el arma de Bodega. Nazario había matado a Bodega. Y como todos pensaban que había mala sangre entre Bodega y Fischman, Fischman sería culpado por la muerte de Bodega. Eso hubiera dejado todo en las manos de Nazario y Vera.

Cuando regresé a Spanish Harlem, el sol se había puesto. Se había puesto por primera vez sobre los restos mortales de William Carlos Irizarry.

Reinaba el silencio en el barrio mientras caminaba por él. Como el himno del nuevo país de Bodega. No había salsa en las calles y la gente parecía haber llegado a casa luego de un largo día de trabajo.

Se me acercaron un anciano y un niño que llevaban valijas.

—¿Sabe dónde podemos encontrar a Willie Bodega? —preguntó el anciano con un español lento—. Mi nieto y yo acabamos de llegar de Puerto Rico y mi primo me dijo que ese hombre nos encontraría un lugar para vivir y trabajar. Mi primo fue conserje de uno de sus edificios.

Los miré. Se habían perdido la fiesta.

—Willie Bodega no existe —le dije—. Lo siento.

—No, mi primo nunca me mentiría. Dijo que un hombre llamado Willie Bodega me ayudaría. Tengo que encontrarlo.

El anciano apretó la mano de su nieto con más fuerza, levantó su valija y se fue. Dio unos pasos y le hizo la misma pregunta a alguien más. Alguien que con suerte sabría donde estaba Bodega y no lo decepcionaría. Pero la persona se rió del anciano y continuó caminando.

—¡Pera! —le grité. Siguió caminando, así que fui tras él.

—Pueden quedarse conmigo. Tengo una habitación extra. Mi esposa me dejó por unas semanas.

Él estaba muy agradecido. Me dijo que se llamaba Geran y que su nieto era Hipólito, y después me hizo un montón de promesas que sabía que eran verdaderas. Había venido a trabajar y comenzar una nueva vida y se iría de mi apartamento tan pronto como le fuera posible. Le dije que no había prisa.

Cuando llegamos a casa, vi todas esas cajas sin abrir en el piso y extrañé a Blanca. Quise llamarla, pero sabía que estaba en la universidad. En ese momento recordé que tenía varios trabajos atrasados. Había faltado a un montón de clases. No había forma de que me pusiera al día. Había perdido mi semestre en Hunter.

—¿No es usted Willie Bodega? —preguntó Geran respetuosamente, viendo todas las cajas sin abrir— Debe ser rico.

Creía que las cajas tenían cosas de valor. Miré al niño. Estaba cansado y en silencio.

—No. No soy Bodega y no soy rico —dije, y desordené el pelo del niño. No creía que el anciano me hubiera creído. Les mostré su habitación, la que Blanca y yo habíamos deseado que fuera para el bebé. Me agradeció repetidas veces. Ambos estaban exhaustos. No querían comer nada, sólo dormir. Moví el sofá cama a su habitación y les dije que hablaríamos en la mañana.

Esa noche, soné que escuchaba un golpe ruidoso. En el sueño codeaba a Blanca, que estaba allí, junto a mí. Yo estaba feliz.

—Mami, hay alguien a la puerta.

—No escuché nada —balbuceó ella, moviéndose lentamente, como un gato, y volviéndose a dormir.

—Blanca, alguien toca la puerta —dije, y esta vez ella ni siquiera se movió. La besé y me levanté de la cama, me dirigí a la puerta y miré a través de la mirilla, reconociendo inmediatamente de quién se trataba. Estaba vestido como un Young Lord y tenía puestas su boina y su insignia, una copia de *Pa'lante* bajo el brazo.

Entró y miró a su alrededor y luego me dijo:

—Hazme un gran favor, Chino, y ábreme la puerta de escape de incendios. Tengo que mostrarte algo.

Abrí la ventana y subimos al escape de incendios. East Harlem se extendía abajo y frente a nosotros. Extendió los brazos y aspiró profundamente, como lo había hecho cuando mostraba a Vera sus edificios renovados.

—Ves, está vivo —dijo, y justo en ese momento, desde una ventana vecina, una mujer gritó a su hijo en la calle:

—Mira, Junito, *go buy* un mapo, un contén de leche, *and tell* al bodeguero yo le pago *next Friday. And I don't want to see you in* el rufo!

Ambos nos reímos.

—¿Tú sabes lo que está ocurriendo aquí, ¿no? ¿No lo sabes? Lo que acabamos de escuchar es un poema, Chino. Se trata de una maravillosa nueva lengua. ¿No ves lo que está ocurriendo? Una nueva lengua significa una nueva raza. El futuro es Spanglish. Un nuevo lenguaje que está naciendo de las cenizas del choque de dos culturas chocando entre ellas. Tú usarás una nueva lengua. Palabras que quizás no te enseñen en tu universidad. Palabras que no son ni inglés ni español, pero al mismo tiempo son ambas cosas. En eso estamos ahora. Nuestra gente está evolucionando hacia algo completamente nuevo —me hizo un guiño—. Tal como lo que yo estaba tratando de hacer, esta nueva lengua no es del todo correcta; pero pocas cosas lo son.

Comenzó a caminar hacia el escape de incendios. Subió y subió hasta que se acabó el escape, y se perdió en el cielo nocturno.

En mi sueño me entristecí. Pero la nueva lengua de la que hablaba Bodega parecía promisoria.

Solo en el escape de incendios, miré hacia el barrio a mis pies. Bodega estaba en lo cierto, estaba vivo. Su música y su gente se habían quitado sus ropas de duelo. El barrio se había convertido en una maraca, con los hombres y mujeres transformados en semillas, sacudiéndose de amor y deseo el uno por el otro. Los niños habían abierto los hidrantes, y bailaban, riendo y mojándose con agua. Los ancianos estaban sentados sobre cajones de leche y jugaban dominó. Los jóvenes dejaban abiertas las puertas de sus carros, los estéreos sonaban a todo volumen. Las chicas se pavoneaban mostrándose, moviéndolo todo como gelatina, orgullosas de su voluptuosidad y de no ser como esas huesudas modelos de Ford. Las ancianas chismeaban y reían sentadas en los pórticos de los edificios, donde alguna vez habían jugado como lo hacen los niños sin patio —sí, ellas también estaban felices. Se habían pintado murales en memoria de Bodega. Todo el salón de la fama de graffiti estaba cubierto de tributos. Algunos lo tenían como Young Lord, boina, rifle, *Pa'lante* y todo. Otros lo habían pintado como Cristo, con un halo y resplandeciendo como el Espíritu Santo, compartiendo su poder divino y buenas obras con todo el barrio. Otros lo habían pintado entre los grandes: Zapata, Albizu Campos, Sandino, Martí y Malcolm, junto a un millón de Adelitas. Pero todos decían la misma cosa: «Por aquí caminó alguna vez Bodega; éstas fueron las cosas que nos dejó».

De la forma en que un cuadro que ha estado colgado en una pared por años deja una marca, Bodega había tirado la puerta abajo y dejado una luz verde de esperanza para todos. Él había representado las posibilidades sin límite en nosotros al vivir su vida, esforzándose por alcanzar esos sueños que parecían eludir al barrio año tras año. Pero en ese momento transitorio cuando por fin se le iba a entregar la perla, como Orfeo o la mujer de Lot, tuvo que mirar atrás y encontrarse con Vera.

No importaba.

Mañana Spanish Harlem correría más rápido, volaría más alto, extendería sus brazos más lejos, y un día aquellos sueños llevarían a su gente a un nuevo comienzo. El barrio se daba cuenta de esto, y en mi sueño la gente saltaba, se sacudía y se movía como si no tuvieran que pagar alquiler por seis meses. Como Iris Chacón dentro de un lavarropas durante un terremoto 8.9 en la escala Richter. Había salsa y cerveza para todos. El barrio podría estar pobrísimo, pero estaba lejos de rendirse. Su gente estaba lejos de la derrota. Los habían hecho rebotar por todas partes, pero todavía seguían moviéndose.

Parecía un buen lugar para comenzar.

Para Leonor y Silvio Quiñónez

Reconocimientos

Deseo expresar mi reconocimiento a mi agente, Gloria Loomis, y a mi editor, Robin "Max" Desser, por su incansable labor e inquebrantable confianza. Y estoy en deuda con Frederic Tuten por su estética y pasión; con Walter Mosley, de cuya obra siempre aprendo nuevos trucos; y con el profesor Ed Rivera, otro producto de Spanish Harlem, por su agudeza de ingenio y sus valiosas opiniones. De Juanita Lorenzo y César Rosado, siempre recordaré su generosidad y gentileza, y su sofá. Asimismo estoy muy agradecido con Darnell Martin por "getting it" desde el primer momento. Finalmente, Jeanne Flavin ha sido una buena amiga lo mismo que una significativa influencia en la forma en que percibo asuntos relacionados con el crimen y la justicia. Me gusta pensar que este libro hubiera existido incluso sin su ayuda. Pero me felicito de no haber tenido que averiguarlo.

El vendedor de sueños se terminó de imprimir en junio de 2001 en Panamericana Formas e Impresos, S.A., Calle 65 # 95-28, Bogotá, Colombia. Cotejo y corrección de pruebas: Ulises Martínez. Cuidado de la edición: Leylha Ahuile y Norman Duarte.